3

俺は全てを【パリイ】する

～逆勘違いの世界最強は冒険者になりたい～

著・鍋敷　イラスト・カワグチ

I WILL "PARRY" ALL

- The world's strongest man
wanna be an adventurer -

【これまでのあらすじ】

ノール一行が留守にしている王都を
魔導皇国に操られた魔物たちが襲う。
さらに伝説の巨大竜「厄災の魔竜」が降臨。
王都滅亡の寸前、急遽戻ってきたノールが
魔竜の前に立ちはだかる。
逃げる皇帝を追って
ノール、リーン、イネス、ロロたちは
魔導皇国へ向かう。
皇帝は最終兵器「神の雷」を発射したが、
ノールがパリイ、そのまま玉座の間へと突っ込んだ。
混乱の中、駆け付けたレイン王子が皇帝を拘束し、
戦いはようやく終息した。

I Will "PARRY" All
- The world's strongest man
wanna be an adventurer -

Character

Noor

ノール

12歳ですべての「職業（クラス）」において才能がないといわれ、山に籠って唯一のスキル「パリイ」の鍛錬を繰り返す。最低ランクの冒険者だが、実はとんでもない能力の持ち主。ただ自分だけがそれに気づいていない。

Lynneburg (Lynne)

リンネブルグ・クレイス（リーン）

14歳。あらゆる能力に秀でたクレイス王国の第一王女。反対勢力から命を狙われ、危ういところをノールに助けられる。以来ノールを「先生」と呼んで慕う。

Ines

イネス・ハーネス

クレイス王国の騎士。幼少の頃より特殊な防御能力を持ち、それを活かして現在ではリーンの守護役を務める。21歳。

Rein

レイン・クレイス

クレイス王国の第一王子。リーンの兄。20歳。沈着冷静な性格で、王の補佐役として王国のかじ取りを担う。目的のためには手段を択ばないところがある。

Rolo

ロロ

魔族の少年。生い立ちなどは不明。魔族は他の部族などから弾圧の対象であり、かなり不幸な幼少期を送っている。

【目次】

I Will "PARRY" All
- The world's strongest man wanna be an adventurer -

Contents

Volume THREE

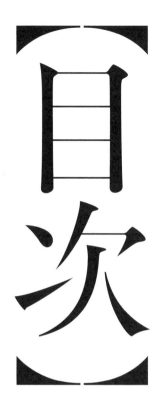

49　女教皇

「この度は災難でしたね。皇国の動きには我々ももっと注意を払っておくべきでした。大陸内の同盟国同士でこのように醜く争うことなど、二度とあってはなりません。今後はお互いによく目配りをしておくことに致しましょう」

凛《りん》とした声を発し、ひと目見て特別な存在とわかる気品をうかがわせる白い法衣《ローブ》に身を包んだその女性は、かつてクレイス王国の王城があった辺りに設置された仮設の応接室で、木製の粗末な椅子に座っていた。

その実際の年齢に見合わぬ美貌の女性は数多《あまた》の宝石で煌《きら》びやかに飾られた白い法衣を身に纏《まと》い、数名の護衛たちと共に大きく崩れた王都を見回り終えたところだった。

魔導皇国の襲撃から一月足らず。

急遽『慰問』を申し出た隣国『神聖ミスラ教国』からの重要な客人を、クレイス王国の王は急《きゅう》拵《こしら》えの施設で迎え入れることになった。

「今回の復興への貴国からの多大な支援、大変にありがたく受け止めている。加えて、教皇アスティラ殿自ら慰問の申し出とは。クレイス王国を治める者として、心からの謝意を述べたい。その姿にミスラ教の信徒のみならず、多くの国民が勇気付けられたことだろう」

「礼には及びませんよ、クレイス王。我々は古くからの付き合いがありますので。隣人として当然のことをしたまでです」

王の言葉に、教皇と呼ばれたその女性は彫像のように美しい顔に静かに笑みを浮かべた。

「そうか。そう言ってくれると助かる。見ての通りの状況だ。今すぐには何も返せるものがなくてな。だがいずれ、我が国は必ず貴国の助けとなろう」

「そのお言葉だけで十分です。これからも、変わらずに良い関係を保ちたいものですね」

「ああ、そう願いたいものだ」

王とその女性は互いに目を細め、静かに笑いあう。

その様子は何も知らない人間が見れば、まるで親しい友人同士の何気ない会話にも思えただろう。

だが、二人のにこやかな表情とは裏腹にその部屋の空気はどこか張り詰めていた。

彼女は大陸中に拠点を擁するミスラ教会を取り纏める神聖ミスラ教国に於いて、信者たちを統《す》べる頂点に君臨する人物。

長らく覇権を争っていた魔導皇国の勢いが削がれた今となっては、大陸で随一となる権力者。

その顔をクレイス王は正面から、しばらく無言で見つめていた。

視線の意味を、おそらくは理解しているであろう教皇は何食わぬ顔で首を傾げた。

「どうかしましたか、クレイス王。私の顔に何か？」

「いや、いつまでたっても貴女の姿は若々しいままだと思ってな」

神聖ミスラ教国を統べる存在、『教皇アスティラ』。

年齢はとうに二百は超えている筈《はず》だが、彼女は本当に、いつ見ても美貌を湛《たた》えた若々しい見た目を保っている。

自分が幼かった頃から何一つ変わっていないと言って良い。

『教皇アスティラ』は人より遥かに長命と伝えられる伝説上の存在『長耳族《エルフ》』の血を身に宿し、その為に長寿であると言われているが――もし仮に、魔物が化けていたと言われても何ら不思議ではない、と王は神話の中から抜け出てきたような美麗な容姿を眺めながら考える。

「ふふ、お上手ですね。それは世辞と受け取っておきましょう」

「世辞ではないぞ。いつまでたっても美しいのは事実だろう。凄いものだな、『長耳族《エルフ》』の血というものは」


言葉の上ではこの上なく平穏に会話が進む。

クレイス王国は魔導皇国の襲撃を受けてから、ミスラ教国から大きな金銭的援助と再建に役立つ資材の寄付を受け、復興は順調に進んでいる。

それに関しては王は教皇に感謝の念を持っていた。

いち早く王都復興への支援を名乗り出た彼女に対し、王は感謝の念がないわけではない。

だが、そんな古くからの隣人を前にして今、王は最大の警戒心を持ちながら接していた。

先の皇国の襲撃。

その準備に教国が関わったとしか思えない『証拠』が山ほど出てきたからだ。

とは言え、この女の化けの皮はそう易々《やすやす》とは剝がせないし、策を弄したところで自分の知恵はこの女の足元にも及ばない。

それを身を以って知る王は単刀直入に本題へと切り込んだ。

「そう言えば、少し気になることがあってな。先日の皇国の襲撃に、貴国の重要産出品『悪魔の心臓《デモンズハート》』が驚くほどに多数、使われていたらしい。何か心当たりはないか?」

その場の空気が一瞬で張り詰めたのがその場の全ての人間に伝わった。

教皇は優しい笑みを顔に貼り付かせたまま、ゆったりとした調子で答えた。

「おそらく、それは我が国から盗まれたものでしょう。貴重品であるが故に持ち出しや輸出は厳しく取り締まっているのですが、国内で盗難被害にあったものがいくつか見受けられました。それが用いられたのでしょう。遺憾なことです」

それは王が予想した通りの受け答えだった。

あくまでそれは盗まれたものである、と。

それならば、こちらも予定していた通りの反応を返すのみだ、と王は思う。

「そうか、盗まれたものであったか。それは貴国にとっても災難であったな。互いに重要な資源を狙われたとあってはな」

「ええ。お互いに、災難でした」

王と教皇は静かに声を上げ、笑い合った。

だが、そこにはおよそ人の情の温かみと言えるものはない。

互いに穏やかな笑みが仮面でしかないことを証明するように、二人は眉ひとつ動かさず、肌を針で刺すような張り詰めた空気の中、その部屋にはただ乾いた笑い声だけがこだました。

ミスラ教の『教皇』とは数十カ国に拡がる信徒を束ねる信仰勢力の頂点であり、彼らミスラ教徒が崇《あが》める『聖ミスラ』へと連なる最高位の聖なる巫女。

そして、伝説の『長耳族《エルフ》』の血をその身に宿し生きる『ハーフエルフ』は生まれながらにして聖なる者であり、特別な力を宿す神にもっとも近き者。そう、謳《うた》われる。

だが巷《ちまた》に流布されている常識《それ》と、直接対峙した時の実際の印象が大きく違うことを王は識《し》っている。

——決して信用ならない、大陸の政治の世界に巣喰う怪物。

——二百余年の長きを生きる老獪《ろうかい》な女狐。

——魔物よりもずっと恐ろしい、人の形をした『何か』。

それが彼女と何度も相見《あいまみ》えた王の経験からの印象だった。

この女の態度の表層を信じると痛い目にあう。

どこまでも真意を隠しながら事を運ぶこの女に、今までどれだけの煮え湯を飲まされてきたことか。

いくら彼女の真意を引き出そうとしても霞のように実態がつかめず、その内面《こころ》を覗き込もうとしても暗闇の中を覗き込むように昏《くら》く、何も見えない。

会うたびに、まるで『還《かえ》らずの迷宮』で『深淵』の魔物と向き合っているようだ、と王は思う。

「そうそう。そういえば。風の噂に聞いたのですが」

教皇は王の心の内を見透かすように冷えた視線を投げかけ、薄く微笑《ほほえ》みながら言葉を続けた。

「――――王国が『魔族』を市民として受け容れたと。それは、事実でしょうか」

瞬間、張り詰めていた空気が一層冷えたものになった。

そこに居合わせた者全員が意識がぐらつくほどの尋常ならざる重圧を感じ始めた中で、王は努めて笑顔を保ちながら冷静に言葉を返した。

「ほう、そうか。やはり既に聞き及んでいたか。流石《さすが》は大陸中に耳があるだけのことはある。もちろん、事実だ。訳あって魔族の少年の身柄を我が国は一時的に保護している。それが、どうかしたのか」

王の言葉に、仮面のような笑みを貼り付けていた教皇の顔が軋《きし》んだ。
何かが、大きく彼女の神経に障ったようだった。

「それが、どうかしたのですか。まるでなんでもないことかのように言うのですね、クレイス王」

次に彼女の口から出てきたのは恐ろしく温度の低い言葉だった。
もはや殺気とも取れる鋭利な冷気を孕《はら》んだ教皇の言葉が響き、部屋全体を覆う。

「それも、よりによって『保護』ですか。言葉をもう少しお選びになられては。世に害悪をもたらす邪悪がそこにいるというのに、まるでそれが人と同じであるかのような物言いですね。それは貴国と我が国が結んでいる条約の中にある『魔族警戒条項』に抵触するのではありませんか？　即刻対応を見直し、引き渡しを。『魔族』は我々人類全ての敵です。それが大陸の条約加盟国全ての共通見解。違いますか？」

淡々と威圧をかけ続けるような教皇の言葉だったが、王は彼女の顔を見据えたまま動かない。

「あの条約にそこまでの強制力はない。あくまで各国の意思を尊重する形で結ばれたもののはずだ」

「ですが約束は約束です。国際的な取り決めによるものを無視すると良いことにはなりませんよ。そもそも『ハース大陸軍事同盟』の加盟国には『魔族』を発見次第、我が国に供出する義務が課せられていますす。それをご存知ないわけではありませんね？」

「そうだったたな。だが残念ながらその同盟には我が国は現在、加盟していない。確か……貴国らの反対にあってのことだと思ったが」

　王の言葉に教皇は声をあげて嗤《わら》った。

　そうか、そんなことは忘れていた、とでもいうように。

「それは、失礼いたしました。では今からでも推薦状を書いて差し上げましょう。加盟すれば多大な恩恵が得られるでしょう。無駄に魔物退治に兵士団の手を煩《わずら》わすこともない」

「はは、ご配慮痛み入る。考えておこう」

「ふふ……そうやってまたずるずると逃げるおつもりでしょう？　いけませんよ」

互いににこやかに、穏やかに会話は進む。

その表面上だけ見ていれば。


「本当に、いけませんね。由緒あるクレイス王国の王ともあろうお方が、そんな優柔不断では。先代は、もう少し柔軟に対応くださいましたのに」

「我が国が加盟するに足る理由があれば検討する。ご不満のようだが、そこまで我が国の『魔族』に対するやり方に干渉される謂《いわ》れはない――いくら貴国が『悪魔の心臓《デモンズハート》』を独占したいからとて、な」


王が口にした言葉で教皇アスティラの頬が一瞬、引き攣《つ》った。

遠目からは大きな動揺は見て取れない。

だが、変わらず端整な顔に笑みを貼り付かせながら、目の奥に激しい感情が渦巻いているのは誰の目にも明らかだった。


「クレイス王……それはいったい、何の冗談でしょうか」

次に教皇から発された声は、まるでこの世の闇を一か所に集めて煮詰めたような昏い声だった。その響きは部屋を凍えるような冷気で満たし、同時に肺を圧《お》し潰すほどの異常な重圧が、部屋にいる全員に襲い掛かった。

「……我々が『魔族』を欲している、とは？　それはどういう意味でしょう？　それに『独占』ですか。なんのことをおっしゃりたいかは存じませんが、『悪魔の心臓』の産出法は我が国の最高峰の機密に関わること。事と次第によっては――」

凍りついたように動かなくなった者たちを視界に入れることなく言葉を続ける教皇を遮るようにして王は言葉を返した。

「事と次第によってはその産出方法についての文書が出回るかもしれない、ということだ。あまり強引に突《つ》つかれると、こちらも出したくないものも出さざるを得ない。できれば穏便に済ませたいのだ。わかっていただけるな？」

途端に教皇の工芸品のように美しい顔に亀裂が走った。

「――誰が。そんな与太話を信じるのでしょうね」

聴く者の臓腑をえぐる昏く沈んだ声を放つその姿は既に闇そのものだった。

あいも変わらずその顔には笑みを浮かべていたが、そこには親愛の情も可笑《おか》しみもなく、ただ、どこまでも昏い深淵を垣間見せるような表情で、それは声もなく嗤っているように見えた。

「それが、どんな意味を持つのかおわかりでそのような世迷言《よまいごと》を？

それは、あまり賢くないことですよ、クレイス王。あんまりでしょう。あまりに傲慢な物言いです。

それはつまり、クレイス王ともあろうお方が我が教会に刃を向けると？

すぐにでも態度を改めなければ、いずれ『神罰』が降《くだ》ります。かつて我々に刃を向けたあの愚か者たちの国のように」

既に部屋の中に渦巻く暗い雲は殺気の嵐となっていたが、王は笑顔を崩さない。

「はは、何も貴国の権威に真っ向から逆らおうなどとは誰も考えておらん。我々は現時点で貴国に可能な限りの協力はしているし、今後もそうするつもりだ。だが、教会側《そちら》の都合ばかりを押し付けられても少々困ってしまう、と言っておるのだ。

我が国は建国以来、他国の干渉を受けずに自主独立を保っていることを誇りとしている。それさえ尊重していただければ、何も事は荒だたない——それだけのことを申したつもりなのだ。我々は付き合いの長い間柄だ。そこはご理解、いただけるな?」

「そうですか。尊重、ですか。尊重……面白い言葉をお使いになられますね」

不意に教皇から発される怒気が鎮まったように見えた。

どういうわけか一瞬で暗雲の気配は消え、その部屋は和やかな雰囲気を取り戻した——かのように見えた。

互いの表情だけを見ていれば。

「わかりました。貴国の些細な不正には目を瞑《つむ》りましょう。今回だけ、特別ですよ。せっかくの私たちの間柄ですからね——お互いを尊重しあわなければいけません。そうでしょう、クレイス王?」

教皇はにこり、と先ほどまでとは打って変わって愛嬌のある人の良さそうな笑みを浮かべた。

すると辺りを覆っていた重圧が幻のように消え去った。

まるでそんなもの最初から何処《どこ》にも無かったのだと言わんばかりに。

「ご理解いただき、ありがたく思う。やはり持つべきは理解ある隣人だな」

「ええ、とても長い付き合いですからね。それぐらいの融通はあって然《しか》るべきでしょう」

先ほどとは別人のような表情を見せる教皇に、王はいつもながら感心する。

そんな仮面を用いながら「互いを尊重」などと悪びれもせずによく云うものだ、と。

王は教皇の言い方に不安を覚えた。

「なので、代わりと言っては何ですが……一つお願いがあるのです。そちらは聞いていただけますか？　先ほどまでのお話と比べたら、本当にとても小さなお願いごとなので」

「……お願い、か」

この女が穏やかな表情で穏やかな言い回しをするとき。

それが一番性質《たち》の悪いことを言い出す兆《きざ》しであることを王はよく知っていた。

「お願い、か。貴女にしては珍しい言い回しだな」

言葉の裏に背筋を寒くするものを感じ、僅かに王は身体《からだ》を硬くした。

そんな王の姿を見て教皇は笑みを浮かべた。

小さな子供を弄《もてあそ》び、嘲笑《あざわら》うかのような可笑しみを含んだ嗤い。

その優し気な表情は一層、王を不安にさせた。

「そんな風に警戒することはありませんよ。なにぶん、個人的なことですから」

「個人的なこと？」

「はい。こんなことを申し上げるのはお恥ずかしいのですが、息子が、少々寂しがっておりましてね」

「ご子息……ティレンス皇子か」

「ええ。私の息子があなたのご息女にぜひ、もう一目お会いしたいと申しておるのです。それを叶えてあげられたらな、と」

教皇アスティラの後代、『魂継《たまつぎ》の神子』と呼ばれる。

『長耳族《エルフ》』の血を引く長命種族『ハーフエルフ』は滅多に子供を作らず、最近になってやっと授かった一人息子だと聞いている。歳《とし》は娘、リンネブルグとそう違わなかったはずだ。

「我が国の王女に？　留学中に世話になったとは聞いたが、そんなに懇意とは、初耳だな」

「はい、私もついこの間話を聞いて驚いていたところだったのですが。実は息子はご息女、リンネブルグ様にとても惚れ込んでいましてね。それはもう随分な入れ込みようで。慕う心で胸が張り裂けんばかりだと。なので、自分の成人を祝う席で、是非、お会いしたい、と」

淀みなく息子、ティレンス皇子の心情を語る教皇だったが、その言葉から濃密な嘘の匂いが漂うのを王は感じた。

この女は何か嘘をついている。

それが一部なのか、全部なのかを測りかね、王は言葉を濁しながら返した。

「そうか、成人か。もうそんな時期になるのか。それはめでたい。ぜひ、我が国も祝福に赴かねばならんだろう――――だが、私がこんなことを言うのもなんだが、王女が皇子の慕う気持ちに応えられるかどうかというのは、な。それればかりは本人が乗り気でなければ何とも言えぬが」

子供の恋愛話に慣れない様子で言い淀む王の姿を、可笑しなものを見るように教皇はクスリ、と嗤った。

「ふふ……それは大丈夫ですよ。きっと、ご息女も悪くは思われていないはずです」

「また唐突だな。何故《なぜ》そう思われるのだ？」


相手の動揺を読み取り、教皇は口の端を大きく吊り上げた。

王はその表情を見た瞬間、目の前で魔物が嗤ったように感じた。

――そうそう、それでいい、と。

まるで、今日はその質問が一番欲しかった、と言わんばかりの満面の笑み。

そして、その魔物のような存在は今や不吉の兆しでしかない明るい表情の奥から、同じく王にとっては不吉にしか聞こえない音を吐き出した。

「何故なら、彼らは、もう『婚約者』なのですから」


――婚約者。


そんな話は娘からは微塵《みじん》も、何一つ、聞いていない。

おそらくそれは嘘だ。

婚約者というのはこの女の嘘――だが、この場で即座に否定もできない。

肝心の本人がここにいない。

もしかしたら、本当かもしれない。完全には否定できない。

そんな僅かな迷いが王の言葉を鈍らせた。


「それは初耳だな」


次第に相手の手のひらの上で転がされ始めていることを感じつつ、王はそう切り返すのがやっとだった。

この女は、何を目的にそんなことを？

教皇はそんな王の困惑した表情を読み取ると、満足気に大きく頷いた。

「そうでしょう。私も寝耳に水でした。ですがお互いが決めたこと。口出しはできませんね。若い世代の逢瀬《おうせ》の橋渡し役をするのが私たち年寄りの役目ではございませんか？　ねえ、クレイス王」

教皇は王の乱れる心中を察しているのだろう。

これ見よがしな親愛を示す身振りをし、不敵に嗤いながら言葉を続けた。

「ご心配はいりません。決して悪いようにはいたしませんので。王女に祝いにいらしていただければ、国を挙げての素晴らしい催しとなるでしょう――というのも、今回は息子の成人祝いの祝賀会《パーティ》で華やかな舞踏会を開催したいと思っているのです」

「舞踏会……か」

「はい。既に各国の卒業生に祝賀会の『案内状』は送付済み。各国要人もお招きしてあります。あとは貴国のご息女のお返事を待つのみです。長い歴史を持つ我が国と貴国の間柄ですから、失礼のないようにと敢えて準備が整うまでここまで秘密にして来ましたが。すぐにお返事、いただけますね？」

ここに来て、王は己の失策に思い至った。

社交の場に疎《うと》い自分はこういう部分で粗《あら》が出る。

これは明らかに何らかの手段で陥れる意図があるとしか思えない。

簡単に言うことを聞かない我が国の弱い《王女》所を押さえる為にあからさまに仕組まれた構図が見てとれる。

もちろん、この申し出を断ることは可能だ。王から王女に行くな、と言うことはできる。

だが――

「おわかりとは思いますが、ゆめゆめご欠席など、なさらぬよう。今回のような社交の場を逃したとあれば、お名前に要らぬ傷がつきますので。王女の今後にとっても、それは良からぬことかと」

既に卒業生と各国要人への『案内状』を送付済み。

それはつまり各国要人が集まる中、本人がその場にいなければ幾らでも『醜聞』を作り出せるということを言っているに等しい。

この女なら、それぐらいやりかねないし、そうする。今回に限っては、やると宣言したに等しい。

相手は今、王女《むすめ》の『将来』を交渉のテーブルに載せてきたのだ。

事を進める為に先立って逃げ道を塞ぎ、もう断れない状況を作っている、ということを自分から伝えてきた。

簡単には逃げられない。

「もし、道中がご不安なら是非ともお仲間を連れ立ってお越しください。その分のお食事や宿泊場所はご心配なさらなくても大丈夫です。皆さま、王女の晴れ着姿《ドレス》を楽しみにしておりますので、それぐらいはこちらで喜んでご用意いたします。それと――」

　再び、教皇は不吉な笑みを顔面に貼り付ける。

「この際です。その『魔族』の子供とやらも客人としてご招待いたしましょう。今や、それは貴国の立派な『市民』なのだそうですからね。勇気ある貴国の試みに心からの敬意を表して祝賀会《パーティ》へと招待いたします。ご息女の『ご友人』として。それなら、何も問題はないでしょう？　くれぐれも、よろしくお伝えください。もう歓待の準備は整えておりますので」

「ああ……伝えておく。だが、どうするかはあくまで本人に決めさせることになるが」

　己の完膚なきまでの敗北を悟り言い淀む王だったが、それも予期していたかのように教皇は笑う。

「必ず、ですよ。聡明なご息女のこと、必ず良いお返事をいただけるものと信じております」

　教皇はそれだけ言い残し、連れ立って来た従者たちと共にその場を後にし――ミスラが保有する世界有数の迷宮遺物、『飛行艇』に乗り込み、未だ復興の途上にある王都を後にした。

50　婚約者

「お父様。お話とはなんでしょう」

「うむ……そのことなんだが」

王は王女を呼び出し、先ほどの教皇とのやり取りを苦い顔をしながら説明した。

「――――婚約、ですか？　……私が？　ティレンス皇子と？」

「ああ、そんな話はあの場で初めて聞いたのだが。そんな事実はあるのか？」

「いえ、全く心当たりがありません。なんでそんな話が？」

「そうか、それならば良いのだが。いや、良いとも言えんか」

王女の返答に王はひとまず安堵した。

やはり、あの女の口にしたことは根も葉もない話だった。

とはいえ、あの教皇がここまですぐに露呈するような嘘をつき、強引に事を進めようとしているのには疑問が起こる。

古くから続いた我が国との関係に亀裂を入れてまで、なりふり構わず進めたい何かがある、ということか。

それは一層、穏やかでない兆しとなる。

渋い顔をして思案に沈む王の顔を、王女《リーン》は覗き込んでいたが、ふと声をあげた。

「あ、いえ、そういえば」

「まさか、心当たりがあるのか？」

「はい。そんなことがあったような気がします。思い出しました。私たちが『婚約者』だというのはあの人、ティレンス皇子がずっと流していたタチの悪いデマです」

「デマ？」

想定していなかった言葉に王は首を傾げた。

「はい。留学期間中、皇子には取り巻きの女の子がたくさんいるというのに、私に随分と熱心に言い寄ってきたんですが……彼はその時にずっと『婚約』がどうこう言っていたので、きっとそのことだと思います」

「……そうか」

王にとってはそれも初耳だった。

「でも、私は全く相手にしていませんでしたし……ミスラの神学校を卒業するのと同時に殿下には『婚約は家同士の取決めで行うものですし、我が国にはそんな風習はなく、そもそも貴方に異性として全く興味がありません』としっかりとお伝えしたので、諦めてくれたものとばかり思っていたのですが」

「そ、そうか」

我が娘ながら、大国の皇子の求婚を随分と思い切り良く振り払ったものだ。

話を聞く限りでは大まかな判断としては間違っていないが、それでは多少恨まれていても不思議ではない。

ミスラに留学していた期間は一年足らず、当時は十一歳程度だったことを考えるとまあ、どうにか笑って済まされる範囲のことではあるとは思うが。

「ではどうだ、今回の誘いは。嫌なら行かなくともいいのだぞ？　お前はまだ【王位継承の試練】の途中だ。それを口実に断るという手もある。外交上のことであれば、こちらでなんとかするから心配はするな」

とはいえ、ミスラの神学校はミスラの保有する『結界技術』を学ぶだけでなく、社交や外交を学ぶ次世代のリーダーを集め育てる場となっている。

皇子の誕生日に合わせて各国から卒業生を招き、祝賀会を行うとなると、各国から国賓クラスが集っての大規模な社交の場となるだろう。

欠席すれば王女《リーン》の将来に傷がつく、というのもあながち間違いではない。

――あの女。本当にいやらしいところを駆け引きに使ってきたものだ、と思う。

それはいつものことなのだが。

「皇子の成人式を兼ねた誕生パーティと舞踏会、ですか」

「ああ。時期はおおよそ三ヶ月後だそうだ。何にせよ、早めに返事をしなければならないのだが」

王女は王の言葉を聞き、僅かに思案するとすぐに答えを出した。

「わかりました、行きましょう。そんなに時間はありませんから、すぐに準備を始めた方が良さそうですね」

あまりにも迷いのない返答に、王は少し戸惑った。


「そうか、だが今回は少し、心配になることが多くてな」

「お父様はミスラ側に何か謀略の意図があると？」

「そこまでは言わんが……いや、ないこともない」


我が娘ながら勘が良い、と思う。

考えてもみれば、この子は突然強力な『結界』で縛られ、深淵の魔物【ミノタウロス】に殺されかけた当人なのだ。

状況を理解していて当然と言えるのかもしれない。

彼女は先日の事件の暗殺の対象者だ。

その事実を思い出し、王は更に不安を覚えた。

「正直言って、今、お前をあの国に近づけたくない。皇国の襲撃を受けた直後に亡命を許可した時とは事情が変わってきた。今回の招待もきな臭い匂いしかしない。あまり考えたくないことだが……悪くすれば命の危険が伴う事態になる」


王はまず、彼女に命の危険があるとはっきりと告げた。

だが、王女はそんなことは当然とばかりに平然としていた。


「そうですか。でも私の気持ちは変わりませんよ。王族の命が危険に晒されるのは常ですし、重要な社交の場をこなすのは私たちの務めでしょう？　それに、顔を出さずにあの人にまた好き勝手なことを言われるのも嫌ですから」

「そうか、だが、な」


王はまた言い淀んだ。

今回は本当に違うのだ、と。とにかく嫌な予感しかしない。

今回だけは本当に危険だと、幾つもの死線を潜り抜け、鍛えられた王の直感が全力で告げている。

ここで彼女に行くな、と命令するのは簡単だ。

だが、他人の意見に左右されずきちんと自分で見極めて動け、と常日頃から伝えている手前、娘の意志を蔑《ないがし》ろにするのもどうなのか、とも迷いが出る。

「お父様。ご心配なさらず。きっと大丈夫ですよ。私一人であれば少し不安ですが、別に何人で行っても構わないのでしょう?」

「従者の人数か？　ああ、もちろん構わないだろう」

教皇には何人でも連れてきても良い、と言われている。宿も食事も用意する、と。

「では、何も問題ありません」

「いや、もう一つ、問題があるのだ」

「もう一つ?」

「教皇猊下はあの魔族の少年ロロをパーティに招待すると言っている。それも、お前の『友人』としてな」

それを聞くと、王女はきょとんとした顔をした後、少し笑った。

「それも、何も問題ないでしょう?　私とロロは友人ですし、彼もきっと大変でしょうが……多分、喜ぶと思います」

「念の為聞くが、ミスラ教国が魔族を『招く』ということの意味は、わかっているな？」

「はい、もちろん……でも、魔族が危険な存在でないということを皆さんに知ってもらう為には、むしろ良い機会だと思います。偏見の少ない年少者同士の方がわかり合えるということもあるかもしれません」

「だが……」

そうはいっても、そう簡単に行くものだろうか……と不安げな表情を浮かべる王に、王女は苦笑した。

「そもそも、お父様が彼を受け入れると決断された時点で、こういう摩擦があるのは決まったようなものではないですか。今更です。私もお兄様も、もうとっくに覚悟は出来ています」

肩をすくめる娘の姿に、王は自分の先日の決断を思いだした。

「それも、そうだな」

これはそもそも、王が始めたことなのだ。

王はあの魔族の少年を受け容れると決めた。

あの男の願いによって、市民と同等に扱うと決めたのだ。

それに、あの少年はこの国にとって掛け替えのない恩人。

その恩に報いる必要があるし、それを仇《あだ》で返そうなどとは思ってもいない。


だが、未だに迷いもある。


おそらく、その判断は王という立場にある者の判断としては確実に間違いだからだ。

十人を助ける為には迷わず一人を犠牲にする――それが自分のような立場にいる者の責務だ。

それなのに、たった一人を護る為に無数の軋轢《あつれき》を生むなど。完全に愚か者のすることだ。


多くの民を護る為に世界のどこにも味方の居ない魔族の少年を切り捨てる。

それが、おそらく為政者としてあるべき姿であり、常道だ。

誰に恨まれても、そうやって平穏を死守する義務が自分のような立場にはつきまとう。

だが、自分はあの何でも成し遂げてしまうおかしな男に影響を受け、こうも思ってしまったのだ。

たった一人の人間を護れなくて、何が一国の王だ、と。

そんな半ば子供のような、損得勘定を無視した心の声に突き動かされた結果。

自分は今や、その我儘《わがまま》を子供たちにまで押し付けてしまっているのだ。

それでも、この子たちはそれを受け入れている。

先ほどまで自分は娘を子供扱いしていたが……本当に子供なのは自分の方なのだと思い直す。

「すまないな、お前たちに面倒ごとを押し付けるかたちになった。イネスを護衛に付けよう」

「はい、それと――もう一人、護衛についてきていただきたい方がいます」

「それは、あの男のことか」

「はい、もちろんです。すぐにご本人に声をかけてきますね」

そう言うが早いか、王女《リーン》は行き先も告げずに、嬉々として出て行った。

おそらくあの男、ノールのところに向かったのだろう。

「まあ、あの男が同行してくれるというならば、多少は安心ではあるのだが」

『黒い剣』を預けたあの男は強い。どんな危機をも乗り越えられるだろうと、そんな風にも思う。

だが、それでも嫌な予感がする。

不安なら何人でも連れていけばいい、とあの女は言った。

「可愛い子には冒険をさせろ、とは言うが……今回は本当に心配だな」

王は仮設の執務室の窓から、まだ復興が始まったばかりの街の風景を眺めた。

51　杭打ちのノール

「おはよう、親方」

ここのところ、俺は毎朝決まった時間に王都の土木工事の現場に顔を出していた。

「おう、ノールか。今日も早いな。助かるぜ」

王都の復興はまだ始まったばかりだ。

この前の皇国の襲撃で数百軒の家が壊され、地面も大きく抉《えぐ》られた。

王都の中央にあった王城も跡形もなく壊されてしまったという。

家と職を失い路頭に迷う人も多く出てきている。

前のような平穏な姿を取り戻すのは簡単ではない。

そんな状況ではあるが、俺は前とあまり変わらない日常を送っていた。

ドブさらいの仕事も変わらずに続けている。

あの騒動があった直後は飛んできた瓦礫《がれき》が詰まって大変なことになっていて、それを取り除くのに苦労したものだが、今は随分と綺麗になった。

朝起きた後、人がいない時間帯にドブさらいを済ませて工事現場に向かい、その仕事が終わった後、いつもの訓練をして寝る、というのが俺の一日になっていた。


「親方も、いつもながら早いな」

「そりゃあ、当たり前だろ。上の人間が使う奴よりも遅く来てどうする、示しがつかねえだろ。最近なんて、誰かさんがあんまり早く来るもんだから、俺も無理して早起きして来なきゃならなくてよ。おかげで眠くって仕方ねえぜ」

「それは悪いことをしたな。じゃあ、もう少し遅く来た方がいいか？」

「馬鹿、お前、なに言ってるんだよ……褒めてるんだよ。今、この現場にゃあ、やることは山ほどある。そんな時期に毎朝、誰よりも早く現場に来て最後まで必死に頑張ってくれる奴を有り難《がて》えと思わねえ親方がどこにいる？　……ったく、言わせんなよ、恥ずかしい」


そう言って親方は頭を掻きながら笑った。

彼の言う通り、この現場にはやるべきことはまだまだ、山ほどある。

とはいえ、再建工事に関してはかなりいいペースで進んでいると思う。

何を隠そう、俺の持つあの『黒い剣』がとてつもない活躍をしてくれたからだ。


王都では先日の皇国の襲撃で多くの家が壊され、家を失った人々の為の住居の確保が大きな課題になっている。

だが壊れた家を建て直すには、まず大きく抉られた地面を整地して『地盤固め』をする必要がある。建ててから数年した後に家が傾いてしまったりすることの無いように、まずは地面をしっかり固めなければならないのだ。

その為に、地面に要所要所で地中の固い岩盤に届くぐらいの『杭』を打ち込むのだが、それが結構大変な作業だ。

だいたい、地盤固めの杭は家一軒あたり十数か所。大きな家では百か所も打ち込む必要があるのだが、普通は五人がかりで一日数十本打てればいいところだという。

つまり、一日に家一、二軒分の杭が打てれば良い方だ。

たった一本杭を打つにも数人がかりでハンマーを使って何度も交互に打ち込まなければいけない。

大人数で行う必要のある結構な重労働なのだ。

だが、ある日ふと思いついた俺が杭打ちに『黒い剣』を使ってみると、驚きの結果が出た。

あれだけ苦労して地面に打ち込んでいた木杭が、剣を振り上げてまっすぐに落としただけで、たった一発で地面に沈んだ。

もちろん、このやり方でも一人では無理で、打つ杭を脇で支えている人間は必要なので、三人がかりで杭を打っていったのだが。それでも、とんでもなく作業効率が上がった。早ければ一本あたり数秒で済んでしまう。

そうして、他の二人が杭を支えているところに俺が『黒い剣』で杭を地面に打ち込む、を繰り返していると、なんと昼休憩までの間に十軒分の杭を打ち終え、夕方に仕事が終わるまでには三十軒分の杭を打ち終えた。

作業自体も日課の剣の素振りの延長のようなものなので、俺にとっては全く苦ではなく、あまりに綺麗に杭が沈むので楽しくなってくるぐらいだ。


その後、さらに検討と工夫を重ね、最近では二人一組で杭を垂直に支えるグループを家一軒ごとに配置し、俺が次々に杭を打ち込んでいくという流れ作業のようなやり方が定着し、一日あたり五十軒分の杭を楽々打ち終えることができるようになっている。

おかげで、だいぶ工事の工程が前倒しになったという。

その結果、俺は周りからだいぶ重宝されるようになった。

大変な作業を率先してやっている、ということで結構感謝されているのだが。

実際はそんなに大変ではないと思っている。

むしろ、工事現場に立ち並ぶ杭を片っ端から力任せに地面に打ち込んでいく作業は、とても楽しい。重たい『黒い剣』を正確に扱う訓練にもなるし、別に頼まれなくてもずっとやっていたいぐらいだ。

とはいえ、俺だけがその楽しみを独占するつもりもなく、他の人間にやってもらうことも考えたのだが……残念ながら、今の工事現場の作業員に、あの重い剣を扱える人間はいないらしい。

誰に持たせようとしても手渡した瞬間に手を滑らせ、地面に落ちた『黒い剣』は大きく土埃《つちぼこり》を舞わせた。

轟音を立てて地面にめり込む剣が相当恐ろしかったらしく、以後、彼らは剣に触れるのも嫌がった。

――そういうわけで、今や俺は完全に杭打ち専門の作業員として仕事をするようになった。

そうしてついたあだ名は【杭打ち】。まるっきり俺の役割そのままだが、これは俺が冒険者として仕事をしていて初めて他人からつけられた呼び名だ。つまり、これはいわゆる『二つ名』というやつではないのだろうか。なんとなく、自分から名乗るのは気恥ずかしいが、ちょっとだけ嬉しい。

「その黒くて平たい剣みたいなモノ、何で出来てるんだ？　信じられねえぐらいに硬いし、あれだけの杭を打っても全然曲がらねえし、重すぎてお前さん以外誰も持ち上げられねえ。俺もこの仕事は見たことねぇぜ、そんな非常識なもん」

親方はそう言って、俺が肩に担いでいる『黒い剣』を見た。

「俺も詳しいことは知らないんだ。貰い物だからな」

「……多分、そりゃあ『迷宮遺物』だろうな。よくわからん材質の物もたまに発掘されるらしいからな。競売にかければ結構な値段で取引されるらしいぞ？　意外とそれ、値打ちもんなのかもしれねえな」

「そうかもな。だとしても、売る気はないが」

「ああ、そうしとけ。そいつはお前さんが持ってた方がいい」

「使ってるうちに愛着も湧いてきたしな。そのつもりだ」

いつの間にか肌身離さず持ち歩くようになったこの『黒い剣』は今では俺の相棒のようなものだ。

見た目は悪いが、使い勝手はとてもいい。

頑丈だし、使い込むほどに良いものだと思えてくる。

この独特の重さも、今や俺にとっては欠かせないものになった。

子供の頃から欠かさずやってきた日々の訓練も継続してはいるが、最近は工事に精を出しているおかげであまり時間が取れないでいる。だが、この重い剣があるおかげであまり不足は感じていない。素振りするだけでも結構な運動になるからだ。実際、王都に出てきてから訓練時間は短くなってはいるものの、山にいた時と変わらないぐらいの練習量を確保できていると思う。

それだけでなく、相変わらずドブさらいの依頼の時に側溝にこびりついた頑固な汚れをこそぎ落とすのにも活躍してくれているし、この剣には何度も危ない場面で命を救われている。そして今も工事現場で役立っている。本当にいいものを貰ってしまったと思う。

——これを売るなんて、とんでもない。

と、俺たちが雑談しているうちに、他の作業員たちがぞろぞろとやってくるのが見えた。

「さて、そろそろ始めるか」

「もうか？　少し早いんじゃないか」

「だが、もう人員が揃っちまったしな。あいつらもお前さんに影響されて、早く来るようになっちまったらしい。だから、今日は早めに始めて早めに切り上げる。無駄に時間潰すより、その方がいいだろ」

「それもそうだな」

ここまで怒濤の勢いで進めてきた『杭打ち』の作業も一段落ついたので、今日は次の建設準備の為の資材運びが主な仕事だ。

早速作業が始まり、俺も配置について、いつも通り親方の指示に従い作業を進める。

周りで働く顔ぶれはいつもと変わらず、互いにもう見知った顔だ。

だが、ここにいるのは王国の人間だけではない。

先日攻め込んできた皇国の兵士たちもいて、捕虜として捕らえられた後、復興の作業に従事している という。

なんでも皇国からたいへんな額の補償が出たらしく、彼らはそれで給料をもらいながら働いているそうだ。

最初は隣で働いていた人間が敵対していた皇国の兵士だったと聞かされ、驚いたものだったが……話してみると特に危険な人々というわけでもなかった。というか、どこにでもいそうな普通の人間ばかりだった。

話を聞いてみると、もともと彼らの殆《ほとん》どは貧しい村の農民や漁師だったらしい。

彼らは特に王国に恨みがあったではなく、生活に困窮し、給料と身分の保証を求めて皇国の兵士に志願して、武器を持たされていたのだという。

そんな話を聞き、俺が突っ込んで行った時にあまり脅威に感じなかったのにも納得がいった。

本当に、訓練などろくにしていない普通の人が大半だったのだ。

彼らのような人々に使い慣れない剣を持たせて戦場に駆り出すより、今の方がずっといい働きをしていると思う。

皇国の人間は、王国についてねじ曲がったことを聞かされていた者も多かったというが、実際来てみれば良いところだったし、王国で捕虜として働いている時の方がずっと待遇がいいと口々に言う。実際、今の彼らは生き生きしているように見える。

彼らの何人かは、金を稼いで本国への帰国を目指す者もいるし、故郷を捨てて永住して、できれば将来クレイス王国に家族も呼びたい、などと言っている者もいる。それにはまた別の資格がいるそうで、その申請も大変らしいのだが、無理な話でもないらしい。

工事現場にはいろんな人間がいる。

人数としては十分な数がいるので、おかげで復興の工事は順調だと言えるだろう。

結局、あの皇国が攻め込んできた騒動は『一日戦争』などと呼ばれている。

あっという間に事件が終息したからだ。

王国と皇国が講和条約を結び、国境を隔てていた壁と要塞が壊され、道も開放されたらしいので、次第に交流も起こり始めたという。

……なんとも気の抜ける話だ。

過去の話を聞くと、随分と長く仲違いしていたようだが……今のように仲良くできるのならば最初からそうすればよかったのに、と思わずにはいられない。まあ、もちろん、そんなに単純な話ではないのかもしれないが。

そんなことを考えていると、他の作業員から声をかけられた。


「なあ、ノール。また休憩時間になんか話してくれよ。まだ聞いたことないやつが聞いてみたいって言っててな」

「またか？　別にいいが、でも、相変わらずゴブリンの話ぐらいしかできないぞ」

「そう、それでいいんだよ」

「特に前と内容が変わるわけじゃないぞ？」

「知ってる。というか、いつも同じだからいいんだよ。じゃあ、他の皆にも言っとくぜ」


そう言ってその同僚はまた作業に戻った。

彼はいつも昼休憩の時に一緒にいる男だ。

昼の休憩時間はたっぷりあるので大抵、他愛のない話をしたり昼寝をしたりして過ごしている。

大体飯を食うだけで他に何もすることはないし、皆暇なのだ。

そういうわけで、俺は皆の暇つぶしの為に自分の体験や、知っている魔物の話をすることが多くなった。

もちろん、冒険者としての経験は浅いので引き出しはそんなに多くないし、話し方もそれほど上手くないが、皆意外なほどに面白がって聞いてくれる。

今日みたいに、また話をしてくれ、と言われることも多くなった。

そんな時、俺は大抵『ゴブリン』の話をする。

以前、毒ガエルの話もしたことがあるのだが、食べると旨い食材の話になると何故かやめてくれと言われるので自然とそちらの話が多くなった。

ゴブリンの話にしても、詳しく話していくと皆少し変な顔をするが、まあ、それも仕方のないことだろう。

本職の『冒険者』以外が本物のゴブリンを目にすることは滅多にないという。

ゴブリンはとても有名な魔物だが王都の周辺では生息域が限られていて、一度も本物を見ずに一生を終える人間が大半らしい。

だからこそ、俺なんかの話でも面白がって聞きたがる、ということだと思うのだが。

「――これは俺とゴブリンが初めて出会った時の話だが……奴は何もないところから突然、現れた。深い森の中で、気づけば聳《そび》え立つ巨木よりも背の高い、緑色の巨体が俺たちを見下ろしていたんだ。その瞬間、俺もう、死んだと思った。俺は今までそんなに巨大な生物を見たことがなかったからな」

休憩時間に昼食を食べ終え、俺がゴブリンの話を始めると、いつものように笑いが起こる。そしていつも通りの野次が入った。

「はは、バカ言うな、ゴブリンがそんなにデカいわけないじゃねえか」

笑いながら野次を飛ばすのは見知った顔の同僚たちだ。

このあたりの人間は同じ話を何度も聞いているし、この先の展開も知っている。その上で、ただ楽しむ為に野次を入れているらしい。その辺りはみんなわかっているので俺はそのまま話を続ける。

「そうだな。本物のゴブリンを見たことがない者ならば、そう思うのも無理はないだろう。だが、奴は本当に恐ろしい魔物だった。片手でこう……森の中の巨木を軽々と引き抜き、両手に一本ずつ持って構えるんだ。それを小枝のようにブンブンと振り回し、立ち並ぶ木々をへし折りながら襲っ

て来るのだから、たまったもんじゃない」

「大木を引き抜いて振り回す？　ゴブリンがか？」

「ああ、ゴブリンがだ」


そこでまた、いつものように辺りに笑いが起こる。

大体、笑いの起こるポイントは毎回一緒だ。

皆、俺の話を楽しんで聞いてくれているようだが、話の中身はイマイチ信じてもらえていない気がする。

というか、俺が彼らを楽しませる為に考えた作り話だと思っている者も多い。

俺が話を面白くする為に、多少、大げさに話しているのも原因だと思うが。

皆が楽しそうに聞いてくれるので、ついつい、話をする方にも力が入ってしまうのだ。

その辺りはまあ、仕方がないかと思いつつ、俺は話を続ける。


「森の中に生息するゴブリンは恐ろしいほどに素早いんだ。すばしっこい生物とは聞いてはいたが、あの巨体で瞬きをする間に巨木の間をすり抜けるように移動し、あっという間に目前に迫ってくる。そして森の中の木々を薙《な》ぎ倒しては拾い上げ、ありったけの倒木を投げつけてくる」

「すげえな、ゴブリンがそんなことをしてくるのか」

「ああ、あれには参ったな。俺など、それを手に持った剣で弾くのが精一杯だったな」

「投げ付けられた大木を、お前は剣で弾《はじ》き返したのか？　凄いな、それは」

「はは、まあ、ノールならやりかねんな」

「……普通に考えたら死ぬだろ、そんなのに遭遇したら」

「ああ、そうだな。仲間の『銀級』の魔術師がいなかったら、俺はとっくに死んでいたことだろう。彼女はとても優秀で、あらゆる魔法を使いこなすことが出来た。だが、奴はその仲間が撃ち出す巨大な氷柱の嵐を掻《か》い潜り、尚も迫ってくるんだ。今思い返しても、本当に恐ろしい体験だった。よく生きて帰ってこられたものだと思う」

そうやって、また同僚の間で笑いが起こる。

俺としてはあくまでも本当のことを話しているに過ぎないのだが。

まあ、別に無理に信じて欲しいとも思っていない。

俺だって実物のゴブリンを見るまでは知らなかったし、とても信じられないという気持ちはよくわかるからだ。

「まあ、そんな凄い奴が、なんで俺たちと一緒に工事現場で働いてるのかってことは置いといて、だ。『銀級』か。そいつはすげえな。銀級冒険者が手こずるほどの相手なんだな、ゴブリンってのは」

「ああ、彼女も手こずっていたな。何しろ才能と知識はあるが経験があまり無いようだったからな。ゴブリンと初めて出会った時もあまりの巨大さに驚いて身を竦《すく》ませていたようだった」

「……それで、ゴブリンの頭に埋まってた巨大な魔石を引き抜いたら、動きは止まったんだっけ?」

「ああ、ゴブリンにあんな弱点があるとは思わなかった。流石に最弱の魔物というだけあって、わかりやすい所に弱点があるものだと思ったが──実はそういうのは一般的ではなく、俺が遭遇したのは珍しい個体だったらしいな」

「そりゃそうだろ。そんなのが一般的なゴブリンだっていうんなら、俺は怖くて街の外には出られねえよ」

「ああ、そうだな。俺も正直、もう二度と会いたくない。皆も、外に出るときはいつでもゴブリンのような魔物から逃げられるよう、心の準備をしていくことだ」

そうして俺が話を一区切りすると皆が笑った。


「……それにしても、あんたの話は面白いな、ノール。今日も良かったぜ」

「ああ。ただのゴブリンの話をここまで盛れるなんてな」

「……いや、実際にあったことだぞ? 確かに多少、大げさにはしているが……大体は事実だ」

「ああ、わかってるって。そういうことだと思ってみんな聞いてるから心配するな。本当に妙な生々しさがあるし、毎日聞いてても飽きねえなんて、お前さん、そういう方面の才能あるんじゃねえか」

「そこまで言われると……ちょっと照れるな」

俺は自分が話があまり上手くないのは知っているが、話すこと自体は好きだ。

この辺りは、話好きだった父親の血を引いているのだと思う。

もちろん、父のように巧みに話すことはできないが、それなりにポイントを絞って面白く話すコツは心得ている。

話を聞くのは好きだったから、聞く側の気持ちはわかっているつもりだ。

こんな風にして俺が皆の前で話すようになったのは、今の現場の工事に参加して割とすぐの頃からだ。

そうして、いつの間にかついたあだ名は『詩人』。

とはいえ今は『杭打ち』の方が有名になってしまったし、俺自身もそっちの方が気に入っている。

そうして、予定していた一日の作業が終わり、いつもより早く皆が帰る時間になった。

「じゃあ、また明日な、杭打ち。また今度、面白い話聞かせてくれや」

「ああ。と言っても、俺の話にあまり種類はないぞ」

「まあ、同じ話でもいい暇つぶしにはなるんだ。お前さんの話は馬鹿げてるが、毎回、聞いてるだけでなんだか妙に元気が出るからな」

「とはいえ、毎回同じ話聞かされてりゃ、流石に覚えちまうぜ……そういえばこの前、お前のゴブリンの話を真似《まね》してウチの子供たちに聞かせてやったら大喜びだったぜ」

「話を覚えて、持ち帰ってくれたのか？　それは嬉しいな」


毎日のように顔を合わせているこの男、俺の話を覚えて子供たちに聞かせてくれたらしい。


「ああ、子供らは特にデカくて速いゴブリンってところが気に入ったらしくてな。話し終えたら、さっそく巨大ゴブリンごっこが始まって家中引っ掻き回して、カミさんが怒り狂ってたぜ。今度、お前の話を直接聞きに来てえってよ」

「ああ、俺の話でいいなら是非そうしてくれ。楽しみだな。違う話を用意しておいたほうがいいか？」

「お、それはありがたい……あ、でも悪いが、毒ガエルとか毒ヘビとか毒キノコを喰う話はもういいからな？　子供が真似したら大変なことになる」

「それもそうだな。じゃあ、別の話を考えておこうか……そうだ、この前王都で暴れた『竜』の話なんかどうだ？　突然、奴と俺が一人だけで戦うことになってしまって、危うく死にかけた話なんだが」

　俺がそんな話を出すと、同僚の男は愉快そうに笑った。

「はは！　そりゃあいい。そういうのが一番喜びそうだな。その路線で行ってくれ」

「……言っておくが、それも本当にあったことだからな？　ちゃんと子供たちにもそう伝えておいてくれ」

「ああ、わかってる。面白い話を考えといてくれよ。楽しみにしてるぜ」

「わかった。ちゃんと思い出して話せるようにしておこう」

「頼むぜ。じゃあ、またな」

「ああ。また明日」


　そうして皆に手を振って別れ、俺の一日の仕事が終わった。

　今日も我ながらよく働いた、と思う。

　浴場に寄ってからどこかの屋台に寄って、うまいものを食べて帰ろう。

　そうして、またいつも通りに訓練をしながら、竜と対峙した時のことを上手く話せるように思い出しておこう。

と、そう思っていたところだったのだが。

「ノール先生」

聞き覚えのある声に振り返ると、見憶えのある姿の誰かがこちらに歩いてくるのが見えた。

「こちらにいらしたのですか」

「リーンか。久々だな」

彼女の顔を見るのは久々な気がする。

「本当に突然で申し訳ないのですが、先生にご相談があるのです」

「相談？」

「はい」

リーンは姿勢を正し、どこか真剣な表情で俺の目をじっと見つめた。

「私と一緒に再びミスラへ向かって欲しいのです。先生さえ宜しければ、なのですが」

52 まだ見ぬ世界

「いつもの、二つ頼む」

「はいよ！」

俺はリーンと路地裏の屋台の簡素な木製の椅子に腰掛けると、早速いつものメニューを注文した。

結局、仕事を終えたばかりで腹が減っていたので俺とリーンは食事をしながらゆっくりと話をすることにした。

「……美味しいですね、これ。食べたことのない味ですが」

この店は同じ工事現場で働く仲間から教えてもらってから、よく利用するようになったのだが、どの料理もかなり美味い。

中でも卵を練りこんだ麺が白く濁ったスープに浸かっていて、その上に細かく刻まれた何かの肉と野菜が載っている料理は絶品だ。特に、上に載っている肉――それが何の肉かはよく知らないのだが、その肉がとにかく美味いのだ。

それが何なのか聞いても店主は不気味な薄ら笑いを浮かべるばかりで教えてくれないし、この店を教えてくれた同僚にも尋ねてみたのだが「聞かない方がいい。旨ければ別にそれでいいだろう」ということだった。

別に、秘密にすることはないだろうに……とも思ったが、まあ、俺も同じ意見だったので深くは追求しなかった。

どうやらリーンも気に入ってくれたようだった。


「それで話とは何だ？」

リーンは抱えていた料理の器を置き、こちらに向き直った。

「はい。お願いというのは――実は、三ヶ月後にミスラに赴かなければならないことになったのですが……、もしかすると危険な旅になるかもしれないのです。そこで、もしよろしければ先生にご同行いただけると私としては大変心強いのですが」

「またミスラか」

「はい……駄目でしょうか？」

リーンは麺とスープが入った器を手にしながら、俺の顔を覗き込んだ。

神聖ミスラ教国。

確かこの前、旅行に行こうとして、中止になった国だ。

もちろん、俺としては行ってみたい。

まだその街をこの目で見たことがないからだ。

その気持ちは変わっていない。

だが――

「危険とはどういうことだ？　もしかして、また魔物と戦うことになるかもしれない、ということか？」

俺の質問にリーンは器を置き、少し考えた後に答えた。

「……正直な所、私にもどういう状況になるかはわかりません。ただ、確実に危険はあると思います。前の旅と同じぐらいか、それ以上の」

「そうか」

前にミスラに向かう道中で戦ったモノというと、毒ガエルと、あの奇抜な黒い包帯ぐるぐる巻き男ぐらいか。まあ、それぐらいなら何とかなるかもしれないな……と俺は麺を啜《すす》りながら少し考え、いや待てよ、とも思う。

本当にそんな旅に俺がついて行っても大丈夫なのだろうか。

俺は、まだまだ弱い。色々あってそれを痛感した。

前の皇国の襲撃騒動の時には『ゴブリン』や『毒ガエル』を倒すことができ、少しは自信を持っていいのではないか……などと思っていたのだが。騒動の翌日、ギルドのおじさんから普通のゴブリンとは比べ物にならない大きさの『ゴブリンエンペラー』というとんでもない怪物が王都に出現した話を聞き、すぐに思い直すことになった。

俺にとっては、リーンと一緒に倒したただのゴブリンですら驚くほど巨大に思えたのだが、その『ゴブリンエンペラー』はなんと俺が遭遇した普通のゴブリンのおよそ十倍という恐ろしい巨体を持ち、さらにあの数倍の速さで動くというのだ。

……そんなとんでもなく強大な魔物が、その日、王都市街に何匹も現れたという。

もし、そんな怪物に俺が遭遇していたら？

俺など、瞬く間に握り潰されて、絞りカスにされていたことだろう。

だというのに。この街の冒険者は協力し、そいつらを全て倒しきったのだという。

なんとギルドのマスターをやっているおじさんも、仲間と共に陣頭指揮をとって戦い、その『ゴブリンエンペラー』一体を五人掛かりで仕留めたという。「久々にいい運動になった」と言って楽しそうに笑っていた。

その時初めて知ったのだが、おじさんは元々『金級』の冒険者だったらしい。

普段から普通に接していたが、実はすごい人物だったのだ。

彼らが、そんな山のように巨大な怪物と彼らがどんな戦いをしていたのか……俺には、想像するだけで恐ろしいとしか言えない。

俺がそう言うと、ギルドのおじさんは笑っていたが……。

俺たちが王都に辿り着いた時にはそんな雲に頭の届きそうな感じの巨大な生き物は見かけなかったので、既に彼らに倒されていたのだろうと思う。

でもその後、死体をまったく見かけなかったのは不思議だとギルドマスターのおじさんに伝えたら、そんなものがいつまでも街にあっては邪魔だし、数人の冒険者で担いですぐに撤去した、とのことだった。

マスターの話を聞いて俺は猛省した。

俺だってリーンと一緒に『ゴブリン』という魔物を倒せたし、巨大な竜と一対一で向き合っても死ななかった……だが、それだけだ。

そういう、規格外の人々に比べれば俺はまだまだ弱い部類でしかないのだと。

聞いたところでは、この国の王様も相当に腕が立つらしく『ゴブリンエンペラー』をあっという間に三体も仕留めたそうだ。それも、たった一人で。

身を挺《てい》して王が国民を護る姿は、冒険者たちの間でも語り草になっているらしかった。

そんな人物が尊敬されるのも頷けるし、この国には本当にとんでもない人物がいるものだとしきりに感心したのだが。

そんな話を聞いて俺が思ったのは、世界は俺が思っていたよりもずっと広いらしい、ということだった。


だから、せっかくリーンに誘われたものの、少し迷う。

本当に俺は彼女の旅について行ってもいいものなのだろうか。

足を引っ張ることにならないだろうか、と。

「行くのは俺たちだけなのか？」

「いえ。今回はロロも招待されているので一緒に行くことになりそうです。もちろん、彼が行くと言えばなのですが」

「ロロも招待されたのか」

「はい。なので今は私とイネスとロロ、そして先生の四人で考えています。あまり大勢になるのも考えものなので」

「……そもそも、なんの用事なんだ？」

「少し変に思われるかもしれませんが……危険な用事というのは、知人の成人式のお祝いなのです。基本的にはパーティがあって、それに出席するだけなのですが」

「成人式？」


知人の成人式のお祝い？

それが、なんで危険なんだろう……？

……どういうことだ。全く話が見えてこない。

俺の疑問を察したのか、リーンが済まなさそうに俺の顔色を窺《うかが》う。

「……すみません。当然、疑問をお持ちになられるかと思いますが、あまりこういった場所では発言できない種類のお話なのです。こちらからお願いに上がったところなのに、ちゃんとご説明できず、本当に申し訳ないのですが」

「そうか、それなら仕方ないが……パーティ、となると、何か準備していくものがあったりするのか？　俺はそのあたりの知識が全くないのだが」

「準備のことに関しては大丈夫です。先生は付いて来てくださるだけで結構です。向こうでの衣装などは全てこちらで用意しますので。サイズの確認などのお手間はかけてしまうと思いますが」

「衣装？　そんなものが必要なのか？」

「はい。何があっても大丈夫なよう、なるべく丈夫なものを準備させていただきますのでご安心ください」


何があっても大丈夫なように、か。

話を聞けば聞くほど、不安になってくる。

まさかとは思うが、ミスラ教国というのは、一人で凶暴な魔物とか倒さないと成人できない感じの国なのだろうか。

それで成人の場に立ち会うには相応の危険が伴う、と？

たまに、そういう風習のある土地もあるとは聞いたことがあるが。

とある危険な試練を乗り越えないと一人前として認められない、とか……そういう感じの。

リーンが行くと言っているのは、そういう場所なのだろうか。

疑問ばかりが頭に浮かぶ。


「そんなところに俺が行っても大丈夫だろうか」

「何事もなければ、その場にいていただくだけで十分です。晩餐会ではきっと美味しい料理が振舞われると思いますので、それを楽しみにしておいてもらっても大丈夫だと思います」

「そうか」


料理か。それは非常に楽しみではある。

土地が違えば食べるものも違う。

王都に来て痛感したのが、様々な人の交流が生み出す豊かな食の文化だ。

もしかしたらミスラでは竜滅茸よりも美味いキノコも出るかもしれない。

そんなことを考えると、胸が高鳴る。

ミスラ、まだ見ぬ土地。

暇があれば是非、行ってみたいものだ。

だが――

「でも、俺は今回は行かない方がいいだろうな」

「えっ」

リーンは俺の返事が意外だったらしく、固まってしまった。

少し言葉が足りなかったか。

「知っているとは思うが、まだ王都の復興工事は途中だ。前の騒ぎで家を失って困っている人たちがいる。俺はこれでも工事には少しは役に立っているつもりだし、こんな時に俺が抜けると彼らが家に帰るのが遅れるんじゃないかと思ってな」

まだまだ、街の復旧には時間はかかりそうだ。

旅の話はとても魅力的だが、俺には必要とされている仕事がある。

なかなかそれをすぐに放り出すという気分にはなれない。

「そ、それはおっしゃる通りです、が」

「それに、俺以外にも護衛の適役はいるだろう？ 正直ミスラには行ってみたいし、その成人式にも興味はあるが、俺がついて行ったところで誰の為にならないかもしれない。だから、やめておこうと思う」

「……わ……わわ、わかりました・先生がそう、おっしゃるのなら……！」

リーンはそう言って了解してくれているようだったが……よく見ると、顔は笑顔のままで目に涙をためている。

そうして震えた手で器を持ち、無言でスープを啜り始めた。

さっきまで元気に話をしていたのが嘘のように静かだ。

なんだか知らないが、えらい気の落としようだ。

そんな姿を見せられると、気の毒になってくるのだが。

「それとも、俺でなければならない理由があるのか？」

「はい。先生でないと、きっと駄目だと思います」

俺が声をかけるとリーンはすぐさま振り向いて器を置き、即答した。

「そうか？」

「いえ、訂正させてください。あんな中途半端なお願いの仕方が、そもそもいけませんでした」

リーンは屋台の木製の椅子から立ち上がると、まっすぐ俺に向かい胸に手を当てて、前に見せたような丁寧な礼をした。

「ノール先生、私の命を預けられる人物は、先生とイネスを置いて他にいません。どうか、ご同行をお願いします。その御恩にはどんなことがあっても全身全霊を以ってお応えします。リンネブルグ・クレイスの名にかけて」

成人式に立ち会うぐらいで、また大げさな。

まあ、そこまで言われると悪い気はしないが。

それにしても、この子はまだ勘違いをしているのだろうか。

この子が思っているほど、俺は強くはない。だが――

「明日、親方に相談してみよう。行くかどうかはそれから決める。それでいいか？」

「はい！」

途端に、リーンの表情が明るくなった。

俺が行くと言ったのがよほど嬉しいらしい。

この子の勘違いも、いつになったら解けるのか。

それでも、ここまで頼ってくれているのだから、なんとか力になってあげたいとは思う。

自分の実力が明らかに足りないとわかっていつつも、それに少しは追いつきたいと感じる。


……いや、それは違うか。

自分の本心は、わかっている。

俺は結局、この子を口実に使っているだけなのだと。


結局、俺は冒険がしたいだけなのだろう。

確かに工事の仕事は楽しい。人に頼られるし、やりがいもある。

でも、まだ見ぬ土地、ミスラにはまだ俺の知らないことが待ち構えているという。

それが危険らしいということもわかっていても、行ってみたい。

見てみたい。湧き上がる好奇心を抑えきれない。

そういう自分の単純な気持ちに嘘はつけないのだ。

なぜなら、俺は冒険がしたくて『冒険者』になったのだから。

でも、旅に出るとなるとこれから色々と準備をしなければならない。

世の中には『ゴブリンエンペラー』のようなとんでもない怪物が沢山いるということを知ったのだから。

そもそも、危険な場所にも行くことになるらしいから、今の実力のままでは不安だ。

イネスもついてきてくれるとはいえ、俺も旅に出るならば、魔物と出会った時に一人で対処できるぐらいのつもりでいなければ、いつ死んでもおかしくないと思う。


旅立ちまでは三ヶ月あるというが、たったの三ヶ月だ。

その期間で俺はもっともっと強くならなければならない。

少なくとも、『ゴブリンエンペラー』と出会っても死なない程度には。

となると今のように工事の片手間にやっている訓練では不足だと思う。

親方にはすぐに相談しなければいけない。


いきなり仕事を辞めたいというのも俺の我儘でしかないので、親方や他の皆にはすまないとは思う。

明日、会った時になんと言おうか。

リーンと別れた後、俺はそんな風なことを考えて夜を明かした。

そして翌朝。

俺はいつもより早くに工事現場を訪れた。

「……なあ、親方。話があるんだが」

「なんだよ改まって。話？　珍しいな」

不思議そうな顔をする親方に、俺がなんと言い出そうか迷っていた。

結局、夜通し考えてもうまく考えはまとまらなかったのだ。

親方は話があると言いつつ、なかなか切り出せない俺の様子を眺めると笑顔を見せた。

「……ああ、そっか。もう、行くんだな」

「なに？　なんでわかった？」

まだ何も言ってないのだが。

「言わなくても顔に書いてあるぜ。いいぜ、行ってきな。お前さんの夢があるんだろ？」

「夢？　なんだ、その夢というのは」

「いや……それはちょっと、俺に聞かれても困るんだが。お前のことだぞ？　なんか、やりたいことがあるんだろうが。だから『冒険者』なんだろ？」

「そうだな、それはある」

今回のは親方が言う夢というほど大げさなものではないのだが。

まあ、やりたいことがあることはある。

「だが、それをするとなると、俺はここを去らなければならない。今まで世話になった皆に、迷惑をかけることになるかもしれないと思ってな。すまないとは思っている」

俺がそう言うと、親方は苦笑した。

「おいおい、何言ってるんだ？　元から誰も引き留めようなんて思ってねえし、やりたくてもできねえよ。大体、こういう日が来るのはわかってただろ？　お前さん、俺がいくら建築《う》ギルド《ち》に誘っても『冒険者』でいることに拘《こだわ》ってたしな」

「そういえば、そうだったな」

「それにもう、お前さんは十分すぎるほど働いてくれたし、おかげで工事は予定より二ヶ月も早く進んでるんだ。それだけでも十分有り難《がて》えと思ってる。誰も、お前に働き足りねえなんて言う奴はいねえよ……というか、この一月でもう百人分は働いたんじゃねえのか？　ちゃんと計算してギルドにはその分、支払っておくから、ちゃんと受け取っておけよ」

「ああ、わかった」

「……気が向いたらいつでも帰ってこいよ。お前さんにはまだまだ、叩き込みたい技術が山ほどある。それに、俺はまだ諦めたわけじゃねえからな？　お前さんには普通の従業員の十倍、いや二十倍の給料出してもお釣りがくるぐらいだと思ってるんだからな」

「ああ、きっと帰ってくる。待っていてくれ」


そうして、その日、俺は慣れ親しんだ工事現場を後にした。

そして三ヶ月後を目指し、明日から一層、厳しい鍛錬をする覚悟を決めた。

ミスラへの旅に出て、ちゃんと生きて戻ってくる為に。

53　鍛錬

王都の市街を少し離れた森の中。

俺はようやく日が昇り始めた時間帯の朝の空気を吸いながら、いつもの訓練を始めた。

まずは『黒い剣』を両手で強く握り込み、周りの葉の生い茂った木々に向かって思い切り一振りする。

『黒い剣』は重いので一振りするだけで足が地面に食い込み、森が少し揺れる。

同時に大きな風が起こり、周囲の木々の葉を舞い散らせた。

俺はそのまま剣を構え、しばらく待ち、辺り一面に舞い落ちて来る数十枚の木の葉の中から一枚を狙い、弾く。

「パリイ」

小気味良い破裂音と共に木の葉が砕け散る。

そしてまた次の葉を狙って叩き、弾く。

その繰り返し。

一連の動作をだんだんと速くしていき、最初の素振りの風で舞った葉を全て、地面に落ちる前に叩き落とす。

これが最初の一セット。準備運動のようなものだ。


次はもう少しだけ強目に剣を振り、より大きく風を起こす。

「――――パリイ」


そして、そこからは俺の持つ数少ないスキル【しのびあし】を発動させる。

すると、速く動く時に感じる邪魔な『空気の壁』が消える。

元は足音を消すスキルらしいのだが……ある日、周りの空気も一緒に消えているのに気がつき、以来、そうしている。

おかげで普通に動くより、とても速く動ける。

「パリイ」

そうやって、俺は森の中に立ち並ぶ木々を縫うように動きながら、辺り一帯に舞い散った数百枚程度の木の葉を、地面に落ちきる前に全て弾く。

風は起きないし足音も起きないが、葉っぱの破裂音だけは森の中に響く。

おかげで結構騒がしいので、これをしばらくやっているると鳥や獣もいなくなってしまった。

「────パリイ」

それが終わると、次もまた同じことをする。

素振りで風を起こし、落ちる木の葉を全て弾く。

ただひたすら、それを繰り返す。

そうしてだんだんと、最初に起こす風を強くして、落とす葉の枚数を増やしていく。

これをここのところ、毎日続けている。

「パリイ」

目標の「だいたい一万枚」を弾き終えた俺は少し息をついた。

「まあ、ひとまず朝はこんなものか」

この木の葉を弾く訓練法は単純だが、前の素振りだけだった時よりもずっと良い訓練方法だ。

この訓練を始めてから、俺は前より少し速く、的確に動けるようになった気がする。

重たい『黒い剣』の素早い扱いにもかなり慣れることができた。自分の上達は実感している。

数日前にこの「素振り葉っぱ法」を思いついた時は、これで俺はもう少し強くなれそうだと喜んでいたのだが――

でも、このままでは……。

「駄目――だろうな」

俺は話に聞いた『ゴブリンエンペラー』の姿を脳裏に思い浮かべ、身震いする。

あの素早い『ゴブリン』の数倍は速く動くという恐ろしい魔物。

旅に出るというのなら、そんな奴に出くわしてもなんとか、倒せないまでも、仲間を護って逃げ切れるぐらいの力はつけたいと思って訓練に臨んでいるのだが。
――全く、そんなことの出来るイメージが湧かない。

俺は限界を感じていた。
多少は強くなった気がするが……まだまだ、そんな化物には勝てる気がしない。
何より、こんな練習を三ヶ月も続けていたら森の木々が禿《は》げ上がってしまうだろう。
背に腹は代えられないが、それもさすがにどうかと思う。
何か、違う方法を見つけ出さなければいけない。
何かが今、足りないのだ。
きっと、今の俺は実戦に近い形で訓練を積まなければならないのだろう。

◇

俺は昼の訓練を中止し、取り敢えず冒険者ギルドへと足を運んだ。

「おう、ノールか。しばらく見てないな――って言っても数日ぶりか。ほぼ毎日会ってたからな、ちょっと会わないだけで久々に思えるぜ」

「ああ、そうだな」

俺の姿を見掛けると、ギルドのおじさんがいつものように声を掛けてきた。

「で、今日は何の用だ？　うちで預かってる金が必要なら、いつでも渡せるぜ。工事手伝いの依頼じゃ考えられねえぐらいの支払いがあったからな。竜退治でもあんな金額見たことねえよ……というか、お前、本当に建築ギルドに就職考えたらどうだ？　あのケチな爺いがここまで出すなんて有り得ないことだぞ？　……って言っても聞かねえのは知ってるが」

いつものようにおじさんの就職斡旋《あっせん》が始まるが、これは挨拶のようなものなので、そのまま俺は自分の用事の話をする。

「いや、金はいいんだ。当分使う予定はないから、預かっておいてくれ。今日は依頼を探しに来たんだ」

「――ん、依頼か？　しばらく休むって言ってなかったか？」

「いや、工事の依頼じゃない。何か、動くものと戦えるような――王都の中でできる依頼はないか？　もちろん、あまり強力なのを相手にするのは無理だが、出来るだけ素早い奴を相手に戦えて、毎日できて、危なくないのがいい」

「ねえよ、そんな都合の良いもんは。……いや。ないこともない、か。……だが、あれはちょっとなぁ」

おじさんは俺の要求に呆れた顔をしたあと、ふと何かを思い出したように思案顔で頭を掻いた。

「あるのか？」

「一応聞いておくか？」

「ああ、頼む」

「――前の皇国の襲撃の時に、『還らずの迷宮』周辺が壊されたのは知ってるよな？　それで迷宮の魔物を外に出さない為に張られてた『結界』が不安定になって、弱い魔物が少し溢れ出しちまったんだが」

「そんなことがあったのか。それは知らなかったな」

「……お前のいた工事現場の近くにも看板出てただろ。見なかったのか？」

「いや。あの時は仕事のことだけ考えていたから、そんな看板のことは目に入らなかったな」


弱い魔物が溢れ出た……？　それは一大事ではないのだろうか。


「まあ、はみ出してるのは浅い層の弱い奴だけだし、王都の防衛隊と一般冒険者が協力して抑えてるからそんなに問題にはなってないけどよ。中には対処が後回しになってるのがある」

「後回し？」

「ああ。手間がかかる割に別に脅威ってほどじゃねえから、忙しくて放置されてるんだよな。冒険者ギルド《うち》にも大分前に王都防衛隊から応援依頼が回ってきたんだが、あまり消化されてねえ」

「そんなものがあるのか」

「ああ。依頼の内容は言ってみれば『幽霊退治』ってとこだな」


おじさんの口から幽霊、という言葉が出て俺は少しドキリとした。

「ゆ、幽霊……退治……？」

「ああ、主に出てくるのは『幽霊《ゴースト》』だからな、運が悪けりゃ、たまに『スケルトン』も出てくる」

「スケルトン？」

「人骨が動いてるバケモンだ。知らないのか？」

「ほ、骨が動くのか？　それはちょっと……不気味だな」

「なんだ、もしかして、怖いのか？」

「いや……そ、そんなことはないが」


声が少し、上擦ってしまった。

正直、その類の話は苦手だ。

昔、小さい頃、父親に幽霊やらゾンビやらが出てくる物語を聞かされ、怖くて夜トイレに行けなくなり、泣きながら母親に一緒に行ってくれと頼んだことがある。

流石に、今はもう大丈夫だと思うが。

当時は非常に怖かった記憶があるが今となってはもう怖くはない。

幽霊なんて本当はいない。

ゾンビなんて作り話だ。

そう自分に言い聞かせて克服したつもりだからだ。

……いや、ちょっと待て。

本当はいるのか。

「まあ、確かに『スケルトン』は警戒した方がいいかもな。脅威度ランクは同じEランクだが、ゴブリンよりも少し強い。奴ら、武器を持って襲ってくるし、なかなか頑丈だしな。だが、そんなに素早い奴らじゃないから逃げるのは簡単だ。出くわしたら、必ず逃げるんだぞ？」

ゴブリンよりも、少し強い魔物か。
それぐらいなら、俺が挑戦するにはちょうどいいかもしれない。

「ちなみに、『幽霊《ゴースト》』は脅威度ランクF。いわゆる魔物じゃなくて、迷惑現象扱いだな。奴らにも多少の攻撃性はあるが、精神的に来るだけで身体にダメージを負わされるわけじゃねえ。だから『討伐』じゃなくて、ネズミみたいな『駆除』扱いだ。特別ランク【無名《ノービス》】のお前さんでも、依頼は受けられるぞ」

「……そうか」

俺の冒険者ランクは未だに【無名《ノービス》】だ。
実は前に、リーンのお兄さんから、皇国の襲撃騒動の時に役立ったということで「当家の口添えがあればランクをかなり上げられる」と言われたのだが、断った。

正直、少し迷ったのだが、やはりこういうのは自分の実力で評価を勝ち取らないと意味がない。人の手を借りてゴブリンにやっと勝てる程度の実力で上のランクに上がっても良いことはないだろう。

俺はちゃんと強くなって【スキル】を身につけ、胸を張って冒険者になりたいのだ。

――それなら尚更、この依頼は都合がいいかもしれないな。

「だが、そもそも『幽霊《ゴースト》』を駆除するには魔法が使えねえとな。アイツらからの攻撃がこっちには通じないのとおなじで、こっちからも物理攻撃が一切通じねえんだ。お前、魔法スキルは使えなかったよな？」

「いや、一応使えるぞ、ほら」

俺は指先にロウソクの火のような小さな火を灯《とも》した。

俺が唯一使える魔法スキル――

「【プチファイア】だ」

「いや、それは知ってるけどよ。それで戦うつもりか？」

「駄目か？」

「まあ、駄目とは言わねえが……それで『幽霊《ゴースト》』と戦う奴は聞いたことねえよ。ダメージを与えられない事もないとは思うが……微々たるもんだろう。まあ、やってみてもいいが、無理だと思ったらやめておけよ？」


だが、俺はこの依頼を受けることに決めた。

正直、苦手な系統ではある。

でも、ゴブリンより少し強いスケルトンに出会《でくわ》す可能性があるというのなら、行ってみる価値はあるだろう。


おじさんは出会ったら逃げろ、と言っていたが。

今の俺はそれぐらいの強敵と戦う必要があるのだ。


——多少の危険を冒してでも。

まあ、良い歳になって、まだお化けが怖いなどと。

そんなこと、言っていられないだろうし。

だが、多少の不安はある。

俺が幽霊に有効打を与えられるのは【プチファイア】だけということになる。

それだけで戦うのは心許《こころもと》ない。

だから――

「……リーンに、ついてきてもらおうかな」

一人で幽霊退治に赴くのが怖いわけではない。別に、俺は幽霊が怖いというわけではないのだが

――魔法の得意な彼女がいれば、何かあっても安心だろうと思うので。

54　幽霊退治

「すまないな、俺の都合に付き合わせてしまって」

「いえ、先日ワガママを聞いていただいたのは私の方ですし、私でお力になれることであれば何でもおっしゃってください」


俺が『幽霊退治』に付き合って欲しいと頼みに行くと、リーンはにこやかに承諾してくれ、早速翌日の朝、俺とリーンは二人で目的地に向かった。

冒険者ギルドで受けた『幽霊退治』の依頼の指定場所は、『還らずの迷宮』の入り口近くにある、古い倉庫の地下室らしかった。

その場所は昔から「出る」ことで有名らしい。リーンはその辺りの話をよく知っていて、歩きながら俺に色々と話してくれた。

「あの倉庫の地下部分は昔は『迷宮《ダンジョン》』の一部だったんです。とは言っても、材質が一緒なぐらいで、どこにも繋がっていないらしいのですが。数百年前にここを訪れた冒険者たちが、巣食っていた魔物を駆逐した後、広いし頑丈だし、食物の保管庫として使おう、ということで利用され始めたらしいのです。結構、由緒ある倉庫だったりします」

「『幽霊《ゴースト》』が出るのに、使っていたのか？」

「はい。たまに『幽霊《ゴースト》』が出るぐらいであれば、それほどの危険はないですからね。心臓の弱い方は近づくのは避けたほうがいいですが、むしろ、物資の保管倉庫としてはネズミなどを遠ざけてくれるので有り難がられる場合もあります。ちょっとした害もあれば益もある。『幽霊《ゴースト》』はそんな存在です」

「そ、そうなのか」

知らなかったが、意外にもこの国では『幽霊《ゴースト》』というのは身近な存在だったらしい。
まさか、倉庫のネズミ除けぐらいに思われてるとは……。

だがなぜ、そんなところに『幽霊《ゴースト》』が湧くようになったかということはわからないらしい。そもそも、『幽霊《ゴースト》』が何なのかというのもよくわかっていないという。

「いろんな説がありますね。『迷宮《ダンジョン》』が生まれた古き時代に生み出された生体魔術の一種だという話もありますし、もしかすると、夢半ばで死んだ冒険者の霊魂が彷徨《さまよ》い、生者を妬んでいたずらをしているのかもしれない――とも」

「そうか。随分と詳しいんだな」

さっきから嬉々として幽霊《ゴースト》の話をしているが、もしかしてリーンはそういうのが好きなのだろうか。

「ここに来ると聞いて、少し家の書庫を調べてみたんです。下調べは大事ですからね」

わざわざ調べてくれたのか……マメな子だな。俺も少しは見習った方がいいかもしれない。とはいえ、俺が自由に入れる書庫などないのだが。

「……そういえば、『スケルトン』も出るかもしれないと聞いたが、同じようなものなのか？」

「スケルトンですか？　通常の『迷宮《ダンジョン》』などでは一緒に出てくることも多いのですが、スケルトンは実体を持っていますし、魔物の一種ですから、ちょっと発生原理は違うみたいです。あと、これから行く場所には出ないと思いますよ？　あそこで報告があったのは『幽霊《ゴースト》』だけみたいですから」

「ん？　そうなのか？」

スケルトンは出てこないのか。
ちょっと安心したような、残念なような。

駆除対象の『幽霊《ゴースト》』が湧いている場所は王都内にいくつかあるらしいが、もしかして、おじさんが危険のないようにと配慮して場所を選んでくれたのかもしれない。
ありがたいような、何とも複雑な気持ちだ。
俺がスケルトンと戦いたいなんてことは伝えてないから、完全に気配りなのだとは思うが。

仕方ない、『幽霊《ゴースト》』と出会えるだけでも良しとするか。

「ここですね」

しばらく歩くと、目の前に立て看板と木製の柵が立っている場所に辿り着いた。

「ここか」

そういえば、ここには瓦礫の撤去作業中に来た覚えがある。
あの時から立入禁止区域になっていた場所だ。
ここのことか。

「立入禁止と書いてあるが、入ってもいいのか?」
「はい。進入許可は取ってありますので、進みましょう」

立入禁止区域の柵を乗り越え、またしばらく進むと何もない場所に、地下へと続く石造の大きな階段があるのが見えてきた。

「目的地はこの階段を降りた所ですね。そこが『幽霊《ゴースト》』の出没場所です」

地下への入り口に近づくと、僅かに冷気が漂っていて寒気を覚える。

その奥は真っ暗で、目を凝らしても見通せない。

……いかにも、という感じだ。

「では、行くか」

「はい」

俺は手にした『黒い剣』をギュッと握りしめ、暗い地下室への一歩目を踏み出した。

いまさらながら、リーンについてきてもらって良かったと思う。

別に、一人で暗い穴倉のような所へ行くのが怖いわけではないのだが、俺一人だったらここまでの道のりで迷っていたかもしれない。

この子はまだ十四歳と年若いが、本当に頼りになる。

俺が同じぐらいの歳だった頃とは大違いだな……。

そんな事を考えながら広い階段を降りていくと、だんだんと周りが見えなくなる。ある程度降りると、手の届く範囲すら見えず、隣にいるリーンの顔すら見えなくなった。

「ここが入り口です」

リーンに言われて木製のドアを開けると、広い空間に出た。

――暗い。

本当に何も見えない。

暗がりの中、俺は【プチファイア】を使い、その灯《あか》りを頼りに進んでいくことにする。

「先生、おわかりかとは思いますが、壁や床には気をつけてください。流石に発見から数百年が経過していてまだ生きている『罠《トラップ》』があるとは思えませんが――先生の『黒い剣』はかなりの重量があるので、思わぬ事態があるかもしれません」

「ああ、わかった」

そういえば、俺は昔【盗賊】の訓練所に行っていた時、教官から「お前は何故か必ず罠を踏み抜くから、絶対に罠のありそうな場所には近づくな」と言われたことがあるな。

ここは昔、『迷宮《ダンジョン》』の一部だったというし、もしかしたら何か危ない仕掛けだってあるかもしれない。

絶対に気をつけよう。

そう心に決め、一歩目を踏み出した瞬間――――突然、足元の石畳が沈み、何かが抜けるような音がした。

「――――ん？」

同時に足元が崩れてなくなる感覚。

しまった、これは『罠《トラップ》』だ。

咄嗟《とっさ》に跳びのこうとするが、緊張で身体が硬直していたせいか、間に合わない。

俺は崩れる石の床と共に地面に呑み込まれた。

「せ、先生!?」

俺は石の床の瓦礫と共に、広い空間に投げ出された。

そして、リーンの声が遠ざかるのを感じながら落下し、身体が床らしきものにぶつかり、その床が砕け、また落ちる。

何度かそれを繰り返しながら俺は必死に空中で体勢を立て直し、どうにか硬い床に着地した。

「……随分、落ちて来てしまったな」

一緒に崩れ落ちて来た床の瓦礫を押し退《の》けつつ俺は周りを見回した。

暗くて何も見えないが……どうにか助かったようだ。

頭上から落ちる瓦礫の反響音からとても広い空間があることがわかる。

そこはとても暗く広い空間だった。

ふと手元の灯りが消えているのに気がつき、再び俺が指先に火を灯すと、暗闇の空間の奥に巨大

な祭壇のようなものが浮かんで見えた。

（……祭壇？　なんで、倉庫にそんなものがあるんだ？）

そんな風に不思議に思ったのも束《つか》の間。

《――――おおおおおおおおオオおおおおおオオおおおオオおおおおオオおおおおおおオオおおおおおおおおおおオオおおおおおおおオオおおオオおおおおおおオオおおおオオおおおオおおおおおおオオおおおオオおおおおおおおおオオおおおおおオオおおおオオおおおおオオおオオおおお――――》

闇の中から、おぞましい叫び声がした。

その主を見定めようと暗闇の奥を覗き込むと、そこにおかしなものが漂っているのに気が付いた。

「――あれは、なんだ」

不気味な声の主は暗闇の中におぼろげに見える巨大な祭壇のような場所から、こちらを覗くように頭の半分を出していた。

――白い頭。そう、あれは頭だ。

見上げるほどに巨大な人の頭のようなもの。

大きすぎて最初、何かわからなかったが……ギョロリとした目が一つ、こちらを見つめているのが見える。

それは俺の姿を認めると、ゆっくりと祭壇をすり抜けるようにして這い出て俺を暗闇の中から見下ろした。


その異様な姿に、思わず背筋が凍った。

それは俺が今まで見たことも、想像したこともないぐらいに恐ろしい何かだった。

半透明で、モノをすり抜ける、よくわからない人形《ひとがた》の何か。

だが、そういうものがいる、という話だけは聞いていた。

俺はそいつに会いに来たのではなかったか。

「……まさか。これが、『幽霊《ゴースト》』なのか」

話には聞いていたが目にして正直、驚いた。

てっきり、普通の人間と同じぐらいの大きさのものかとばかり思っていたが……ゴブリンがあれだけ大きいのだ。
『幽霊《ゴースト》』がこれぐらいでも不思議はないのかもしれない。

《————おおおおおおおおオオおおおおおオオおおおオオおおおおオオおおおおおおオオおおおおおおおおおおおオオおおおおオオおおおオオおおおおオおおおおおおオオおおおオオおおおおおおおおオオおおおおおおオオおおおおオオおおおオオおおおおオオおオオおおお————》

俺を見つめる『幽霊《ゴースト》』は再び、この世のものとも思えない叫び声を上げた。

あまりの恐ろしさに、身が縮む。
思っていたよりもずっと大きいし、本当に恐ろしい。
暗闇と得体の知れない何か。根源的な恐怖。
それをその怪物は放っていた。

「先生！　ご無事ですか⁉」

俺を追って、リーンも降りてきた。

その瞬間、暗闇の中のそれがギョロリとリーンに視線を向ける。

「――――ッ！！」

リーンは『幽霊《ゴースト》』に驚き、硬直した。

その気持ちは非常によくわかる。

誰だってそうなるだろう。あれはちょっと不気味すぎる。

精神的に「来る」というのは、こういうことだろう。

《――――――おおおおおおおおおオオおおおおおおおオオおおおおオオおおおおおおおおオオおおおおおおおおおおおおオオおおおおおおおオオおおおおオオおおおおオオおおおおオオおおおおおおおおおおおおおオおおおおおオオおおおおおおおオオおおおおオオおおおおオおおおおおおおオオおおおおオオおおおおおおおおおおオオおおおおおおおオオおおおおオオおおおおオオおオオおおお―――》

最初、人のような形をしていた『幽霊《ゴースト》』はリーンの姿を見つけると蠢《うごめ》きながら形を変えた。骨のように細かった二本の腕は大樹のように膨らみ枝分かれし、八本の触手のようになり、脚は細かく分かれて床や壁や天井に向かって伸びていって、もう原形すらわからない感じだ。

　そして、一応二つだけだった巨大な眼玉も異様な速度で分裂して増え続け、もう何個あるか数える気すら起きない。

　いくら無害で命に脅威はないと言われているとはいえ……こんな不気味なもの、誰も駆除しに来たくないというのは頷ける。

《――――――おおおおおおおオオおおおおおおおおオオおおおおオオおおおおおおおおオオおおおおおおおおおおおオオおおおおおおおオオおおおおオオおおおおオオおおおおオオおおおおおおおおおおおおオおおおおオオおおおおおおおおオオおおおおオオおおおおオおおおおおおおオオおおおおオオおおおおおおおおおおオおおおおおおおオオおおおおオオおおおおオオおオオおおお――》

……それにしても。

脅かされるだけで危険はないとは聞いていたが、いくら何でも、あれは怖すぎではないだろうか。

心臓の悪い人は近づかない方がいいと言っていたが……きっと悪くなくても死ねるぞ、これは。

《――――――おおおおおおおおおオオおおおおおおおオオおおおおオオおおおおおおおおオオお
おおおおおおおおおおおオオおおおおおおおオオおおおおオオおおおおオオおおおおオオおおおお
おおおおおおおおおオおおおおおオオおおおおおおおオオおおおおオオおおおおオおおおおおおお
オオおおおおオオおおおおおおおおおおオオおおおおおおおオオおおおおオオおおおおオオおオオ
おおお―――》

などという事を考えている間に、また太い腕が十本ぐらい増えた。

あちこちに伸びた脚ももう百本ぐらいはあると思うし、更に無数に増殖した大小様々の血走った眼玉がギョロリと俺とリーンを睨んでくる。


――本当に、怖い。正直、もう帰りたい。

だが、流石に一匹ぐらい、退治しなくては帰れないだろう。

せっかく無理を言ってリーンにここまでついてきてもらったのだから。


「すまないが、リーンはそこで見ていてくれ。あれはひとまず俺一人でやってみる」

「は、はい。ですが」

「万が一、危なくなったら助けてくれ。頼りにしているからな」

「……わかりました」

俺は『黒い剣』を片手で構えつつ、もう片方の手には【プチファイア】の火を灯し、限界まで燃え上がらせた。

よし……これでもう、怖くない。あんなの全然、怖くない。

そう思い込むことで俺は身体の震えを抑え込み、目の前の化け物に飛び込む覚悟を決めた。

「行くぞ」

――さあ、ここからが俺の『幽霊退治』の始まりだ。

55　俺は幽霊をパリイする

暗闇の中、硬い床を蹴ってあの白く半透明の身体の怪物『幽霊《ゴースト》』に近づくと、奴の身体の全体がうっすらと淡い光に包まれるのを感じた。

「何だ？」

瞬間、『幽霊《ゴースト》』の腕がこちらに伸ばされ、白い指から変形した無数の触手が一斉に襲いかかってくる。

（――けっこう、疾《はや》いな）

不気味な半透明な触手は、まるで矢のような速さで俺に迫ってくるが幸い、躱《かわ》せない程ではない。

俺は咄嗟に床を蹴り、身を翻《ひるがえ》す。

別に、当たっても特に害はないのかもしれないが。

とはいえ、俺はあれに触れたいとは思わなかった。

次々と音もなく襲ってくるそれらの触手には、どこか『殺意』のようなものが感じられたからだ。

もし、あれに一瞬でも触れてしまえば、自分の命を丸ごと吸い取られてしまいそうな気さえした。

……まあ、実際にはそんなことないのだろうが。

あの不気味な白い身体はそれぐらいに強烈な威圧感を放っている。

やっぱり気味が悪いし、出来るだけ触れたくないと思う。

《――――――おおおおおおおおおオオおおおおおおおオオおおおおオオおおおおおおおおオオおおおおおおおおおおおおオオおおおおおおおおオオおおおおおおおオオおおおおオオおおおおオおおおおおおおオオおおおおオオおおおおおおおおおおオオおおおおおおおオオおおおおオオおおおおオオおオオおおお―――》

俺が、あちこち飛び回りながら必死に白い触手から逃げ回っていると『幽霊《ゴースト》』はどんどん触手を増やしていった。

そしてまるで怒り狂っているかのような叫びをあげ、攻撃は更に激しくなっていく。

無数の巨木のような白い腕は暗闇の中を縦横無尽にのたうち、いつの間にか無数の眼玉がつきはじめた指が伸びながら襲ってくる。

まるで嵐のようだ。とはいえ、まだ別に躱しきれないほどでもない。

これぐらいならなんとか奴に近づけるだろう。そう思っていたのだが。


(――しまった)


一瞬の油断。

その隙をつき、『幽霊《ゴースト》』は俺の右と左、足元、そして頭上、更に背後。

要するに全方位から、同時に触手を振るってきた。


――まずい。

暗闇で、背後の死角から襲ってくる触手には全然気がつかなかったし、床下から来るのも予想していなかった。

いいように注意を誘導され、意識の空白を突かれたようにしか思えなかった。

こいつにはこんな知恵もあるのか。

感心しているうちに、俺は完全に奴の白い触手に囲まれていた。

これでは……奴の身体に触ってしまう。
それは、ちょっと――嫌だな。
やっぱり、できれば触りたくない。

「――パリイ」

俺は思わず、手にした『黒い剣』を振るっていた。
特になんの考えもなく身体が自然に動いてしまった、という感じだが。
その瞬間、何故か剣を持つ手に僅かな手応えがあった。

《――――おおおおおおおおおオオおおおおおおおオオおおおおオオおおおおおおおおオオおおおおおおおおおおおおオオおおおおおおおおオオおおおおおおおオオおおおおオオおおおおオおおおおおおおオオおおおおオオおおおおおおおおおおオオおおおおおおおオオおおおおオオおおおおオオおオオおおお――》

俺が手に持つ『黒い剣』は確かにゴーストの触手を叩き、払った。
弾き飛ばされた半透明の白いものが暗闇の奥へと勢いよく消えていく。

「――どういうことだ？」

奴には物理攻撃が効かないと聞いていたことを思い出し、不思議に思ったが……。
そういえばこの剣は魔法も弾いていたような気がする。
まさかゴーストにまで当たるとは。
どういう理屈なのだろう……？

いや、だがこの際、理由はどうでもいい。
この化物は、この剣で弾ける。
それだけわかれば、十分だ。

そうとわかると、目前の得体の知れない存在が、だんだん怖くなくなってきた。
対処法が少しでもわかると、恐怖心も薄らぐものだ。
再び、暗闇の中からゴーストの触手が襲いかかってくるのが見える。

だが――

「パリイ」

今度は意識的に、一振りで全ての触手を払い退《の》ける。

白い触手は先ほどよりも勢いよく弾かれ闇の奥深くへと消えていく。

「これなら大丈夫そうだな」

この幽霊には俺の【パリイ】も通じることがわかった。

俺は少しだけ、落ち着いた。

これで怖がるほどの脅威は無くなったが、このまま守るだけではきっとこいつには勝てないだろう。

俺はそう考えて、剣を持つ手の反対の手の指先に火を灯した。

「【プチファイア】」

俺が使える魔法はこれだけ。もちろん【プチファイア】の火は一つでは弱く、頼りない。

まともな戦闘にはとてもではないが、使えない。
……でも。その火が、五つ合わされば。
俺は今回、それを『幽霊《ゴースト》』に出会ったら試そうと思っていたのだ。

「【プチファイア】」

俺は即座に空いている方の手の指先五つに【プチファイア】の火を灯した。
途端に辺りが少し明るくなり、ゴーストの不気味な姿が暗がりの中で青白く照らされる。

《――――おおおおおおおオオおおおおおおおおオオおおおおおおオオおおおおおおおおオオおおおおおおおおおおおおおおおおおおオオおおおおおおおおオオおおおおおおおおおおおおおおおおおおおおオオおおおおおおおおオオおおおお――――》

俺の灯した火を目にした『幽霊《ゴースト》』は更に悍《おぞ》ましい叫び声をあげた。
どうやら、火を見て怖がっているようだった。
良かった。この反応を見ると、俺の【プチファイア】でも有効なようだ。

『幽霊《ゴースト》』は俺めがけて腕と触手を伸ばし、更に激しく攻撃を仕掛けてくるが、俺はその全ての攻撃を片手の『黒い剣』で払いのけていく。

何も焦る必要はない。

俺は全神経を火を灯した手に集中させ、ゆっくりと歩きながらゴーストに近づく。

そして、暗闇の中を一歩一歩進みながら、五本の指に灯した火を、少しずつ指先から移動させ――細心の注意を払いながら、手のひらの中心でピタリと重ね合わせた。

すると俺の手の中の小さな火が一層、熱を帯びて輝き出す。


（いいぞ）


その光に反応したのか、ゴーストは今までにない勢いで触手を振り回してきた。

あっという間に、俺の目の前が奴の白い触手でいっぱいに埋め尽くされる。

だが今度は『黒い剣』を使わない。

代わりに火の灯る手のひらを『幽霊《ゴースト》』に向けた。


「【プチファイア】」

そのまま、俺は一気に掌《てのひら》の『輝く火』を限界まで燃え上がらせた。

瞬間――閃光と轟音。

目前に迫った白い触手の群れが、まとめて爆発四散する。

同時に生み出された衝撃波で、俺はかなり後ろに吹き飛ばされた。

なんとか空中で体勢を整えて床に着地し、暗闇に目を凝らすと巨大な『幽霊《ゴースト》』の身体が三分の一ぐらい消滅していた。


「――効果はあったみたいだな。だが」


一見、大きなダメージを与えたかに見えたが瞬時にゴーストの傷口は再生し、あっという間に元の姿に復元していく。

やはり、あの程度では火力は全然足りていないらしい。


「……まあ、そう簡単にはいかないか」


だが、これも半ば予想していたことだった。

俺の【プチファイア】では絶対的に火力が足りない。

『幽霊《ゴースト》』を倒すには、魔法で一度に全身を霧散させて消滅させなければいけない。

冒険者ギルドのおじさんから、俺はそう聞いていた。

それならば――俺も、今までに試したことのないことをやってみるしかないだろう。

そう考え、今日は準備してきた対『幽霊《ゴースト》』の秘策がある。

今までまともにやってみたことはないし、ぶっつけ本番にはなってしまったが……さっきの感じなら多分、出来るはずだ。


「【投石】」


俺は【投石】スキルを駆使して、再生している途中のゴーストに思い切り『黒い剣』を投げつけ、背後の巨大な祭壇のようなものに縫い付けた。

ゴーストは苦しむようにもがき、それを引き抜こうとするが――上手くいかず、すり抜けようと躍起になる。

あの様子なら、放っておけば、すぐに黒い剣の磔《はりつけ》から自由になるだろう。

それまで、もっておそらくあと数秒というところ。

でも、それだけの時間を稼げれば、十分だ。

俺は自由になった全ての指先――両の手の十本の指に同時に火を灯した。

「【プチファイア】」

同時に床を蹴り、壁に縫い付けられた『幽霊《ゴースト》』に向かって思い切り跳躍する。

そして『幽霊《ゴースト》』の本体へと飛び込みつつ、先ほどの要領で指先に灯した火を集約し、両の手のひらに二つの小さな『輝く火』を作り出す。

《――――おおオオおおおオオおおおおおオオおおおおおおオオおおおおおおオオおおおオオおおおオオおおおおおオオおおおおおおオオおおおおおおオオおお――――》

ゴーストは暗闇の中で近づく俺の姿を察知し、恐ろしいほどの数の触手を一斉に振るってきたが、俺がゴーストの目前に辿り着く方が少し早かった。俺は即座に両の手を突き合わせ、ゴーストへと向ける。

そして俺は祈るような気持ちで二つの『輝く火』を動かし、一つに束ねていく。

小さな二つの火は重なると一瞬、激しく光を放ち、俺の手の中で煌《きら》めく極小の光の粒へと姿を変えた。

見た感じ小さくはなったが、熱は前よりも格段に高まっているのを感じる。

今までやってみたことはなかったが……どうやら、ここまでは上手くいっているらしい。


（どうかこれで、終わってくれ）


これが俺の、正真正銘、全身全霊の魔法行使。

でも、もし、万が一これでダメだったら………あとはリーンにお願いしよう。

そんなことを考えながら、俺は両手のひらをゴーストに向け、手の中の小さな光に全力で魔力を込めた。


「【プチファイア】」


瞬間、暗闇に覆われていた視界が白く染まる。

同時に腕を貫くような衝撃。

身体全体に途轍《とてつ》もない風圧を感じ、俺は暗闇の中に吹き飛ばされ――

巨大な白い『幽霊《ゴースト》』は背後の祭壇と共に、跡形もなく消滅した。

56 『灰色の亡霊』

あの闇の中に浮かぶ、不気味な白い怪物。

あれは一体――――？

それは私が見たことも聞いたこともない、未知の怪物だった。

あんなものがこの王都の倉庫の地下にいるなんて、聞いたことがない。

でもふと、この場所がどこであったのか、思い当たって背筋に寒いものを感じた。


「あれは、まさか……！」


あの暗闇の中に朧《おぼろ》げに浮かぶ白い巨体。

身体中に眼玉が出現し、その四肢は何処までも分裂し、長く伸びて触手のように相手を襲う。

そんな特徴を持つ存在は多くない。

「【灰色の亡霊《ファントムグレイ》】」

クレイス王国の迷宮探索の長い歴史を記す古い文献に【大災害級】として記述され、白い巨体が闇と混ざり合い『灰色』に見えることからそう呼ばれたという伝説的な怪物、【灰色の亡霊《ファントムグレイ》】。

それは数百年前に突然、迷宮の奥深くから姿を現し、瞬く間に千に及ぶ人間を死に至らしめたという。

その為、当時の有力冒険者たちが一丸となって討伐に当たったたが、それでも倒しきることが敵《かな》わず、【僧侶】系の【職業《クラス》】を持つ聖職者の大部隊を編成し、多数の犠牲を出しながら何とか地中深くに封じることに成功したという、規格外の『異名付き《ネームド》』モンスター。

その甚大な被害をもたらした魔物は、精鋭たちの命がけの行動によって何重にも結界で強化が施された『迷宮遺物』の祭壇に押し込まれ、以後誰も触れることがないよう『還らずの迷宮』奥深くに安置され、そこに至る入り口は全て封じられ禁足地となったと言う。

今、あの闇の向こうに見える巨大な祭壇。
あそこに刻まれた魔法紋には見覚えがある。

死霊系の魔物に対して強力な封印を施す『結界術』の一種だ。

そう、ならばおそらく――間違いない。

あれが歴史書の伝える逸話に登場する迷宮遺物の祭壇なのだろう。

でも、あの祭壇に刻まれた魔法紋はところどころが崩れ、祭壇自体も壊れているように見える。

まさか、先日の皇国の襲撃の衝撃で一部が壊されたのだろうか。

ふと違和感を感じて暗闇に目を凝らすと、その壊れた祭壇の周囲に淡く漂う『幽霊《ゴースト》』の姿が見えた。

それは導かれるように【灰色の亡霊《ファントムグレイ》】の身体に吸い込まれ、その一部となっていった。


「……そういう、ことだったんですか」


それを見て私は納得した。

ここ最近、急激に増えた『幽霊《ゴースト》』の出没報告。

その確たる原因はわからず、きっと迷宮に関することだろう、と曖昧なままだった。

でも、おそらく。あれが全てを呼び寄せていたのだ。

《――――――おおおおおおおおおオオおおおおオオおおおおオおおおおおおおオオおおおおオオおおおおおおおおおおオオおおおおおおおオオおおおおおおおおおおオオおおおおオオおおおおオオおおおおオおおおおオおおおおおおおオオおおおおオオおおおおおおおおおおオオおおおおおおおオオおおおおオオおおおおオオおおおお――――》

魂を鷲掴みにするような恐ろしい叫び声を聞くたびに、私は恐怖で一歩も動けなくなった。

身体の奥底から沸き起こる、未知のものへの根源的な恐怖。

勇気を振り絞り、振り払おうとしても抗《あらが》えない。


でも、先生はとても落ち着いた様子で、【灰色の亡霊《ファントムグレイ》】の攻撃を躱している。

先ほどの言葉からも、まるで、最初からこのような怪物がここにいる、とわかっていたかのように思える。


……まさか、ノール先生は最初からこれの存在を？

よくよく思い返してみると、そうとしか思えない。

ノール先生ほどの強者が私に「幽霊退治に行きたいから、ついて来て欲しい」などと言うのは、少しおかしいとは思っていた。

それに、先生は「きっといい訓練になると思う」とも。

そう言えば、ここに辿り着いたのも先生が不注意で罠を踏み抜いたようにも見えたが……ダンジョンに入って最初の一歩目で罠を踏み抜くなど、余程勘の悪い素人でもなかなか出来ないことだろう。まして、あのノール先生がそんなことをするとはとても考えにくい。

そう、つまり、先生は鋭敏な知覚で地下に違和感を覚えた為、敢えて床が崩落するような大掛かりな罠を踏み抜いた……そう考えるのが自然だ。

となるとやはり、先生は最初からあれと戦うのが目的で？

でも――

《――――――おおおおおオオおおおおおおおオオおおおおオオおおおおおオオおおおおおおおおおおおおオオおおおおおおおオオおおおおオオおおおおオオおおおおオオおおおおおおオおおおおオオおおおおオおおおおおおおオオおおおおオオおおおおおおおおおおオオおおおおおおおオオおおおおオオおおおおオオおオオおおお――――》

あれはあまりにも、強大すぎる。

文献の記述によると【灰色の亡霊《ファントムグレイ》】には実体を持つ武器が一切効かない。

だというのに、こちらが少しでも触れれば、たちどころに生命を奪われてしまう。

数十人規模の熟練冒険者で構成される『大討伐部隊《レイドクラン》』が悉《ことごと》く全滅させられた後、【恐怖の象徴】とまで言われるようになったとてつもない怪物。

接触は即ち、死。なんの対策もなしに勝てる相手ではない。

間違っても、たった二人で立ち向かうような存在ではないのだ。

でも。


闇の中で蠢く無数の腕とも脚とも触手ともつかない不気味なものが、瞬く間に形を変えながら襲いかかるのを、先生はそのほんの僅かな隙間を縫いながら見事に躱していく。

あの猛攻にたった一人で一歩も退《ひ》かず、躱しきれなくなるほどに攻撃が激しくなっても、迷宮遺物『黒い剣』を使って白い触手を全て弾いていく。

そうか、先生にはあれがある。かつてクレイス王《お父様》が仲間と共に深層から持ち帰ったあの超級遺物。

私が少し冷静さを取り戻し見守る中、ノール先生はそのまま全ての攻撃をなんでもないことかのように片手の剣で弾き返し、ゆっくりと歩いてあの白く蠢く【灰色の亡霊《ファントムグレイ》】へと近づいていく。

「……凄い」


それ以外の言葉は出てこなかった。

あの人は私の想像すら遠く及ばない世界にいるのだと、思わずにはいられなかった。

最初から私の心配など無用のものだったのだ。

そうして安堵しかけた私は、先生の手元に五つの火が灯っているのを目にし、自分の目を疑った。

「あれは、【五重詠唱《クイントウプルキャスト》】？　でも、そんな。まさか、そんなことが……!?」

それは【魔術師】の奥義【多重詠唱《マルチキャスト》】の到達点――片手で五つの魔法を発現させるという【五重詠唱《クイントウプルキャスト》】だった。

オーケン先生が見せてくれた前人未到の最高奥義。でも同時に、それだけではないことにも気が付いた。

先生の指先に灯された【プチファイア】。

その全てが、以前先生が私に見せてくれたような強度で【過剰詠唱《オーバーキャスト》】されているのだ。

一体、どうやったら、そんなことが……？

もはや、想像を超えているという次元ではない。

あれはもう、なんと言えばいいのか。言葉にすら、ならない。
私がそんな愕然とした思いで先生の姿を追っていると、更に途方に暮れる光景を目にすることになった。

「——嘘、ですよね？」

先生は手にした『黒い剣』で白い触手を弾きながら、もう片方の手で【過剰詠唱《オーバーキャスト》】された【五重詠唱《クイントウプルキャスト》】の【プチファイア】を手の中に集約し、瞬く間に一つに束ねていく。
すると手の中に灯った小さな火が一層眩しく輝き出した。
——あれは。まさか。

「……【融合魔法《フュージョンマジック》】！」

それもオーケン先生が百年を超える長い研鑽の果てに辿り着いた至高の技術。
二つの魔法の発動を寸分の違いなく重ね合わせると、飛躍的に互いの威力が増す——その理論は昔からあったが、実現には恐ろしいほどの魔力制御の精度を要求され、体現できた者はオーケン先生しかいないとされる。

しかも、それはあくまで一つの魔法と一つの魔法を重ね合わせるという技術だったはずだ。

……なのにノール先生は今、一度に五つを『融合』させているのだ。

それを体現するのに、どれほどの研鑽を必要とするのか、私では想像もつかない。

途方もないことが今、目前で繰り広げられている。

私が軽い眩暈《めまい》を覚えているうちに、先生は手のひらを敵に向けた。


「【プチファイア】」

瞬間、轟音を伴う閃光と共に【灰色の亡霊《ファントムグレイ》】の身体が爆散した。


「そんな」

――あれは【プチファイア】だ。

元は指先に火を灯すだけの、最下級の魔法スキル。

それが信じられないほどの威力に高められている。

あっという間に崩された身体を再生する【灰色の亡霊《ファントムグレイ》】を前に、先生は落ち着いて『黒い剣』を投げつけて行動の自由を奪い、一瞬で間合いを詰めた。

その両手にはそれぞれ、【五重詠唱《クイントウプルキャスト》】された【プチファイア】。

先生はそれを当然のように手の中に集約し、それを重ね合わせ――再び【灰色の亡霊《ファントムグレイ》】に放った。

闇を振り払う灼熱の閃光と、地を揺らす轟音。

巨大な空洞を覆うほどだった巨体と背後の祭壇が一瞬にして蒸発し、周囲の壁や床も大きく抉られた。


それは想像すら及ばないほどの高みだった。

私の【多重詠唱《マルチキャスト》】の限界が、両手合わせてやっと『六』。

賢者と讃《たた》えられ【九魔】の異名を持つオーケン先生でさえ『九』。

それを先生は同時に『十』の魔法を詠唱し、しかも、全てを【過剰詠唱《オーバーキャスト》】すると同時に、全てを一点に『融合』させ、一斉に放ったのだ。


――恐ろしいほどの研鑽。

それに見合う、途轍もない威力。

もしこれで、倒せない相手がいるとしたら、もうどんな手段でも対抗はできないだろう。

私など、いつになったらその水準《レベル》に至れるのか想像もつかない。
オーケン先生ですら、あの領域の魔法を行使するのは至難の業だろう。
それはそれ程に凄まじいものだった。
あれほどの一撃を受ければ如何《いか》に伝説上の怪物でもひとたまりもない。
絶対に倒せている筈だ。そんな風に思わずにはいられない一撃。
私は、そうであって欲しいと願っていた。
あれでどうにか出来なければ、私はもう、どうしていいかわからなかったから。

――なのに。
それなのに。

《――――――おおおおおおおおおオオおおおおおおおオオおおおおオオおおおおおおおおオオお
おおおおおおおおおおおオオおおおおおおおオオおおおおオオおおおおオオおおおおオオおおおお
おおおおおおおおおオおおおおおオオおおおおおおおオオおおおおオオおおおおオおおおおおおお
オオおおおおオオおおおおおおおおおおオオおおおおおおおオオおおおおオオおおおおオオおオオ
おおお――――》

再び、暗闇の中にあの恐ろしい声が響いた。

先生のあれだけ強烈な魔法攻撃を受けながら、【灰色の亡霊《ファントムグレイ》】は殆ど時間をおかずに復活した。

一切の無傷だった。


絶望的。ひと回りもふた回りも大きくなったその不気味な白いものを目にした時、私の脳裏に浮かんだのはそんな言葉だった。前よりも身体が格段に大きくなっている。明らかに強さを増している。


先生が放ったのは、凄まじい威力の複合魔法だった。あれでダメージすら与えられていないのだ。

……あんなものを、どうやって倒せばいいというのだろう。

再び恐怖に身体が硬直する。

でも、先生はそれを眺めながら涼しい顔をしていた。


「やはり、駄目だったな」


その顔に焦燥の色はない。

それどころか、どこか安心しきったような、全てやりきったような満足気な表情を浮かべている。

先生はどうして、そんなに呑気《のんき》でいられるのだろう?

でも、諦めているのとは違う感じがする。

——そうだ。

今、私のすぐそばにいるのは他でもない。ノール先生なのだ。

きっと先生には、私が全く思いつかない程の何か特別な秘策と勝算があるのだろう。

そうして、私が期待を胸に彼の顔を覗き込むと、先生は静かに微笑んだ。

その優しい笑顔に思わず私も緊張がほぐれ、笑みを返した。

そうして、先生は安堵する私に向かってにこやかにこう言ったのだった。

「では、あとは頼んだぞ、リーン」

……………………………………………………

……………………………………………………

……………………………………………………

……………………………………………………

……………………………………………………

……………………………………………………………

……………………………………………………………

……………………………………………………えっ？

57　ノール先生の特別授業

一瞬で私の頭の中は真っ白になった。
先生は私に向かって「あとは頼んだ」と言った。
その意図がわからない。何故、そんなことを？
どう考えても、あんな存在は私の手には余るのに。

いや……よくよく考えると、今日の出来事は最初からおかしかった。
そもそも、先生は何故私をここに連れてきたのだろう？

先生は私に「手伝って欲しい」「力を借りたい」と言った。
もしや、それは口実で、先生は最初からこうする予定で私を連れてきた？
先生が「いい訓練になると思う」と言っていたのは、自分自身でなく、私のこと――？

――そうだ。私は何故、そんな簡単なことに気がつかなかったのだ。
先生がこれ以上強くなる必要なんて、どこにもない。
もし強くなる必要があるのだとしたら、私だ。

「……そういう、ことですか」

きっと、先生は先日から私の魂胆を最初から見抜いていたのだろう。
私が先生の力に頼り切り、甘え切っていたことを。
先生さえいればミスラに行っても、どんな危険が待ち受けていても大丈夫だと。
きっと、どんな状況でも護ってもらえる筈だと。
実際、それが嘘偽りのない私の本心だった。

でも、先生はそれでは駄目だと言いたかったのだろう。
他人を頼るだけでは、弱いままではいけないのだと。
先生の目には私が自ら強くなることを諦めているように見えたのかもしれない。
……だから、私をここに連れて来たんだ。

「わかりました…………なんとか、してみます」

気力を振り絞り【灰色の亡霊《ファントムグレイ》】の正面に立つが、声と足が震える。
どうしたら私があの怪物に勝てるかなんてわからない。
でもおそらく、私が今ここでするべきことについて先生は既にヒントをくれている。

『リーン、はそこで見ていてくれ』

先生は確か、最初にそう言っていた。
つまり……先生は先ほど、私に実演して見せてくれたのだ。
お前はこうすれば強くなれるのだ、と。
先生はもう、一つの道筋を示してくれている。
そのことに思い当たると、私は更なる緊張に唾《つば》を飲み込んだ。

つまり……あれを、やれというのだ。
先生が先ほどやった、あれを。私にも出来ると。
私にそれができるのだと信じている。

そして、その上で、この未熟な私に大事な場面を任せてくれたのだ。

それならば――私だって。

その期待に応えなければならない。

でも、あれは、あまりにも――

《――おおおおおおおおおオオおおおオオおおおおオおおおおおおおオオおおおオオ
おおおおおおおおおオオおおおオオおおおおおおおおおオオおおおおおオオおおオ
オおおおオおおおおオオおおおオオおおおおおおおおおオオおおおおおおおオオおお
おおおオオおおおおおおおお――》

――いや、ダメだ。

私は肝心なところで怖《お》じ気《け》づく。

私は恐怖に縮みそうになる自分の思考を追い出した。

……やるんだ。自分が今ここでできる最大限を先生に示す。そのためにも、意識をしっかりと保つ必要がある。

何をどうすればいいのかはまだ、はっきりとはわからない。

でも、考えながらでも行動を起こす。

でなければ、先生は私のことをもう認めてくださらないだろう。

「行きます」

私は大きく息を吸い込むと極限まで意識を集中させ、私の思い描く手順に沿って詠唱の準備に取り掛かった。

まず掌《てのひら》に【魔力障壁《マジックバリア》】を多重生成——そこに【物理反射《リフレクト》】【熱反射《ヒートリフレクト》】【魔力反射《マジックリフレクト》】をコーティングし、加えて魔法出力を限界を超えて高める為の【魔力強化《エンハンス》】【魔力増幅《チャージ》】【魔力爆発《バースト》】を可能な限り重ね掛けし、【魔力凝縮《コンデンス》】で私の持つ全魔力を凝縮させる。

同時に【多重詠唱《マルチキャスト》】を行使。

魔法の発動準備を整える。

私の限界詠唱数は、片手でそれぞれ三つずつ。

両手で併せて『六重詠唱』。

今の私の実力では、そこまでしかできない。

私の知る、私自身の力では。

でも、先生はその先を期待している。

そう、ノール先生はここから遥かに上のことをした。

「――【滅閃極炎《ヘルフレア》】」

私は慎重に魔力を同調させながら、両手に一つずつ、二つの【滅閃極炎《ヘルフレア》】を発動した。

そしてその二つの極限の熱源を、翳《かざ》した両の掌《てのひら》からゆっくりと両手の中央へと移動させていく。

――もし、ここで失敗すれば暴発で致命傷は免れない。

額から汗が流れるほどの緊張を覚えながらも、必死で心を落ち着かせ、全神経を掌《てのひら》に集中することで魔力を緻密に制御し、ゆっくりと中心へと動かす。

時間が経つのがひどく遅く感じる。

ほんの少し魔法の発動点を動かすだけでも、まるで一万本の針の穴に糸を通し続けてもこんなに疲れないというほどに神経を摩耗させる。

私の顎から汗が滴り落ち、床の石畳を打つ音がやけに響いて聞こえた。

「――出来――た――？」

気が遠くなるような極限の意識の集中の果てに、詠唱箇所を目的の位置まで動かし終えると、気づけば私の手の中には光り輝く小さな火の玉が出現していた。

でも、ここで終わりではない。

私はその玉を壊さないように慎重に維持しながら、更に二種類の魔法を同時に四つ発動する。

「――【風爆破《ウインドブラスト》】、【浄化《ピュリファイ》】――」

【風爆破《ウインドブラスト》】は炎の威力を増し、指向性と操作性を持たせる為。

【浄化《ピュリファイ》】は――おそらく、文献で読んだ限りではあの魔物に有効な魔法だ。

あの【灰色の亡霊《ファントムグレイ》】は厳密には不死族《アンデッド》ではない。

でも、それに近い特性を持っていたという。

祭壇に封じた時に聖職者が集まったのも、【浄化《ピュリファイ》】を詠唱し続けると動きが鈍ったからだという記述があった。かつて多くの犠牲を出しながら先人が記録してくれたその伝承に、私は賭けてみることにする。

――【滅閃極炎《ヘルフレア》】を二つ。

――【風爆破《ウインドブラスト》】を二つ。

――【浄化《ピュリファイ》】を二つ。


これで、六つ。

これが私の限界詠唱数。

それらを――――全て、融合させる。

「――案外――やってみれば、出来るものですね」


先ほどの【滅閃極炎《ヘルフレア》】で、大体のコツは摑めたようだ。

意外に、一度出来てみれば、さほど難しいという印象もない。

とはいえ二つ融合させるだけでも、とてつもなく精神を摩耗させるが――今はそんなことは構っていられない。

私は一呼吸おくと、手の中に生まれた『輝く嵐』に魔力を込めはじめる。

――私の全てをこの一撃に賭ける。
この一撃の後には私の中に何も残らなくてもいい。
そのつもりで、全身全霊を手の中に荒れ狂う炎に込める。

いや。むしろ私はこれから、これぐらいのことは簡単に出来るようにならなければいけないのだ。
そうでなければこれから先、ノール先生の弟子などと……恥ずかしくてとても名乗れない。

《――――おおおおおおおおおオオおおおおおおおオオおおおおオオおおおおおおおおオオお
おおおおおおおおおおおオオおおおおおおおオオおおおおオオおおおおオオおおおおオオおおおお
おおおおおおおおおオおおおおおオオおおおおおおおオオおおおおオオおおおおオおおおおおおお
オオおおおおオオおおおおおおおおおおオオおおおおおおおオオおおおおオオおおおおオオおオオ
おおお――》

私の発動させようとしている魔法に気がついた【灰色の亡霊《ファントムグレイ》】は、あの恐ろしい叫び声を上げ、
一直線に無数の触手を伸ばしてくる。

まるで、それは音もなく迫る闇の中の雪崩《なだれ》のように思えた。

先ほどよりもずっと動きが速く、鋭い。

あれが近づいてきたら、私は躱すことなどできず、即座に命を落とすことだろう。


でも、きっと大丈夫。

今はそんな確信があった。

先ほどまであんなに恐怖していたあの触手が、もう、恐れる必要のないものに思える。

何故なら――


「……出来ました」


ノール先生に教わったこの技術を使いこなすことができれば、あの【灰色の亡霊《ファントムグレイ》】すら、恐るるに足らないとわかったから。

先生は、この感覚を私に教えたかったのだ。

どんな闇でも払い除けられるような、この絶大な『力』の感覚を。


「ありがとうございます、ノール先生」

準備は全て整った。

私は輝く嵐の塊となった融合魔法を目前に迫り来る【灰色の亡霊《ファントムグレイ》】の触手の群れに向け、大きく息を吸い込んだ。


「では、行きます――【滅閃極炎《ヘルフレア》】」


私の手から極大の輝く炎がまっすぐに【灰色の亡霊《ファントムグレイ》】へ伸び――その射線上にあるもの全てを消滅させた。

同時に周囲に飛び散った無数の魔力の残滓《ざんし》が弾け、残りの白い身体を巻き込んで破壊していく。

でも、この程度ではあれはまた、身体を再生させるだろう。

だから――


「【風爆破《ウィンドブラスト》】」


私は荒れ狂う暴風を制御して、輝く炎を目一杯拡散させた。

あれの一片も、残さない。

そのつもりで【浄化《ピュリファイ》】と融合させた灼熱の嵐をコントロールし、その場を浄化の炎で埋め尽くす。

周囲に飛び散る【灰色の亡霊《ファントムグレイ》】の残骸を、一つ残らず焼き滅ぼす為に。


私は不思議なほど冷静だった。

一歩間違えば一瞬で身体が消失するほどの灼熱の嵐が吹き荒れる中、何の恐れもなく魔法行使を続けていた。

この融合魔法のコントロールはとても、難しい。

でも、私は先ほどこれとは比べものにならないほどの神業を目にしたばかりだ。

それと比べればこんなこと、大したことはないのだ。

技量の隔絶。

私と彼では力の差が大きすぎて、比べるのすらおこがましい。


——そんな風に思うと、笑みすら溢れる。


そうして少しずつ魔力の操作《コントロール》に慣れてきた私は、輝く炎を舞わせ続けた。

そして天井には空へと抜ける巨大な穴が開き、地上から光が辺りに差し込んだ時にはもう、

【灰色の亡霊《ファントムグレイ》】は二度と蘇《よみがえ》る気配はなかった。

58 魔族の冒険者

リーンがボクが部屋をもらって住んでいるイネスの屋敷を訪ねてきたのは夕方のことだった。

「ロロ。どうでしょうか。あなたさえ良ければ、私たちと一緒にミスラに行ってみる気はありませんか」

神聖ミスラ教国の皇子の『成人式』にボクがリーンの友人として招かれたという。まるで夢みたいな話だと思ったけど、ボクの名前が書かれた正式な招待状を見せてもらい、どうやら本当らしいとわかった。

でも、意外に思った。

神聖ミスラ教国が昔から『魔族』をとても嫌っていることは知っている。

あの国では魔族《じぶん》たちは討たれ滅ぼされるべき存在で、普通、見つかれば殺されてしまう、という知識はあった。

だからきっとボクをお客として招いてくれるというのは嘘で、誘いに乗って国に入った途端、捕らえられて殺されてしまうのではないか、と、そんな風に感じた。

「でも、ボクがあの国《ミスラ》に行っても歓迎はされないんじゃないかな。……悪ければ、殺されちゃうと思う」

ボクは思ったままのことを口にした。

「……そうですね。ロロも知っての通り、ミスラは魔族にはとても厳しい土地です。私としても、ロロをそんな目に遭わせたくはありません」

リーンもボクの言葉を否定しなかった。

「でも、今回の招待はかえって、良い機会かもしれない、とも思ったのです」

「……良い機会？」

「はい。私たちが行くのは大勢の人々が集う社交の場です。その場にはいろんな国から人が集まることになります。もちろん、ロロの言う通り、友好的な人々ばかりではないでしょう。もしかしたらあなたに不愉快な思いもさせてしまうかもしれません……でも、できることなら、多くの人に自分の目であなたの姿を見てもらって、私の友人がそんなに恐ろしい存在でないことをわかってもらいたいんです」

友人、と彼女はボクのことをそう呼ぶ。一国のお姫様がボクなんかをそう呼ぶのにも、やっぱりまだ実感が湧かないけれど、彼女が本心でボクをそう呼んでくれている事はわかる。

でも――

「でも……やっぱりそんなに沢山の人が集まる場所に『魔族』が姿を見せるだけで怖がられると思うよ」

「それは……ロロをちゃんと見たことがないからではないでしょうか」

「ボクを直《じか》に見て知っている人にも、怖がられたし、嫌われたよ」

「それは、その人に見る目がないんでしょう。そんな人ばかりではないと思います」

「……そうかな」

「そうですよ」

単に素直に感想を言ったつもりなのだけれど、彼女《リーン》はボクの言葉に少し悲しそうな顔をした。

「……ロロ。私も、イネスも、ノール先生も、決してあなたのことを怖いとは思っていませんよ」

「うん、それはわかってる……ありがとう」

彼女にはボクが『心《そ》の中《う》を読《い》む能《う》力《カ》』を持っていることもちゃんと伝えてあるのだけれど、それも彼女にとってはあまり気にならないことのようだった。

ここクレイス王国にはそういう人が多い。

リーンのお父さん、クレイス王に会った時もそうだった。ノールと比べれば皆複雑ではあるけれど、どちらかというと温かい感情で接してくれる。

もちろん、全員ではないし、敵意を向けて来る人もいるけれど、少なくとも今、ボクの周りにいる人たちはとても気持ちのいい人たちばかりだ。

いい人ばかりすぎて、時々、やっぱり自分は死んでいて、もう天国に来てしまったんじゃないかと思うことがあるぐらい。

でも、やっぱりこれは現実なんだと思う。

ボクが魔族だとわかった途端に態度を変え、嫌悪や蔑みの感情を向けてくる人もいるから。

それは当然だし仕方のないことだと思う……と言ったら、リーンに今のような悲しい顔をされた。

「……大丈夫だよ。誰にどう思われても、ボクはあまり気にしてないから」

「大丈夫じゃないです。それだと私が悔しいんですよ」

「リーンが……？」

「はい。自分の国を救ってくれた英雄を、ちゃんと評価してもらいたい、というのはおかしなことでないと思います」

「でも、あれはだいたいノールが……」

「ロロがいなかったら、あんなに上手くは行っていなかったんですよ。あなたはもう少し、自分を誇ってもいいと思います」

「とてもそんな風には思えないよ」

ボクがそう言うと、リーンはまた少し寂しそうな顔で笑った。

思えばイネスにも同じような顔をされた。

イネスがボクに『ロロ、お前はこれからどうしたい？』と聞いてきたことがあった。その時、ボクは言葉に詰まって何も答えられなかった。

自分がいったい何を求めているのか、正直、よくわからなかったから。

ボクが長い間いた場所では、何かを望むこと自体が『悪いこと』だった。

だから何かをしたいとか、したくないとかいう感覚が他の人よりも薄いんだと思う。

でも……今の彼女の顔を見ていて、一つ、ボクはやりたいことを思いついた。

「リーン。やっぱり、ボクもミスラに行くことにするよ」

そう答えると、リーンは少し驚いたような顔を見せた。ボクがすんなり一緒に行くと言い出すとは思っていなかったのかもしれない。

たぶん、ミスラに行けばきっとボクは大勢の人に悪い感情をぶつけられることになる。

でも、もし殴られたりしても我慢すればいいだけだし、そういうのには慣れているから何があっても大丈夫……と言おうと思ったら。

「……ロロ。決して自分が犠牲になってもいい、なんて考えないでくださいね？　私はあなたのことを、いろんな人に認めてもらいたいから一緒に来てもらいたいんです。逆の結果になるなら、連れて行きたいとは思いません」

心を見透かされたように、言われてしまった。彼女もボクの心が読める、というわけではないと思うけれど、本心で心配してくれているのがわかる。

「うん。わかってる……そんなことにはボクもなりたくないよ」

「……そうですか。それでは、ロロも式典に参加することを伝えます。それでいいんですね？」

「うん」

ボクが頷くとリーンは小さくため息をついて、笑顔を見せた。

「ふふ……良かった。実は少し心細かったんです。ロロが一緒に来てくれるとなると、私も心強いんです。私も別に、あちらで人気者というわけではありませんので」

「うん。ボクもリーンたちと一緒なら怖くないよ」

そういうと、リーンは得意げな笑顔を見せた。

「そうですね。もし、向かった先であなたを傷つけようとする人が現れても、私とイネスがさせませんので。何よりノール先生が絶対にそれを許さないでしょう。私たちは命を賭してあなたを護りますから。そこはどうか信じてください」

「うん、わかったよ」

ボクはそうとだけ答え、その日、リーンと別れた。

◇

リーンが帰ってしばらくすると、イネスが仕事を終えて屋敷に帰ってきた。

ボクは早速、彼女にミスラに行くことを決めたと伝えた。


「そうか」


イネスは静かに肯《うなず》いた。

彼女は表情にあまり大きく感情を出すことはない。でも、その時の彼女は少し不安そうにしているように見えた。


「それと、前にイネスに聞かれてたことなんだけど」

「……前に？」

「これからしたいことはあるのか……って」

「ああ、そうだったな」

「……ボクは『冒険者』になる訓練を受けてみたいんだ」

「ロロが、冒険者に？」


イネスは少し意外そうな顔をした。

「確かこの王国の人なら、誰でもその為の訓練を受けられるんだよね？　ボクは『人間』じゃないけど、王様は『国民』にしてくれた。だったらボクでも、もしかして……と思ったんだけど」

イネスは少しの間うつむいて沈黙すると、すぐに顔を上げた。

一瞬、迷った様子だったけれど彼女の決断は早かった。

「それなら大丈夫だ。ロロはもうこの国の人間だから、問題ないだろう。早速、訓練所の教官たちに話をしに行くか。今夜、彼らが全員集まる会議がある。私も顔を出す予定だったからちょうどいい。ついてきてくれ」


そう言ってイネスは足早に歩き始め、ボクもその後についていく。

……さっき、リーンと話していて自分の望むものがやっとわかった。

わかってみればとても簡単だった。

むしろ、なんで今まで、それがわからなかったんだろうというぐらい、単純なことだった。

彼女《リーン》とイネスの悲しそうな表情を見ていると、ボクまで悲しい気分になる。

自分に優しくしてくれる人が、あんな風に悲しい顔をするのは辛いことなんだということを、ボクは初めて自覚した。

どちらかというと自分が痛い思いをするより、嫌だと思う。

だから、そんな感情を目の前の人から取り除くことが出来るのなら、そうしたいと思った。


もちろん、その為にはもっとずっと、強くならなきゃいけない。

結局、ボクは単に、目の前にある悲しい顔をひたすら強引に取り除けるような存在……ノールみたいな人になりたいんだ。

そんなことは無謀なのだと、無意識のうちに最初から無理だと決めつけて諦めていたんだと思う。

でも、考えてもみれば、元々ボクには何もない。

だから、何に失敗しても失うものは何もないはずだ。

だから、単にやればいいんだと思った。

望みがあれば、それを手に入れる為に試行錯誤を繰り返せばいい。

もし望むものがすぐに手に入れられなくたって、出来るようになるまでやり続ければいいのだと思った。

やるだけやって、もし望みが実現できなかったら、単にそれだけの話。

何の役にも立たないと思っていた自分はあの時死んで、一度生まれ変わったようなものだから。

今度こそ誰かの役に立ち、必要とされる存在になりたいと思う。

『魔族』でもそれを望んでもいい、と教わったから。

――こんな自分でも何かを望んでいいのなら。

望みを叶える、その為だったら。

これからはなんだってやってやってやると。

あの時、そう誓ったから。

不安はあるけれど、やりたいことがあれば、ただひたすらにやればいいだけなんだと思う。

あの人……ノールはボクにそれをやってもいいのだと教えてくれたのだから。

59　六聖会議　1

　いつもより早めに相互の業務の報告を終えた【六聖】の面々は皆、イネスが会議に連れてきた『魔族』の少年に視線を注いだ。

　この少年はミスラ教国の教皇より自国《ミスラ》へと招かれており、自ら強くなる為の訓練を受けることを望んでいる、と、イネスは説明した。

『魔族』が神聖ミスラ教国へ渡るという意味を理解しない者は、その場には一人としていなかった。

　本人が力を求める理由も皆が納得できた。

　だが、その反応はまちまちだった。

　まず少年に声を掛けたのは【剣聖】シグだった。

「ロロ、か。王都の訓練所で訓練を受けたいということだが、今、歳は幾つだ？」

「……わからない」

シグの質問に少年は首を横に振った。


「わからないのか？」

「うん。どこで生まれたかも知らないんだ……でも、多分十歳は超えていると思う……十年ぐらい前に拾われたって聞いたから……だから十三か十四、ぐらいか……もう少し上かも」

「そうか」


シグはそうとだけ言い口を閉じた。

シグには自信がなさそうに話す目の前の少年が、どこか頼りなく見えた。

この子の身体は一見して小さく、とにかく華奢《きゃしゃ》だ。

きっと此処《ここ》までの生活でろくな食事を与えられずにいたのだろうと容易に想像はできたが、それだけに疑問に思った。

果たしてこの子は剣を振るうのには適しているのだろうか、と。

次に口を開いたのはシグの隣に座っていた【盾聖】ダンダルグだった。

「で、お前は何の【職業《クラス》】の訓練を受けたいんだ？　事情が事情だから、お前ぐらいの歳で訓練を受けるのが無理とは言わねぇが、かなり厳しいと思うぞ。昔そういう奴が一人だけ居たことは居たが……そいつはちょっと特別《アレ》だったしな」

ダンダルグは会議室の中に立つ少年を眺めながら頭を掻いた。

彼の少年に対する印象もシグとそう変わらないようだった。

「それにしても、何から始めるかなぁ……あまり時間ねえんだよな」

「それについては私に少し考えがある。皆、聞いてもらってもいいだろうか」

イネスは部屋の中央に置かれた大きな円卓に両手を置き、そこに居る六人の顔を見回しながら言った。

「ホッホウ！　珍しいのう、イネス。お主がこの会議の場でそんな発言をするとは。面白い、聞かせてみてくれんかのう？」

【魔聖】オーケンは自慢の白い髭《ひげ》を撫でながら、愉快そうに笑った。

「知っての通り、私たちがリンネブルグ様と共にミスラへと旅立つのは三ヶ月後だ。それまでにロロには出来る限りの力をつけて欲しいと思っている。だが、あまり時間の余裕はない。そこで――」

ダンダルグはイネスの提案を聞くと腕組みをして唸った。

「つまり交代制、ってことか？　俺たち全員で一日ずつそいつの面倒をみる、と」
「ああ。現状、それが一番良いのではないかと思う。此処にいる皆に手間をかけてしまうことにはなると思うのだが……」
「まあ、それぐらいは構わねえけどよ。でもお前……ロロって言ったっけ。お前はそれでいいのか？　言っておくが、俺たちがやらせるのは結構しんどい訓練だぞ。痛い辛いは当然のな。一つだって初日に投げ出す奴もいるぐらいだ」
「うん……それは、大丈夫、だと思う」

少年は言葉少なに小さな声で答えたが、そのあまりにか細くて自信のなさそうな返事はダンダルグをより一層不安にさせた。

「イネス、お前はどう思ってこいつを……いや、お前が言い出したんだし、大丈夫だとは思ってるんだろうが……本当に大丈夫なんだろうな？」

「私は多分、ロロは訓練には耐えられると思っている。それにミスラに行ってから、危険が伴うことはある程度想像がつく。無理は承知だが、出来る限りの備えはしておきたいんだ。協力を頼みたい」

「まあ、理屈はわかるけどよ。その、なんていうか、なあ？」

ダンダルグは隣にいたシグに同意を求める視線を送ったが、シグは無言で首を横に振るだけだった。

そこに口を挟んだのは【弓聖】ミアンヌだった。

「納得いかないわね。魔族って言ったらミスラじゃ討伐対象じゃない。なんでこんな子供が、わざわざそんな危険な所に行かなきゃならないのよ。自分から死ににいくようなものじゃない。イネスもリンネブルグ様も、王も……なんで、そんなことを許すのよ」

ミアンヌは不満そうに口を尖《とが》らせ、部屋の中に佇《たたず》む少年を眺めた。

「ううん、違うんだ。ミスラにはボクが行きたいって言ったんだ」

「……そうなの？」

ミアンヌは少年の目をじっくりと見つめた後、イネスに視線を投げた。

すると、イネスはミアンヌの目を見て頷いた。


「ああ、今回の話はあくまでロロに決めてもらう、とリンネブルグ様から聞いている。王からも本人の意見を尊重するように、と。ミスラに行くという判断はロロの意思で間違いない。訓練所で訓練を受けたい、というのもな。私はそれに口出しはしないことにしている」

「貴女がそう言うなら本当にそうなんでしょうけど……でもやっぱり、おかしいわよ。こんな子供にそんなことをやらせるなんて。王はこの子を『保護』するって決めたんでしょう？　それをすぐにミスラに向かわせるなんて。……まるで外交の道具みたいじゃない」


ミアンヌは不満そうに呟いたが、オーケンはロロに向かって片目を瞑りつつ、親指を立てた。

「ホッホウ、ワシは賛成じゃよ。何事も、まずはやってみないとわからないからのう？　イネスの提案する方法がいろんな可能性を試す上では最適じゃろうて」

「私もそれでいいと思います。彼自身が自分に何ができるのか見極める助けとなるでしょう。【僧侶】の訓練だけは今からではどうしようもないので、私は彼の体調管理や身を護るのに必要な知識を教えるだけになるとは思いますが、できる限りの協力はしたいと思います」

オーケンの隣に居た【癒聖】セインも静かな笑みを少年に向けた。

その二人の意見を受け、ダンダルグも意を決したようだった。

「……ま、そうだな。オーケンの爺さんの言う通り、やってみりゃわかることだしな」

「ああ、ここで延々と話していても始まらない。やるなら、やればいいだけの話だ」

シグもそれに続く。

最後に【隠聖】カルーが静かに全員の様子を窺うと、ダンダルグに声を掛けた。

「……どうやら意見は出揃ったようだ。ダンダルグ、この議題の決を取れ」

「毎回、俺がそれやるんだっけ？」

「お前が我々【六聖】の長だろう」

「……形だけのな。じゃあ、この先の三ヶ月間、俺たち【六聖】はここにいるロロを全員で育てる。

そのことに異議のあるやつはいるか？　なけりゃ、手続きの為にさっさと冒険者ギルドに話を通しに行くぞ」

ダンダルグの呼びかけに他の数人が返事をした。


「異議なし」

「異議はない」

「ホッホウ、異議なしじゃよ」

「私も異議はありません」


だが、残りの一人は不満げな顔で会議室の壁を見つめ、無言のままだった。


「おい、ミアンヌ？　お前、まだなんかあんのか？　異論があるなら、とにかく言ってみ」

「……あるわよ、色々文句があるわ。全然納得もいってない。でも……本人がそれでいいっていうなら、認めるしかないじゃない」

「……ロロは、それでいいか？」

「うん」

最後にイネスがロロに確認をすると、少年は部屋に入ってきた時と変わらない様子で静かに頷いた。

「結論は出たようだな」

「ああ。では俺たちは明日からこの子を俺たち全員の弟子として扱う。本当に俺らは半端じゃなく厳しいから、覚悟しとけよ、ちっこいの」

ダンダルグはそう言って巨大な手で少年の頭を鷲掴みにするように撫でて、笑った。

60　水面下の戦争

王都の地下大倉庫の崩落の後始末と【灰色の亡霊《ファントムグレイ》】の討伐の事実確認に追われて数日を過ごした王子は、突然出現したという歴史上の怪物の報告に疑念を覚えていた。

「文献に記録のある『聖銀の祭壇』は、そう簡単に傷つくものではないはずだが」

当事者となった妹《リーン》から直接状況の説明を受けたものの、細かい点が所々腑に落ちない。

王家の書庫に所蔵される歴史書に記述された【灰色の亡霊《ファントムグレイ》】。その異形の怪物を封じた迷宮遺物の『祭壇』は、その名の通り全てが『聖銀《ミスリル》』で造られており、そう易々と傷つきはしない。

『聖銀《ミスリル》』は強度こそ『王類金属《オリハルコン》』や『最硬鉱物《アダマンタイト》』に劣るが、極めて魔力を通しやすく付与《エンチャント》による強化が容易であり、並の剣や魔法では毛筋ほどのかすり傷もつけられない。

だからこそ先人はあれを封じる為に聖銀製の巨大な祭壇をわざわざ迷宮の奥深くから持ち出し、

あそこに設置したのだ。

妹《リーン》が嬉々として語った、それを【プチファイア】で跡形もなく消滅させた人物の話には頭を抱えたが——色々と規格外のあの英雄じみた男の話はさておき、頑丈な『聖銀《ミスリル》』製の遺物がただの地震や戦争の余波で壊れるなどということは考えられない話だ。

となると、やはり——

「やはり誰かが意図的に破壊した——と、考えるのが妥当か」

王子の頭を占めていたのは、先の皇国の襲撃の起点となった『リンネブルグ王女暗殺未遂事件』だった。

その計画は皇国の指揮系統の中で行われたという明らかな証拠と証言を得ることができ、その分の賠償は十二分に講和条約の中に記させたのだが、調査を進めるうちに、事件の背後には不穏な第三者の姿が見えてきた。

——事件に関わる複数の影。

まず、王都襲撃騒動の終結後、何度となく皇帝側近のレベルにも確認をしたが、事件のきっかけになった高純度の魔石が使われた『魔術師の指輪』に施された召喚技術、そして召喚された『ミノタウロス』は、そもそも「同じ者から提供された」のだという。

つまり、その存在はあの召喚魔導具製造技術を皇国より先んじて手に入れ、更に『ミノタウロス』を捕獲したということになるが、深淵の魔物『ミノタウロス』はそう簡単に捕らえることの出来る魔物ではない。

何度となく相見えた【六聖】クラスであればともかく、通常の戦力では交戦することすらままならない。それを捕獲し、提供したとなるとその正体不明の敵は我が国の【六聖】と同等かそれ以上の戦力を保持している、と考える他ない。

信じがたいがそんな存在が皇国に居たということが複数の証言から明らかになった。目撃者は多く、彼らの証言を集めるのに苦労はなかった。

――だというのに。

我々は未だにその不穏な関係者の正確な姿を掴めないでいる。

不思議なことに、いくら皇国で調査を重ねても、聞くたびに違う答えが返ってくるのだ。

ある者はそれは「老いた商人たちだった」と言い。

ある者は「小柄で不気味な姿の奴隷商だった」と言い。

ある者は「美しい女性の占い師の集団だった」と断言する。

証言が取りに行く先々でまるで違う。

ここまで全てが食い違っているとなると、当初から何らかの認識阻害の偽装を施して皇国に入国していたか、もしくは事後的に記憶の操作が行われた可能性がある。

つまり、皇国を裏から操るかのように影響を与えていたのは相当な武力を保持しながら、そんな不気味なまでに器用なことが行える団体、ということになる。

……それは誰なのか、という話だが。

彼らはサレンツァから来た何者かである、という皇帝からの証言もあるが、彼も他の者同様、認識を歪《ゆが》められたままいいように操られていた可能性が捨てきれない。

時期的に『魔族』の少年ロロが生活を共にしていた謎の集団であるという憶測も成り立つが、元々使い捨てられた彼に与えられた情報はごく僅か。集団の上層の人間の顔は一度も見たことがないという。結局、謎のままというしかない。

……だが、関与が疑われるもう一方の第三者についてはもう少し情報が多い。

被害者本人《リーン》の証言にもある通り、最初の『ミノタウロス』の襲撃時に突然強力な『結界』が王女《リーン》を縛り、彼女は身動きすらできず死にかけた。皇国の将軍を含めた上層部はその『結界』の存在を把握すらしておらず、結局誰がそれをやったのかは不明だという。

とはいえ、迷宮深部からごく稀《まれ》に発掘される『聖銀の祭壇』のような希少な魔導具類を除き、『結界技術』自体がミスラの独占物であり、高度な局所結界を扱える存在となると自ずと限られてくる。

それに今回の【灰色の亡霊《ファントムグレイ》】の一件も、それと関連がないとは言い切れない。

何故ならミスラへの留学経験のあるリーンが、封印の祭壇に刻まれた強力な『結界』を起動させる魔法紋の一部が綺麗に削れていたと言うのだから。

もちろん、祭壇に刻まれた魔法紋は経年劣化で削れてしまうほどやわではない。ならば知識のある者が意図して削った、と考えるのが自然だ。

ミスラがそれに関わったという明確な証拠は出ない。だが、状況がそれを示していると王子は思う。

先の皇国の仕掛けてきた容赦のない襲撃。奴らは不穏な第三者と共にそこにきっちりと絡んでいたのだ。

それでいて王都の復興への支援だの、慰問だなどと、よくも言う。

「本当に、反吐《へど》が出る」

思わず口から出た言葉に、激しい怒りが滲《にじ》んだ。

状況の全てを知る王《ちち》があの会談の場に自分を同席させなかった理由はよくわかる。

賢明な判断だろう。

王子はあの女の顔を見た瞬間、自分で自分を抑えられなくなる自信がある。

もしその場にいれば、冷静で温和な父と違い、自分はあの女に確実に噛み付いていた。

迷わず、刃すら向けていたかもしれない。


――当たり前だろう。絶対に許せるはずがない。

きっと、あの女こそがリーンを殺そうとしたのだから。


「それでいて皇子との『婚約』だと？　……愚弄するのも大概にしろ」

夜中の静謐《せいひつ》な執務室に、静かな怒りの声が充ちた。

……妹、リーンはとても優秀だ。クレイス王国の王族の長い歴史の中でも、その存在感は飛び抜けている。

自分も幼い頃は神童などともて囃《はや》されたが、あの子とは比べるべくもない。

そう――あの子はあまりにも優秀すぎるのだ。

彼女があのまま成長すれば、我が国の国力は著しく増すだろう。

誰もが認める、数百年に一人とまで言われる逸材。

その天才ぶりは王国中でも有名で、既に多くの国民は彼女の王位を熱望している。

厳密にはあの子はまだ、王国の法の定める王位継承権獲得の為の『試練』を終えてはいない。

だが継承権を正式に得たならば、間違いなく民は彼女を選ぶだろう。


王子もそれに異を唱えるつもりは全くない。

そもそも多くの汚れ仕事に手を染めている自分を、わかりやすい英雄を求める気質の王国の民がすんなり受け入れるとも思えない。

元々、自分は派手な表舞台よりも裏方の仕事が性に合っているし、何より、誰よりも自分こそが父の次の王位は彼女《リーン》にこそふさわしいと思っている。

きっと、その時が来れば民心は今まで以上に強く纏まり、クレイス王国は大きく発展を遂げるという確信がある。

……だが。国外の我が国が力を持つことを愉快に思わない勢力であれば、妹《リーン》の存在は脅威としか映らない。

それを前もって潰そう、という発想になってもおかしくはない。

実際、潰しにきたのだ。戦争という混乱に乗じて。それが失敗すると、あの女はさも憐憫の情があるかのように我が国に近づき、ありもしない『婚約』の話を持ち出した。潰すことが叶わぬなら自らのものにして利用してしまおう——そんな手のひら返しの意図が王子にはありありと読み取れた。

そんなものに怒りを抱かずして、何にその感情を抱けば良いのか。

教皇が唐突に持ち出した『婚約』話はもちろん、さまざまな意図を含んでのことだろう。

頑《かたく》なな我々クレイス王国から、本当に欲しいものを引き出す為の口実にすぎない。

「……求めるものは資源か。もっと別の何かか」


単純に考えて教皇に合理的な目的があるとするならば、迷宮から産出する資源か、もしくは『還らずの迷宮』そのものがまず挙げられる。

元々、奴らはそれらを欲しがっていたのだから。

発見から数百年経っても最深部への到達に至らず、どこまで深いのかも未だわからない『還らずの迷宮』は未知の資源の宝庫だ。

そこには各国の権力者が喉から手が出るほどの財宝や遺物が眠っている。

その分、『還らずの迷宮』を原因としたトラブルも多い。

中でも、【灰色の亡霊《ファントムグレイ》】は過去の歴史を遡ってみても一大事件だった。

だが、王国は世界に名だたる迷宮から湧く脅威を、自らの力で克服し治められることを証明し続け、ある種の畏怖とともにその保有と管理権限の正当性を主張してきた。

だが、もし、その管理ができない、と周辺国に見做《みな》されれば。

例えば、『還らずの迷宮』の管理に大きな不備があり、何かトラブルが起きたとすれば、管理権限の正当性を巡って他国に攻撃材料を与えることになりかねない。

そんな側面から見ると、戦争で疲弊した状況での件《くだん》の【灰色の亡霊《ファントムグレイ》】の出現は、対処を誤れば恰好の標的になり得た。

幸いあの男、ノールと王女の働きで表立った被害はなかったが……誰かが意図して、その大惨事に成りかねない事件を引き起こしたのは明白だ。

そして、その誰か、というのは既に王子の頭の中では明確な像を結びつつある。

「我々は信頼すべき相手を、長らく見誤っていたということか」

王子は歯噛みをする。

これまでクレイス王国とミスラとは一定の距離と均衡を保っていた。

数百年もの長き間、同盟関係にあった間柄だ。

あの国には何処までも黒い噂が絶えないとはいえ、互いの利益を尊重しつつ隣国としての信頼関係を保ってきた。

だからこそ自分もリーンも幼い頃にあの国に留学をしたし、先の戦乱で国が危機に瀕した時も亡命先に選んだ。


だが戦争後に様々な情報を得ていくうち、自分たちが浅はかであったことを痛感させられた。

もはや、あの国は盟友関係にある存在とは言い難い。

少なくとも、あちらはとっくにそのつもりだった。

――それに気づくのが、あまりにも遅すぎた。


既に長年の力の均衡は崩れている。

皇国は事実上倒れ、クレイス王国も大きく痛手を受けた。

だが、我が国は被害だけでなく多大な賠償と皇国の秘匿技術の提供の約束を取り付け、十分な時間さえあれば皇国から手に入れた新しい技術を用い、順調に繁栄するだろう。

しかし、そんなことを許すほどあの女は甘くない。

あの欲深い者が『還らずの迷宮』を狙うなら、今しかない。

――自分だったら、そうする。

攻勢に出るなら、相手が弱った今を好機と見て、ありとあらゆることを仕掛けていくだろう。それを相手は、何の躊躇《ちゅうちょ》もなくやれるという確信がある。

「また、すぐに次の争いが始まるというのか」

王子は自分よりずっと強大な同類の影に苛立《いらだ》ち、頭に血が上る。

相手の意図と目的がよくわかるだけに怒りが増す。

自分が今後の相手の行動として想像したことは、自身も手段としては思いつきつつ、決してやってはならないと心に決めていることだからだ。

そんな外道の意図を理解し、同調する自分自身にも王子は憤《いきどお》りを覚えずにはいられなかった。

「――少し、冷静になるか」

妹のミスラへの招待。

どう考えても、そこにはあからさまな罠が仕掛けられているようにしか思えない。

行けば必ず危険は付き纏う。だが、考えようによっては敵の懐に飛び込む好機《チャンス》であるかもしれない、とも王子は思う。

ここで何も手を打たず、静観するだけでは確実に状況は悪化する。ならば、一つ大きな賭けに出るのも悪くないのかもしれない、と。

もし、妹の命を賭け金《チップ》に用いる度胸が自分にあればの話だが。


……大事な妹の命を賭けに使う？

そんなことは、考えたくもない。


「違う……冷静になれ。私情は捨てて、全ての道筋を考えろ……結論はそれからだ」


妹に甘くなりがちな自分に、言い聞かせるように声を絞る。

確かに妹《リーン》は今後の国の繁栄にとって、なくてはならない存在だ。

だがそれは、役目を果たしてこそ。

己の身可愛さに保身に走ったのでは、本末転倒。

王族の使命――それは民、そして国の繁栄だ。

彼らに生かされている我々は、彼らに尽くす義務がある。

既に我が国を取り巻く状況は戦争と言ってもいい。

穏やかに見える水面の奥底で、我々はもう抜け出せない戦場に足を踏み入れている。

――そんな局面で、自分の身内可愛さに私情を挟むことなど許されない。

自分はこの盤面で合理的な駒の配置を考えなければならない。

仮に妹の命を危険に晒すことになったとしても、それが国と民の利益になることであれば迷いなく行う。

少なくとも国という仕組みに生かされている支えられてきた自分のような立場の者はそうでなければならない。

そうして王子は必死に思考を走らせ、数瞬後、一つの結論に辿り着く。


「……ロロ、と言ったな、あの少年」


王子はすぐに気が付いた。

おそらく、あの『魔族』の少年が今回、重要な鍵になる。

あの特殊な状況に身を置く少年の今後の立ち回り次第で、王国の運命は大きく変わることになる、と。


また、同時にふと思った。

父が彼《ロロ》を王国に取り込む決断をしたのは、そこまで熟慮してのことだったのだろうか、と。

だとすれば「王国の民に害しかもたらさない」と『魔族』である彼を王国の民として受け入れることに強く反対していた自分は、本当に浅はかであったということになる。


……いや、おそらくは違うのだろう。

父は、本当に温厚で優しい。

単純にあの少年への情とあの男、ノールとの約束を果たそうという、ただそれだけの動機だったのかもしれない。

単純にして素朴。

人としての道理や感情を重視し、利益と損失の秤《はかり》は脇に置く。

それは一見、為政者としては愚か者とさえ見られるかもしれない。

だが、それこそ民の求める英雄像――――『王の器』というものだ。

王国の民はそういう直情的な正しさにこそ付き従う。

人心が求めるのはいつも、そんな裏表のない誠意で道を示す者なのだ。

自分にはそれが欠けている。

つくづく、損得の秤でしか物事を判断しない自分が厭《いや》になる。

「父上とオーケンに少し、相談してみるか。策を練るのはまたその後だ」

一筋の光明を得た王子はその追求を一旦、脇に置く。

今やるべきこと、考えるべきことは山ほどある。自分はそれを一つ一つ、処理していかなければならない。

――あの、我が妹を手にかけようとした女。

あの化物のような存在に一矢でも報いてやる、その為に。

「……才に乏しい者は、足と手数で稼がねばな」

着実に、一つ一つ作業を積み上げていかなければならない。

凡人である自分はそうでなければ、周囲にひしめく怪物たちとは渡り合えない。

王子は執務室の窓を開けて夜の風を取り入れ、熱さの残る頭を少し鎮めると、山のように積まれた部下からの報告書に目を通す作業に戻った。

61　冒険者の娘

イネス・ハーネスは家族を知らない。

まだ物心がつく前に冒険者だった両親が死に、自分だけが残された。

幼いイネスは両親の冒険者仲間たちの家を転々とした後、結局、王都の『ハーネス孤児院』に引き取られると、そこには自分と同じような目をした子供たちがたくさん居た。

孤児院の院長と、職員たちは優しかった。

彼らは快く彼女を受け入れ、温かい食事を与え、新しい衣服も与えた。

それは家族ではなかったが、それに近い何か温かいものではあった。

そしてその優しく温かい人々はイネスに手を差し伸べ、皆と一緒にここで暮らそうと言った。

でも、イネスはとても自分がその一員になれるとは思えなかった。

何故なら——

『お前は、疫病神だ』


そう言われながら、それまでずっといろんな場所を転々としてきたからだ。

実際、自分がいた場所では時々何か悪いことが起きたように思う。

その度に言われた。

お前の両親は、運がなかった。だから死んだのだ、と。

お前も両親に似て、運がない。一緒にいると悪いことが起きる。

だから、お前もやっぱり『疫病神』なのだと。

お前の両親には世話になった。だがもう義理は果たしただろう。

だから、もう――悪いが他の場所へ行ってくれ、と。

どこへ行っても、大抵同じようなことを言われ、結局最後には家を追い出された。


でも、孤児院《そこ》の人たちはいつまでたっても、そんなことは言わなかった。

そして、その孤児院で生活を続けて数ヶ月が経ち、数年が経ち、イネスはだんだんとその場所に慣れて安心を覚えてきた。不思議と、悪いことも起こらなかった。

もしかしたら。ここなら、自分がいてもいいのかもしれない。

そんな風にも思い始めた。

一緒に遊ぶ友達と言える仲間もでき、職員たちにも次第に親しみを覚えてきた。

そうして、イネスはその後も何不自由なく、健康に成長した。


だが、あるとても晴れた日。

何気なく孤児院の庭に出たイネスが空に手を向けると、そこに不思議な光るものが漂っているのに気がついた。

それはとても綺麗な、薄く輝く『膜』のようなもの。


(――――なんだろう、これは……?)


まだ幼かったイネスは光を不思議に思い、それをじっと見つめ続けた。

そうして、小さな男の子がイネスの手の先にある光るものに気がつき、駆け寄って戯《たわむ》れにそれを掴もうと手を伸ばし――――途端に、その子の腕が切断されて宙に舞い、辺りに鮮やかな赤い染みを作った。


それがイネスが類稀なる【恩寵《ギフト》】持ちだったことが判明した瞬間だった。

イネスの得た【恩寵《ギフト》】は、想像を絶するほどの力を彼女に与えていた。

全てを切り裂く『光の剣』。

その気になれば、一国の軍隊ですら何の訓練もなしであっという間に殺し尽くしてしまえるほどの絶大な力。

――たった一人で国を滅ぼすに十分。

国を運営する地位ある人々に、イネスはそう判断された。

使い方によっては莫大な益を生むが、もし使い方を誤れば巨《おお》きな災いとなる、隔絶した力。

少女はなんの準備もなく、また何の苦労もなくその力を手にしてしまった。

絶大な力の扱い方を知らず、ただ存在するだけで一国を脅かす者がいる。

そんな子供を国としても放っておくわけにはいかなかった。

イネスは結局、孤児院に籍を置きながら、同時に【六聖】全てを師として特別な教育を受けつつ育てられることになった。


そうして数年が経ち。イネスは弱冠十四歳にして【神盾】の名を与えられ、王国の上級騎士という要職に就いた。

そのような年齢の少女がその立場に就くことなど、王国の歴史が始まって以来初めて、異例の待遇だった。

だが、それに異を唱える者は誰一人としていなかった。

何故なら、その頃には既に彼女の類稀なる武勇伝を通して、彼女の恐ろしさは広く民衆にも知れ渡っていたからだ。


——曰く、少女はただの訓練で小高い山を二つに割り。

——曰く、同行した討伐任務で飛び来る飛竜《ワイバーン》の群れを一刀で全滅させ。

——曰く、隊商を襲ってきた盗賊団の拠点を一晩で崩壊させ壊滅させたと。


その逸話が広まった当初、それらは大袈裟な噂話であると一笑に付された。だがその後、実際の物証を目にする者が増え始めると、信じがたい噂は紛れもない事実であるという事が知れ渡り、彼女への畏怖と名声が高まるのに拍車をかけた。


英雄を好む性質の王国の民は諸手を挙げて騎士の少女イネスを歓迎した。

彼女は聡明で何事もよく吸収し、並の管理階級程度の知識は既に有しており、また上級騎士となる為の国家試験を首席で合格するほどに頭も切れた。

彼女が元々身寄りのない孤児であり、冒険者の両親に先立たれ苦労した末に王立の孤児院で育ち、騎士叙任の時に自らの意志で育った孤児院の名を姓としたことも評判を呼び、『【神盾】イネス』はあっという間に国民の広い支持を得た。

その年齢の若ささえ魅力と映った。何も否定する材料は見当たらない。

【六聖】に次ぐ、次世代の『伝説』が生まれた瞬間だった。

【神盾】の名を戴く騎士叙任と同時に、イネスは一つの任務を言い渡された。

それは王の一人娘のまだ幼いリンネブルグ王女の護衛兼、世話係。

その時、当のイネスは少し意外に思った。

自分は王国の『剣』と『盾』として、この身と命を捧げるつもりだった。

なのに護衛――は良いとして、幼い王女の世話係？


疑問に思いつつ、イネスは命じられた仕事を受け入れたが、始めてみると、不思議とその仕事は性に合っていた。

もっと簡単に言えば、とても楽しかった。

王女は明るく聡明でよく話し、自分の知らない物語や遠くの世界のことを、まるで辞書や図鑑を紐解くかのように語り聞かせてくれた。また、しょっちゅう王女の思いついた不可思議な遊びにも付き合わされ、その相手をするのに苦労はしたものの、それもイネスにとってはとても新鮮なことばかりだった。


孤児院の子供たちとは、あの自分が腕を斬り落としてしまった少年に謝罪の言葉を告げて以降、一切、口をきかなくなった。誰かと遊ぶなどということはそれ以来無かった。

幸い、その少年の腕はその場にいた院長が治療を施し元どおりになったが、イネスは他の子供たちに近づくことすらしなくなった。近づけばきっと、また同じことが起きないとも限らないから、と。

それに自分が近づくと、自然と皆が避《よ》けて距離を置く。

事実、建物の廊下ですれ違う時も無言で道を空けられ、遠目に視線を投げられる。

皆の目線からイネスがいつも感じるのは、嫌悪というより恐怖に近い感情だった。

自らに害をもたらす、未知のものに対する怖《おそ》れ。

そんな感情を抱かれるのはもう、仕方のないことだと受け入れた。

自分が逆の立場でもそうするだろう。

……ことあるごとに木の棒を持って自分に勝負を挑んでくる、あの手の付けられない乱暴者、ギルバートだけは違ったが。

そんな例外を除いては周囲にはイネスと口をきこうとする者さえ、いなくなっていた。

だから、イネスにとって多少歳の差はあっても同年代の誰かとまともに話し、一緒に何かをするということは、本当に久々の感覚だった。王女といられるだけで楽しく、頼られることが嬉しかった。

それが自分に課せられた任務《しごと》だということを、たまに忘れそうになるぐらいに。

護衛らしい働きもしながらも、それを含めて楽しかった。

王女に頼られ、自身もそれに応える。

彼女を護ることではじめて生きている実感が湧いた。

ここでなら生きていてもいいんだ、と自分の人生を前向きに思えるようになった。

イネスはそうして、国と自身が仕える王女を護ることに命を捧げることを誓った。


だがその六年後。

王女の『試練』が始まり、その関係は一旦終わることになった。

あまりにも優秀な王女は全ての試験と手順を歴代最速で乗り越え、たった十四歳にして王位継承権を得る為の試練に挑む資格を得た。

王国法が定めるところにより、王位を継ごうとする者が正式に継承権を得るには、一つの課題をクリアしなければならない。それは一人の『冒険者』として自らの手で何らかの『成果』を手に入れ、王と民衆を納得させること。

必ずしも一人で行かなかればならないというわけではない。

だが王女は一人で試練に向かうことを選択した。

それは本人の決定だから仕方ない。そう納得して送り出したはずだった。

王女なら、必ずや困難な試練をやり遂げられる。

自分はそれまで待っていれば良いと、信じて。


直後、深淵の魔物『ミノタウロス』の事件が起きた。

それは王女暗殺を目的とした襲撃だった。

王女はそこで危うく命を落とす所だったという。

イネスはそれを耳にして、王女の側《そば》を少しでも離れたことを心の底から後悔した。

もし、その場に自分が居れば絶対にそんなことなどさせなかったのに、と。


だが、王女は無事に保護された。

突然現れた一人の男によって、『ミノタウロス』は撃退されたのだ。

彼に最初に出会った時、感謝すべき恩人であることは明白なのに、イネスの中には屈折した感情が芽生えていた。

……王女は、自分こそが護るはずだったのに、と。

イネスはあろうことか王女を助けたそのノールという人物を妬む気持ちがあることに気がついた。

その感情にイネスは少し戸惑った。

自分がこんな風に誰かを妬むようになるなどとは、想像すらしなかった。

それまで嫉妬されることはあっても、自分がそれを他人に対して感じることはなかった。

おそらく自身の存在意義を奪われたという意識が、それを引き起こしているのだろうとイネスは自省した。

その後、行動を共にすることになったその男、ノールは全てが異常といっても良かった。

『黒死竜』の致死の瘴気《しょうき》を正面から受け止め平然とし、王都を消滅させようとしていた【厄災の魔竜】に単身で挑み、あろうことかそれを調伏した。

その後、皇国の新兵器の強力な火力攻撃を物ともせずに真正面から斬り込み、万の大軍をほぼ殺すこともなく壊滅に追いやった。直後、瀕死となった魔竜を【癒聖】セインの手で復活させ、皇国に直接乗り込むという誰も思いつかないような提案をし、魔族の少年ロロの力を借りて実際にそれが出来ることを証明し、王国に起死回生の勝利をもたらした。

その間、たった一日。

そのたった一日の男の功績ですら、挙げていけばきりがない。

イネスは自分では到底、届かない高みを見た気がした。

あの男には、絶対に敵わない。

いつそう思ったかはわからないが、どこかの時点でイネスは完全に自身の敗北を認めていた。

——自分は、絶対に誰にも敗北することは許されない。

ここまで生かしてくれた王国を、全ての脅威から護る。

それが自分の役割であり【恩寵《ギフト》】という力を手にした者の責務。

イネスはそう信じて疑わず、相応の努力に人生を捧げてきた。

それが全て……たった一日、一人の男の存在によって完全に覆された。

自分の思い描いていた、自分の役割は幻想だったのだと気付かざるを得なかった。

その幻想《思い込み》は、突然現れたその男、ノールにあっという間に砕かれた。

気づけば護るはずの自分が何度も護られていたし、いったい、これまでの自分の人生はなんだったんだろうとすら思う。


……でも何故だろう。そこまで悪い気がしなかったのは。

むしろ、色んなものから解放されたような気分だった。

イネスがそんな情けない自分を受け入れつつある時、レイン王子から皆に一つ、国家として重要な決定が通達された。


――『例の魔族の少年の身柄を、我が国で保護することになった』と。

王が国の方針として魔族の少年、ロロを保護する決定を下し、誰かが彼を預かる必要が出来た、と。

当然、彼には身の危険がある。命を狙われる危険すら頻繁にあるだろう。

だから誰か力のある者が常にそばに居て護ってやる必要があると。


イネスは知っていた。

あの少年は既に仲間から切り捨てられ、どこにも行き場がなくなっていたことを。

『魔族』として、世間からは必然的に疎まれ爪弾《つまはじ》きにされるはずのあの小さな少年。

その子を誰かが護る必要がある、と。そう伝えられ。


「私が、やります」


気づけばイネスは自分でもよく理由がわからないまま、その役目に名乗り出ていた。

「あの子は、私が世話をしたいのです。どうかお任せいただけないでしょうか」

――――と。

62　槍の男ギルバート

あのあと俺たちはリーンが天井に開けた巨大な穴をよじ登り、地上に出るとすぐに別れた。

リーンは別れ際、

「先生のおっしゃっていた意味がやっとわかった気がします。ここから先は、私一人でも大丈夫です。ミスラへ行くまでには、もっと力を得て見せますので」

笑顔でそう言うと一人でどこかへ行ってしまった。

……一体、彼女は何がわかったというのだろう。それに、あの子はあの歳であれ以上強くなってどうしようというのだろうか……？

倉庫の建物を跡形もなく吹き飛ばし、地上に大穴を開けるぐらいの凄まじい魔法を使いこなしているし、もう十分すぎるぐらいに強い気がするのだが。

疑問は尽きないがひとまず、もう『幽霊退治』は懲り懲りだと思った。

元々、幽霊だとか骨だとかは、あんまり好きな方ではない。

その上、まさか初日でいきなりあんなものが出て来ようとは。


あとで色々聞いてみると、やっぱりあれは『幽霊《ゴースト》』ではなかったらしい。

確かに、あんな化物がネズミ避《よ》けにしか思われていないなんて、幾ら何でもおかしいと思ってはいたが……。

あれは名を【灰色の亡霊《ファントムグレイ》】という、もっと別の何かだった。


冒険者ギルドのおじさんから話を聞かされた時、滝のような冷や汗が出た。

ギルドではちょうどその化物の話題になっており、俺がそれと遭遇したと伝えると、おじさんには「よく生きて帰ってこられたな」と驚かれた。


本当にその通りだ。

ほんの少し触れただけでも、即死。

あれはそんな超常の怪物だったのだ。

あの巨大な無数の白い触手。不気味なので俺はなんとなく避けていたが、実はあれは絶対に触れてはいけない類のもので、一瞬でも触れたら屈強な冒険者であろうとも命を吸い取られ、確実な死が訪れるという恐ろしいものだという。

実際、それで死んだ人間は過去数千人も出ているらしい。

本当に俺などがよく生きて帰ってこられたものだ。

一緒に行ってくれたリーンには感謝しかない。

あの子がいなければ、決め手の攻撃手段のない俺だけでは、確実にあの気味の悪い触手を躱しきれずにあの暗い地下空間の中で帰らぬ人となっていた事だろう。


ギルドのおじさんは、リーンが跡形もなく消滅させた為、あんなものはもう二度と出てこないだろうとは言っていたが……やはり用心はするべきだろう。

一度あることは二度あるとも言う。何かの拍子に、あれがまた一匹や二匹、もしかしたら十匹ぐらいまとめて出てこないとも限らない。

そういうわけで、その日以来、もう俺は『幽霊退治』の依頼は受けないことにした。

流石に初回から強烈な経験だったたし、リーンも行方をくらまして見つからない。

その後、出没していた『幽霊《ゴースト》』も急速に姿を消し、依頼自体が少なくなったこともあるが、またアレが出たらと思うと、とても一人で出向く勇気は出ない。

さらば、俺のまだ見ぬ宿敵『スケルトン』。

腕試しの為に一度ぐらいは戦ってみたかったが…………当分、見送らせてもらおうと思った。

◇

「パリイ」


そうして、俺は森の中で相変わらずの素振りを続けている。

葉っぱを叩く訓練は、辺りの木々が以前と比べて明らかに風通しがよくなってしまったので流石に申し訳なくなってしまい、しばらく前から封印している。

そういうわけで、今日はただの素振りだ。


一振りする度、地面が揺れる。

重たい『黒い剣』のおかげで、それだけで鍛えられている感じは確かにするのだが物足りない。

こんな風に同じことを繰り返しているばかりでは、俺はこれ以上強くなれないだろう。

やはりここにきて限界を感じていた。

もっと強くなるには、どうすればいい……？

聞いた話では実力が拮抗する人間が一人いればかなりいい、とはいう。

模擬戦などをしてお互いを高められるからだ。

でも、俺と実力が同じぐらいの人間か。ちょっと思いつかないな。

そもそも、俺に付き合ってくれるような暇な人間がいるだろうか？

……今度、リーンにでも頼んでみようか。いつも都合よく利用するようで悪い気もするが、今回は彼女の依頼があってのことなので協力はしてくれるだろう。もし彼女が見つかればの話だが。

そんな風に俺が考えていた時、不意に背後で声がした。


「へぇ、こんなところで英雄サマが一人で訓練とはな」


そこに立っていたのは金色の槍を肩に担いだ、見覚えのある男だった。

その顔は忘れるはずもない。

彼は以前、皇国の軍勢に俺が殺されかかっているところを救ってくれた、命の恩人。

そう、彼の名は、ギル――

ギル――？

ギル――

ギル――――――！

ギル―――――――――！！

「ギル…………………と呼ばせてもらってもいいだろうか」

「なんだ、今の間は」

いかん。思い出せない。

彼は俺の命の恩人の、なんとかバート……そうだ。思い出した。

俺の背後に突然現れたのは槍の男ギルバートだった。

「……ギルバート。どうしてここへ」

「なんだ……俺の名前、覚えてたのかよ。てっきり忘れられてたかと思ったぜ」

「そ……そんなわけないだろう。命の恩人に向かって。ちゃんと覚えている、大丈夫だ。安心してくれ」

ちょっと出てくるまで時間がかかってしまったが。

「命の恩人？　なんだそりゃ？　……そう感じるのは勝手だがな。まあ、そんなことはどうでもいいや。お前、暇そうだし、ちょっと俺の用事に付き合ってくれよ」

「用事？」

「ああ。オーケンの爺さんが戦場で拾った『魔導鎧《おもちゃ》』を弄《いじ》くってたみたいでな。使ってみて感想聞かせろって言うもんで、ちょうどいい遊び相手を探してたんだ」

ギルバートの姿が一瞬、消えた……ように見えた。

――――疾い。彼が今、俺の背後に移動したのが殆ど見えなかった。

「どうだ？　こんなもんで、アンタの訓練相手としては」

どうやら彼が俺の前に現れたのは、前のように胸を貸してくれるということらしい。

本当に願ってても無いことだ。

「そうだな、今の疾さぐらいなら確かに俺の訓練にはちょうどいいかもしれない」

「そうかよ……そりゃあよかった」

そう言って槍の男ギルバートは槍を構えた。

「言っとくが、今回は手加減は無しだぜ？」

「ああ、そのつもりで頼む」

俺がそう言った瞬間、彼の姿が再び消えた。

「竜滅極閃衝《ドラググレイヴ》」

「パリイ」

俺は咄嗟に彼の槍を弾いた。この技は前に見たことがある。

そうでなければ、今のように簡単には弾けなかっただろう。

だが、以前とは比べものにならないぐらい疾い。

まるで俺を殺しにきているかのような鋭さだった。

「ははっ――今のが届かねえのかよ。冗談きついぜ……じゃあ、もっと疾くしていいか？」

「ああ、頼む。まだ大丈夫だ」

「じゃあ、行くぜ」

彼の顔から先ほどまであった人の良さそうな笑みが消えた。

次こそは本当に本気だ。それがわかった。

俺はゆっくりと息を吸い、全ての意識を彼の槍の先に集める。

そうして周囲から音が消え――

「竜滅極閃衝《ドラググレイヴ》」

一筋の閃光かと思えるほど、彼の槍は一瞬で俺の眼前に迫る。

俺は全神経を彼の槍を捉えることに注ぎ込み、全ての力をただ剣を一振りする為に使った。

「パリイ」

ギルバートの槍の先端と俺の『黒い剣』がぶつかり、黄金色の火花が散った。

「――はは。今のも、防ぐのかよ。王類金属《オリハルコン》が欠けちまった…………ははは、なんだよこれ。面《おも》

白《しれ》えな。これだけズル《チート》してもこれかよ」

ギルバートは小声で何かを口走り、楽しそうに笑った。
俺の方はもう、今の凄まじい一撃で身体全体が緊張し、剣を持つ手すら震えている。
顔でなく、腕と脚が愉快そうにガクガクと笑っている。

「それじゃあ……次は更に疾くするけど、いいよな?」

そして次は更に疾くする、と。
目の前で槍を構える男はさも当たり前のことかのように言う。

「……ああ。頼む」

俺の口からは考える間も無く、肯定の返事が出た。
……今の一撃ですら俺には未体験の疾さだった。
次はもう、ついていけるかなんてわからないというのに。
一瞬、自分の力量を考えて吐いた言葉をすぐに撤回しようか、という迷いが生まれる。

だが、この男は当然のように俺についていて来い、と言っている。

こうやって、だんだん己の限界を超えていくようでなければ決して強くはなれないのだ、と言っているのだろう。

確かに……危険を承知の上で敢えて挑むぐらいの覚悟がなければ、俺はこれ以上成長することはないのだろう。

――それならば。せっかくだし、彼の胸を借り、自分がどこまで出来るか見ておくことにしよう。

「……ギルバート。どうせなら、次は俺の目に留まらないぐらいのつもりで頼む。そうでなければ訓練にならないしな」

「――ははは、言いやがったな？　後悔するんじゃねえぞ」

そうしてギルバートは静かに槍を構えた。

俺は次のギルバートの槍を受ける為、全力で『黒い剣』を握り締め、まっすぐに彼へと向けた。

63　魔導の鎧

「竜滅極閃衝《ドラググレイヴ》」

「パリイ」

【槍聖】ギルバートは王類金属《オリハルコン》の槍を握り込み、その日五度目となる全身全霊の一撃を放った。

だが槍は即座に『黒い剣』に打ち上げられ、辺りに激しい火花が散る。


（……これでも、届かねえのかよ……）


『黒い剣』で叩かれた衝撃で両腕の骨が折れたのがわかった。

既に最初の一撃で両手の骨は粉々に砕け、今は身体が訴える激痛をひたすら無視し、『魔導の鎧』の力を借りて強化された筋力だけで無理矢理槍を握っている。だが自身の限界を遥かに超えた疾さで槍を振るう腕はもとより、過剰な力で大地を蹴る脚の肉もズタズタに千切れ、立っているのもやっとだ。身体の中に蓄えてあった全ての呼気は使い切られ、視界が霞む。

――ここまで、たった数撃。

たった数度攻撃を繰り出しただけで、この状態《ザマ》だ。

今日、ギルバートはこれまでの人生で最高の槍を数度繰り出した。

鎧の力を借り己の肉体の限界を超え、命を削る一撃を繰り出し続けた。

だというのに。奴にはまるで届く気配すらない。

あれだけ無敵を誇った自慢の槍が奴には全く届かない。

「はは……冗談きついぜ」

――この男。正真正銘の化け物だ、とギルバートは再度相手を確認する。

ギルバートが現在身につけているのは侵攻してきた皇国軍の精鋭の置き土産。装着者の魔力を吸うことで凡人を超人に変える魔導具『魔導鎧《マジックアーマー》』だ。

それも【魔聖】オーケンが戦場で拾ったものを好き放題に弄り、装着者が更に通常の数倍の力を得られるように調整を施した常軌を逸した試作品《プロトタイプ》。

よくも、そんなものを作ろうと思ったものだとギルバートは半ば呆れながらその老人の自慢話に耳を傾けた。

人間の身体が普段の『数倍』の力を引き出され、無事でいられるわけがないと言うのに。

使い方を聞いて、即座に持ち出して使おうなどと思った自分も自分だが。


オーケンはギルバートが鎧を持ち出そうとする時、「試す時はせいぜい全力の二割増程度にしておけ」と何度も忠告した。それ以上出力を高めれば、過負荷で身体が凄まじいほどに破壊され、必ず命に関わるからと。

再三、うるさいほどに説教されてギルバートは一応了承して拝借してきたのだが。


――冗談じゃない、とギルバートは思う。

目の前のこいつはそんな程度じゃ、とても届かない領域にいる。

渾身の初撃を弾かれたギルバートはすぐさまオーケンとの口約束をなかったことにした。

最初の一撃が限界の二割増し。その次は五割増し。次は八割増し。

ギルバートは繰り返し自分の身体の限界を遥かに超えた槍撃を繰り出した。

そして案の定、忠告された通りに身体のあちこちが壊れた。

だが、それでも届かない。

ギルバートの渾身の槍は男の身体に遠く及ばない距離でいとも容易《たやす》く弾かれる。
何故だ。なんで、こんなに差があるんだ。
これだけインチキをしているのに、この力の差。つくづく嫌になる。

「竜滅極閃衝《ドラググレイヴ》」

次の一撃、ギルバートは更に『魔導鎧《マジックアーマー》』の出力を上げた。
既に身体中のあちこちの肉が切れ、骨は砕け、身体はバラバラになる寸前だった。
それでもギルバートは己の限界を遥かに超えた槍を突き出した。

「パリイ」

だが、その一撃すら当たり前のように弾かれる。
強靱な王類金属《オリハルコン》の槍を弾かれ、脇に挟んだ槍の衝撃で肋骨が砕けるのを感じる。
そうして何度も何度も、繰り返し、思い知らされる。
こいつには、とてもじゃないが敵わない、と。
だが進展もあった。

今、ギルバートは男に剣を使わせているのだ。
以前この男は剣すら振らず、自分をあしらった。
そう。少しは追いついたんだ。
この調子で絶対に追いついてやる。
この目の前の化け物に。

「竜滅極閃衝《ドラググレイヴ》」
「パリイ」

槍を剣に弾かれる度、そんなことは無謀だとギルバートの身体が絶叫をあげる。
お前などではどうやったって、この目の前の化け物には追いつけはしない。
既に全身の筋肉、骨と腱が全力の悲鳴を上げている。
五感全てが、全力で訴えかけてくる。
これ以上は無理だ。無駄だ。どうしようもない、と。
自分の身体が現実を叫び、限界を訴えかけてくる。
こうまでしても追いつけない隔絶した力の差。
もう、認めて諦めるしかないのだ。

そんなことは自分だってわかっている。ちゃんと理性では把握している。
よくわかっているだけに……悔しくて悔しくてたまらない。
そのはずなのに。

「はは」

同時に、笑える。悔しいのに可笑しくてたまらない。
自分の非力さに怒りが全身に込み上げ、狂いそうなほど苛立っているのに。
なのに何故、今、自分は笑っているんだろう。
心の底からどうしようもない笑いがこみ上げてくる。
なんなんだ、この笑いは。
頭に血が上り、俺はおかしくなってしまったんだろうか。
——いや、違うだろう。
そんなことわかりきっている。
「はは——ははは。凄《すげ》えな」

これは、愉しいいんだ。
愉しくて、嬉しくて仕方がないいんだ。
こいつが目の前にいることが。
強くなる為の、目標《てき》が。
乗り越えるべき壁《てき》が。
自分がずっと、求めてやまなかったものがすぐ目の前にいる《ある》ことが。

「竜滅極閃衝《ドラグググレイヴ》」
「パリイ」

きっと自分は目の前の人物には相手にすらされていないのだろう。
どうやらまともに名前すら覚えられていないらしい。
それはそうだ。この男にとって、自分は取るに足らない有象無象に過ぎないのだから。
こいつには恐らく、自分《ギルバート》はそこらにいる雑魚と変わりない——そう、思われている。
そうだ。こいつはその程度にしか俺を認識していない。

——実際、その通りなのだから。

その事実がギルバートの心を奮わせる。

彼我の間にある、絶望的な力量差。

それを埋め合わせる為にギルバートは『魔導鎧《マジックアーマー》』に自分の全魔力を喰らわせた。

身体が知らせるあらゆる危険信号を全て無視し、更に自分を高みに追いやっていく。

悲鳴を上げていた全身の筋肉が千切れ、次の一撃の為に踏み込んだ足の骨が全て砕けた。

――ああ、それでいい。きっとそうでなければ辿り着けない。

この化け物のいる地点には。

だが――


「パリイ」

そうして限界をとうに超えたギルバートの最速を、その男はいとも簡単に叩き伏せる。

「はは」


ギルバートはまた笑う。

笑わずにはいられない。

——こんな奴が、いるのか。

こんなにも命を削って尚、それでもまだ届かない。

永久に届く気すらしない。


「——お前……まだまだ、余裕、ありそうだな」

「ああ。これぐらいなら、なんとかなる感じだな」

「そうか。じゃあ、次は——もっと、疾くしてもいいよな?」

「……ああ、頼む」


再び片手で『黒い剣』を構える男を前に、ギルバートは自分の身体が壊れる音を聞きながら槍を構えた。

既に手のひらの感覚がなく、勘だけで槍を握っている。

耳も半分聞こえなくなった。両目も霞んで片目だけで辛うじて焦点を合わせている状態。

自身の体勢と視界が折り合わず、脚も歪んでぐらつくを繰り返す。

いよいよ、そこら中がおかしくなり始めたらしい。

自分は次の槍を放った後、もう立てないかもしれない。

だが——もう、それでいい。

身体が壊れ、限界まで追い詰められるほどに自分の槍が冴えていくのを感じる。

まだまだ、自分はやれるらしい。

――そうだ、次こそは。

次の一撃こそが奴に届き得る、自分の生涯最高の一撃。

「竜滅極閃衝《ドラググレイヴ》」

ギルバートはいつしか笑いながら槍を振るっていた。

ただただ、槍を振るうことが楽しくて愉しくて――その日、ギルバートは身体が完全に言うことを聞かなくなるまで槍を繰り出し続けた。

それは久しく記憶から消え去っていた感覚だった。

64　六聖会議　2

会議室の机の上に置かれたヒビ割れた『魔導鎧《マジックアーマー》』の試作品を前に、一人の老人がうなだれながら何やら悲しげにぶつぶつと呟いていた。

「……ギルバートのやつめ。ワシの可愛い試作品《プロトタイプ》をこんな姿にしおって……！　まさか、数日でここまで滅茶苦茶に壊れて戻ってくるとはのう。やっぱ貸すんじゃゃなかったかの……？」

意気消沈した様子の老人【魔聖】オーケンの背中に、【癒聖】セインが何かを思い出したように声をかけた。

「そうそう、ギルバートといえば。【剣士兵団】付きの医療担当も嘆いてましたね。ここの所、彼が頻繁に治療を求めに来るらしいのですが、診るたびに全身の骨やら内臓やらがぐちゃぐちゃで、殆ど毎日瀕死の状態でやってくるのだと。治すのにとても苦労するらしいですね。まあ、そんな愚痴をこぼしている彼女も少々修行不足気味ですから、丁度良い修練だとは思いますが」

　セインが微笑みながら淡々と口にした話題に、オーケンは怪訝《けげん》な顔をした。

「あの小僧がそんな大怪我《おおけが》を……？　貸した鎧もこんなにしてくるし、本当に、いったい何しとるんじゃ、あやつは……？　まさか、一人で竜討伐に行っとるわけでもあるまいし」

「そうですね。少し心配ではありますが……でも、何かはわかりませんが彼なりに一生懸命やっているようです。ここのところ随分と気が緩んでいたようですし、熱心に取り組めることを見つけたのだとしたら良いことだと思いますよ」

「そんなのに一方的に付き合わされるワシの気持ちにもなってみい……？　というか、あいつワシをなんだと思っとるんじゃ？　明日も使うから朝までに鎧を直しておけ、などと……コレ、ヒビの修復だけでも結構手間なんじゃぞ。まったく……！」

「とはいえ、オーケン。貴方ならちょちょいと簡単に直せるのでしょう？　どうせなら、やってあげてもいいではないですか」

「ふん……ワシにとって簡単か、じゃと？　当然じゃろ！　ワシを誰だと思っておる。【九魔】の異名を持つ稀代の天才、【魔聖】オーケンじゃぞ？　出来ないことなど、そんなにないわい！　ホッホウ！」

自慢の白いあご髭を撫でながら元気に笑う老人を尻目に、脇で二人の会話を聞いていたダンダルグが呆れ顔で口を挟んだ。

「……稀代の天才、ねえ。まあ全然否定はしねえけどよ。爺さん、アンタいったい幾つになったんだよ？」

「ホッホウ、ワシか？　確か、今年で二百八十を数えるのう」

「なあ、オーケンの爺さんは人間なんだよな……？　一応」

「ダンダルグ、お主はやたらと図体がデカいくせに細かいことばかり気にするのう。いいじゃろ、ちょっと長生きしてるぐらい」

ちょっとじゃねえよ、というダンダルグの視線を受け流しつつ、オーケンは小さな咳払《せきばら》いをした。

「……とにかく。長生きはするものじゃぞ。この歳になってもまだまだこの世に興味深いことは尽きん。身近な所にも、ワシが知恵を振り絞って強化するだけ強化したつもりの『魔導鎧《マジックアーマー》』を数日でダメにするような、想像を絶する馬鹿もいることじゃしの……ふむ、仕方ないのう……今日は暇じゃしどうせ魔導具をいじろうと思ってたところじゃ。あの小僧に付き合ってやるとするか。せっかくなら、そっちの方が面白そうじゃわい！　ホッホウ！」

つい先ほどまで気落ちしていたオーケンが同じ人物を理由に勝手にやる気を取り戻し、再び生き生きとし始めるまでの一連の流れをダンダルグは感心しながら眺めていた。

「ほんと、長生きしそうだよなオーケンの爺さんは」

「ホッホウ、当然じゃ！　長生きの秘訣はとにかく美味いモノを食い、日々楽しく過ごすことじゃ。お主もワシを参考にするとよい」

「ああ、そうだな。参考にしとく」

ダンダルグは一層元気になった老人の姿を眺め、「それだけで絶対そんなに長く生きられるわけねぇだろ」と心の中で呟きつつ、この部屋に自分たち【六聖】が集まった理由を思い出し、その場の皆に向かって声を掛けた。

「で、どうだ。あの子……ロロの適性は？　皆、一応の様子は見たんだろ。意見を聞かせてくれ。今日はその為に集まったんだからな」

彼らが魔族の少年ロロを受け入れてから一週間が経とうとしていた。

短い沈黙の後、最初に【剣聖】シグが言葉を発した。

「【剣士】について、色々と試してはみたが……そもそも、あの子の握力で剣を振ること自体に無理がある」

珍しく歯切れの悪いシグの言葉に、ダンダルグも同意した。

「そうだな……【戦士】も似たような感じ、かな。というか、やっぱりそもそも体格的に向いてねえと思う」


二人にミアンヌが続く。


「【狩人】も一通りやらせて様子は見たけど、あの子、絶望的に非力ね。小さい頃に負わされたっていう腕の傷のせいだと思うけど、握力が全然ないの。試しに小さな弓を引かせてみたけど、それでも全然ダメ。弓に関しては全く期待できないわ」

「両腕の傷か……それ、もう治せないんだったよな、セイン?」

「はい、残念ながら。あの子の身体がそれを『正常』と認識してしまっているのです。幼い頃に傷を受けて、何の処置もされないまま随分長い間、放って置かれたのだと思います」

「ホッホウ。【魔術師】に関しても、実はかなり大きな問題があってのう。それは生来の体質じゃし、仕方ないとも言えるんじゃが」

「……そうか」

オーケンを含め、皆が口々に否定的な意見を述べた。

カルーは傍らで彼らを静かに見守るのみだったが、ダンダルグが付け足した言葉に【六聖】全員の声が重なった。

「とはいえ、アイツ。結構――」

「「「「面白い」な」わね」」です」のう」

最初に語り始めたのはシグだった。

「ミアンヌが言った通り、ロロには握力がない。よって剣を振ることに関して優れた点はほぼない。何より相手に対して攻撃を加えるのを極度に恐れる。それでは【剣士】としては不適格だ――だが不思議なことに剣筋そのものはよく視《み》えているし、軽い木剣を持たせれば驚くほどに対応してくる」

「対応する？　お前にか？」

「無論、加減はしている。だが、それでも驚くほどに耐え抜くのだ。自らの身体が剣で刻まれるのを覚悟しつつ、最適な行動を冷静に取り続ける。あの精神性は稀有《けう》だ」

シグの言葉にダンダルグが頷いた。

「そうだな。やる前からわかってたことだがアイツ、そもそも【戦士】には体格的には全く向いてねえんだよ。味方の盾になるにはアイツはどう考えても貧弱すぎる。でも、やたらと根性だけはあるんだ。シグが言った通り、無茶やらかして自分が壊れるのを怖がらねえ。痛みや苦痛にやたらと強い……というか強すぎる。苦しくても誰かが止めに入るまで止めねえんだ。昔、誰かさんがそうだったみたいにな。もちろん時間はかかると思うが……ありゃあ、もしかしたら将来化けるかもしれねえ」

ダンダルグの意見にミアンヌも同意した。

「そうね。あの子、最初はどうしようもなくひ弱に見えたけど……意外と図太いわ。自分の顔面に飛んでくる矢も冷静に最後まで視てるし、ちょっと生死の境に追い詰めただけで明らかに死線を潜った人間の顔が出てきたわ」

「――ちょっと待て、ミアンヌ。生死の境目に追い詰めたって。お前、初日でそこまでやったのか？」

「いいじゃない。時間がないんでしょう？　せっかく私たちが鍛えるなら、きちんとやった方がいいじゃない。手を抜いて土壇場で苦労するよりマシよ」

「そりゃあ、そうだけどよ。段階ってもんがあるんじゃゃ……？」

相変わらず奔放な判断をする同僚に言葉を詰まらせたダンダルグの背後から、ここまで静かに佇んでいたカルーが声を発した。

「珍しいな、ミアンヌ。随分とやる気になっているじゃないか。お前がそこまで一人の訓練生にのめり込むなど珍しい。ノールの時の訓練では殆ど放置だったと聞いたが……どういう風の吹き回しだ？」

「それはそうなるでしょう。アイツ、最初から弓を扱う技術以外、全部持ってたし、私が教えることなんて何もなかったもの。ちょっと風の読み方を教えただけで、次の瞬間から可視範囲の的なら全部素の投石で射貫《いぬ》いてたし……一応奥義のはずの『矢避け』も、アイツは素の身体能力だけでやってのけたのよ？　持たせた訓練用の弓は折りまくるし、貸した貴重な弓も片っ端から握り潰すし……そんなのに、私が何を教えればいいっていうのよ」

「まあ、それもそうか」

カルーは自分が担当した【盗賊】の訓練の時、その人物が訓練用の罠を回避せずに真正面から破壊して突破していたのを思い出し、深く頷いた。

「ホッホウ。あやつは昔からちょっとおかしな奴じゃったしのう……なんも教えてないのに二重詠唱とかやりおるし」

「最近でも、王女の話では彼は【灰色の亡霊《ファントムグレイ》】と対峙した時に『十重詠唱』をやってのけたそうですからね。彼の成長は止《とど》まるところを知りませんね」

「ま、あやつなら今それぐらいになっててもおかしくはないのう……ふむ。それにしても、もう同時詠唱が『十』とな？　それはなかなか凄……じゅ？　じゅ——??」

セインの言葉で硬直した【九魔】の異名をとるオーケンの様子に、他の数人から同情とも諦念ともつかないため息が漏れた。

「当時でさえ、とんでもないことになってたのに……今のアイツの【投石】がどんなことになってるかなんて想像もしたくもないわね。もう、聖銀片《ミスリル》の詰まった袋でも持たせておけば、国境警備ぐらいならアイツ一人で十分なんじゃないかしら……？」

「ミアンヌ、お前の話聞いてると、あいつ、飛竜《ワイバーン》の群れが襲ってきても小石で簡単に撃退しそうだな……？」

「十分にあり得るわ。もうアイツのことは考えるだけ無駄ね。でも、あの子には私が教えられることが色々ありそうだから、やるわよ。あんな子供を何の準備もなく死地に追いやる真似はできないしね。頑張るわ」

「……ほどほどにな。で、カルーは？」

ダンダルグはいつになく鼻息を荒くする奔放な同僚に多少の不安を覚えながら、今度はその背後に静かに佇む仮面の男に意見を求めた。

「そうだな。ロロは【盗賊】に関してはかなりの適性があると思う。彼がどういう生い立ちなのかは知らないが、小さな気配も敏感に察知するし、自分の存在を『消す』のが抜群に上手い。おそらく日常的にそうする必要があったのだろう。あまり幸せなこととは言えないがな。【スキル】も既に幾つか発現させている。短期間であってもまだ伸びるだろう」

「そうか。オーケンの爺さんの意見は？」

ダンダルグは話題を振った先の老人が、虚空を見つめながらひたすら呪文のような何かを呟いているのに気がつき、ぎょっとした。


「……お、おい？　爺さん？　どうした、大丈夫か？」

「じゅ――――ホッ？　な、なんの話じゃったかのう？」

「ロロの話だよ。おいおい、本当に大丈夫か？」

「ホッホウ、そ、そうじゃったの。ちょ、ちょっと、考え事をしておってのう……それがのう。そもそもロロは魔法を使えんのじゃ。じゃから【魔術師】は無理じゃのう」


あまりにも軽い調子で言い放たれたオーケンの意見に、ダンダルグは眉間にしわを寄せた。

「魔法を使えない？　どういうことだ？」

「正確には『魔族』は魔力を使ってはいけない、かのう。ワシが若い頃、知り合いからそういう話を小耳には挟んでおったから、あの少年と一緒に色々と試してみたんじゃがのう。案の定じゃった。ロロの身体はあまりにも魔力と親和性が高すぎるんじゃ」

「親和性が高いなら、いいんじゃないのか？」

「いや、逆なのじゃよ。あまりにも親和性が高すぎて、体内で魔力を高めようとすると、途端に身体が過剰反応を起こして変質し始めるんじゃよ。下手すると、魔法を使おうとするだけであっという間に死んでしまうのう、あれは」

「そこまでなのか……？　そんなの聞いたことねえぞ」

　予想外の答えにダンダルグは絶句した。

「まあ、そうじゃろ。『魔族』の体質など、あまり広くは知られてないからのう。何にせよ、これは種族の血の特性じゃから、どうしようもないのう」

「そうか……勿体無いな」

「じゃが、魔力を操るセンスはなかなか見所がある。体質が体質じゃから魔法は諦めて『魔導具』の操作をやらせてみたのじゃが、なかなか器用に扱いおる。ワシの目からみてもそれなりのもんじゃよ。上手くいけば結構伸びるじゃろ。やる気は十分あるみたいじゃからのう」

　白いあご髭を触りながら、どこか愉しそうに語るオーケンに、セインも穏やかな笑みを浮かべて同意した。

「ええ、あの子には前向きな意志が感じられます。【僧侶】の訓練は受けさせてはあげられませんが、彼はとても真面目ですよ。彼はあなたたちの訓練が終わった後、毎日僧院の書庫に来て、寝る間も惜しんで知識をつけています」

「毎日か？」

「はい。このままいけばすぐに難しい書物も読めるようになるでしょう。頑張りすぎて少し身体が心配ですが、私とイネスでちゃんと体調を診ながら面倒を見ていますので大丈夫でしょう」

「そっか……じゃあ、初回の報告会はこんなところかな」

セインで会議の発言者が一巡したところで、ダンダルグが皆の顔を見回し、総括した。

「ロロの育成の今後の方針だが……今のを聞く限り、それぞれが継続ってことでいいな？　それなりに自分の担当に意味を見出してるみたいだしな」

「うむ、異議なしじゃ！　それじゃあ、ワシはこれで失礼して良いかの？　ちょっと今、大事な用事を思い出してのう。ホッホウ！」

全員の返事を待たず、忙《せわ》しない様子で会議室から出て行った老人の姿にダンダルグとセインは顔を見合わせた。

「なあ、セイン。爺さん、今日は暇だから魔導具でも弄ろうか、なんて言ってなかったか」

「……負けず嫌いですからねぇ、オーケンは」

二人が苦笑いしながら会議室から出ようとすると、シグが腰に下げた剣の鞘《さや》に手をやりつつ、入り口に立っていた。

そして、ダンダルグの顔をじっと見るシグに、ダンダルグはだんだんと嫌な予感が込み上げてきた。

「ダンダルグ。この後いいか。今日はお前も非番だろう。俺に付き合ってくれ」

「……ああ、そういえば年甲斐《としがい》もないのがもう一人いたんだったな」

ダンダルグは呆れ半分で頭を抱えた。

「今こうしている間にも奴はまだ成長している。剣の修練に終わりはない。悪いが実戦形式の訓練だと、お前ぐらいしか相手が見当たらん」

「そりゃあ、そうだろうけどよ……そろそろ歳ってもんを考えた方がいいんじゃねえか？　なあ、セイン。お前からも何か言ってくれよ。俺、もうかなり腕が鈍《なま》ってるから怪我なしでこいつの面倒見きれる気がしねえよ」

「それなら、私も参加しましょうか？　最近、少々運動不足気味でしたし。それなら訓練も安全でしょう」

「そうか、セインも来てくれるのか。ならば心置きなくこの剣を振れそうだな」

シグはどこか嬉しそうに腰の剣の柄《つか》をトン、と指先で叩いた。

「おいおい、ちょっと待てよ……？　そういう流れになるの？　俺からしたら不安しかないぞ……？」

「ダンダルグ、安心してください。私がいれば、貴方がどんな状態になっても確実に蘇生してあげられますから。シグは安心して全力で剣を振っていいですよ」

「……何だか俺、急に寒気がしてきたんだけど……帰っていい？」

「大丈夫ですよ。体調は私が万全にしてあげますから。貴方のことは絶対に死なせたりしませんから。安心してください」

「その発言が不穏すぎるんだよ……!?」

そうして、ロロの訓練は引き続き【六聖】全員の指導の下で行われることになった。

65　ロロの訓練

「【矢嵐《アローストーム》】」

向かい合った小柄な少女の構える金色の弓から、一斉に数百の矢が放たれる。

ボクは息を吸い込みながら空を見上げ、矢を放った少女を視界の端に入れた。

「あの辺り、かな」

上空から飛来する無数の矢を、一本も見逃さないように目を凝らしつつ、ボクはこれからの自分のとるべき行動を考えた。

――あそこ。

少しだけ矢の密度が低くなる領域《エリア》が視える。

あそこを上手く抜ければ、六本刺さるだけで済む。

「【身体強化】」


覚えたばかりの基礎スキルを使い、脚力を強化して地面スレスレを這うように駆ける。

すると、弓を構えた少女からまた新たに無数の矢が放たれる。

正面と、上空両方から襲ってくる矢の嵐。

ボクはその隙間を見極めて掻い潜り、目標まで一気に距離を詰め、手にした訓練用の木製の短刀を弓を持つ少女の首筋に当てた。


「――参ったわ」


矢を放った女の子の首に訓練用の短刀を当て、今日十回目の降参の合図を聞く。

短刀を下ろし一息つくと、目の前の女の子は奇異なものを見る目でボクを見た。


「……ねえ。それ、痛くないの？　すごく、刺さってるけど」

「うん、痛いよ」

背中に二本、腕に三本、脚に一本。

予想通りの本数だけで済んだと思いながら、ボクは身体に刺さっている矢を引き抜いた。

「なんでそれで平然としてられるのよ……？　おかしいわよ、絶対。ミアンヌ団長の命令だから手加減なしでやってるけど……今の、当たりどころ悪ければ死んでもおかしくないんだからね。もうちょっと、恐怖心があってもいいんじゃない？」

「大丈夫だよ。ちゃんと注意して避けてるから。ええと――」

「シレーヌ。いい加減覚えなさいよ。言っとくけど私、アンタより年上だからね？　ちゃんと敬意は払いなさいよ」

「うん、わかった……じゃあ、もう一回お願いできるかな、シレーヌさん」


シレーヌさんは呆れ顔でボクを見た。


「アンタ、本気？　ここまで一回も休憩なしじゃない。ちょっとは休んだら？」

「うん、でもまだそんなに疲れてないから」

「まったく……本当にどうかしてるわよ。私の矢を殆ど避ける時点で、かなりおかしいけど。て言うか、その前にマリーに治療を頼みなさいよ。医療担当がわざわざきてくれてるんだから」

「あ、うん。ええと、あの人は、マリー……？」

「マリーベール。ちゃんと覚えなさい」

シレーヌさんとボクが視線を向けると、名前を呼ばれた彼女はびくりと肩を震わせた。

「べ、別に、マリーでいいですよぅ……。で、でも、あのぉ……ロロさんは、なんでそんなに平然としてられるんですかぁ……？　身体に矢が刺さっても当然のように動けるなんて、なんでそんなことができるんですかあ……？」

「我慢できるから、かな？」

「そ、そんなの普通じゃないのですぅぅ……！」

マリーベールさんは恐ろしいものを見るような目でボクを見ながら、地面に足を摺《す》るようにして少しずつ、ジリジリとこちらに近づいてくる。

一応、治療してくれようとはしているらしい。

「あと、マリーベールさんのおかげだと思う。安心してケガできるから」

「うう、そんな風に頼られても困りますぅ……！　ギルバートさんも最近、そう言って内臓と骨をぐちゃぐちゃにして屍鬼《グール》みたいに私に這い寄ってくるんですぅ……！　そういうの、本当に勘弁して欲しいのですぅ……！　なんで訓練で人間の身体があんなにめちゃくちゃにならなきゃいけないんですかぁ……？　ウチでそういうの大丈夫なの、セイン団長ぐらいなんですぅ……！　あの人、あんな優しい顔して酷《ひど》いんですぅ……!!　人手が足りないからって、私に激務の【戦士兵団】と【剣士兵団】の医療担当を兼務させた上に、こんなことまでやらせるんですぅ……！　私、絶対いつか過労で死んじゃいますぅ……！」

あの【癒聖】セインさんが自分の『右腕』だと言っていたマリーベールさん。

色んなことを言いながらも、彼女がボクに手を当ててると見る間に傷がふさがっていく。

ほんの一瞬で痛みも傷も完全になくなった。

「ありがとう、マリーベールさん」

ボクは身体に何の異常もなくなったことを確認し、シレーヌさんへと向き直った。

「じゃあ、シレーヌさん。もう一回お願いできるかな」

「……休憩、挟んだ方がいいと思うけど」

「なくていいよ」

「本当に？　やるなら、団長には「ぜったいに手加減するな」って言われてるから。今度こそ大怪我しても知らないからね」

「うん。いいよ、そのつもりで」

「なんで、そこまで必死なの？」

「……そうでないと、たぶんあの人たちの足手まといになるから」

「あの人たちって……リンネブルグ様と【神盾】のイネス？」

「ロ、ロロさん、そんなところを目指してるのです？　私、あそこまで人外の方々のサポートとなるとちょっと無理ですぅ」


不安げな表情をしながら早口で喋り真後ろに後ずさっていくマリーベールさん。器用な人だと思う。

ボクがリーンとイネスと一緒にミスラへ行くことは、彼女たちも知っている。


「……じゃあ、行くわよ」

「うん、いつでもいいよ」

「今度こそ、知らないからね」

そうして、ボクらは再び配置についた。

ボクと彼女との距離はちょうど千歩離れた程度。声がやっと届くぐらいの距離に印をつけてある。

彼女は獣人の血が流れているらしく、小さな声でもよく聞き取ってくれる。

シレーヌさんは金色の弓を構え、再び空に大量の矢を放った。


「……あの辺りかな」


矢の軌道を見極め、再び被弾の少ないエリアに移動し、危険な数本だけを弾く。

ボクでは全ては躱せないし弾けない。

だから身体に数本の矢が刺さるけれど、それで構わないと思っているから、気にしない。

矢の雨を掻い潜り、なりふり構わず空と正面から飛んでくる矢を躱す。

矢が刺さったまま、目標《シレーヌさん》に全力で突進する。


「参ったわ」


木製の短刀を彼女の首筋に当て、シレーヌさんが終了の合図を口にした。

これで今日十一回目の目標到達。

弓すらろくに持てないボクに課せられた課題は、ただひたすら矢を避けることだった。

ろくに武器も持てず、ただ避けることしかできないのなら、どうせなら前に出ながら避けて相手を翻弄した方が生き残る可能性は上がる、とミアンヌさんが提案してくれた。

体力もないボクは出来るだけ無駄をなくし、一歩一歩、自分の骨と筋肉が発する声《おと》を聞きながら慎重に駆けるといい、と【隠聖】のカルーさんから教わった。

【盾聖】のダンダルグさんからは呼吸の整え方だけで随分痛みが抑えられることを教わり、【剣聖】シグさんからは武器から一瞬たりとも目を離さないことが大事だと教わった。

どれも基本的なことだと言うけれど、それらを意識して、目を見開きながら最短距離で彼女《もくひょう》に接近すると、上手くいく。

繰り返すことで、だんだんと身体の動かし方のコツぐらいはつかめてきたような気がする。

でも、まだまだ足りない。

このままではみんなの足手まといにしかならない。

「じゃあ、もう一回、お願い」

ボクが訓練の続きを頼むと、シレーヌさんは呆れたように首を横に振った。

「……その前に刺さった矢を抜いたらどうなの？　マリー、治療を」

「あうぅ……!!　こ、これ以上は私の精神《メンタル》が持たないのですぅ……！　わ、私もう帰ってもいですかあ……!?　これ以上、ロロさんにブスブス矢が刺さるの見たくないんですぅ……!!」

「ボクは別に、このままでも構わないよ」

「アンタ、結構無茶言うわね……？　今の自分の姿、わかってる？　せめて刺さってるのぐらい抜いたらどう？　えらいことになってるわよ」

「ひいいぃ……！　グロいですうぅ……！」

「……ごめん。次はもう少し本数抑えるように頑張るから」

「そ、そういう次元の問題じゃないのですぅ……！　あ、あと、それ早く抜いて欲しいんですけど……私、やっぱり抜くところも見たくないんですぅ……！」

ボクが身体に刺さった矢を抜くべきか抜かないべきか迷っていたところで、背後から聞き覚えのある声がした。

「遅くなったわね。ちょっと子供たちの面倒見なきゃいけなくなって」

ミアンヌさんだ。

彼女はボクたちに訓練を指示した後、用事があると言って訓練所を出て行った。

具体的には彼女には二人の子供がいて、ご飯を作らなきゃならなくなったとかで。

「で。ちゃんと、やってたかしら？　変な手心加えてないでしょうね、シレーヌ」

「は、はいっ」

シレーヌさんは背筋を正して両耳と尻尾をピンと立て、ミアンヌさんに向き直った。

それに対し、同じく獣人の血を引くというミアンヌさんはゆったりと尻尾を振っていた。

「変な情で、手を抜いたわけじゃないわよね？」

「も、もちろん、そんなことは」

「それにしては刺さってる本数が少ない気がするけど。セインからそこの【聖女】マリーベールを借してもらったのは飾りじゃないってこと、わかってるわよね」

シレーヌさんの表情が固まった。

同時にマリーベールさんもかなり遠くまで後ずさりした。

――疾い。

ミアンヌさんは何かを窺うようにシレーヌさんに近づき、じっと顔を見つめると鼻をスンと鳴らした。

「……僅かに発情の匂いか。なるほどね」

「…………ヒャいっ!?」

シレーヌさんの耳と尻尾の毛が逆立つのを横目に見つつ、ミアンヌさんは訓練用の弓を手にとった。

「ロロ。ここからは私が交代するから。私がやるからには……いいわね？　シレーヌの十倍は身体に刺さると思いなさい。その傷の治療が終わったらすぐに始めるわよ」

「……うん、わかったよ」

ボクはマリーベールさんの悲鳴を背後に聞きながら、身体に刺さった矢を全て引き抜いた。

66　六聖の娘

「義父《とう》さん。少し、いいだろうか」

巨体に見合う特注サイズの事務机に座り、銀縁のメガネを掛けて仕事をするダンダルグの部屋に、静かに入ってくる人物がいた。

その人物の声に、ダンダルグは目を通していた書類から目を上げ、振り向いた。

「ん？　おお、イネスか。どうした、こんな時間に？」

「ロロの訓練は順調だろうか。あれから任せっきりにしてしまってすまないと思っている。今更だが、状況だけでも聞いておこうと思ってな」

「ロロのことか？　そうだな……あいつ、驚くぐらいに頑張ってるぞ。お前が最初にオドオドしたひ弱な子供にしか見えないあの子を連れてきた時はどうしようかと思ったが……今じゃ、【六聖】全員がやる気だよ。俺もちょっと楽しみながら教えてるぐらいだ。何も心配はねえよ」

ダンダルグの話を聞き、イネスは僅かに笑みを見せた。

「そうか。それを聞いて安心した。直接本人に聞けば良い話なのだが、あの子はいつも必死に夜遅くまで何かをやっていて。その邪魔をするのも悪いと思ってしまってな」

「……そりゃあ、ちょっと気を遣いすぎじゃねえのか？　まあ、気持ちもわからんでもないが。あいつ、かなり頑張ってるもんなぁ」

「ああ。あの小さな身体にしては、少し無理をさせてしまっている。なるべく負担はかけたくない」


イネスの言葉に、今度はダンダルグが微笑んだ。


「それにしても……驚いたぞ、イネス。お前がロロを預かるなんて言い出した時もそうだったけど……まさかお前がこんなに熱心にあいつの面倒を見ようとするなんてな」

「……そうだろうか？　結局、私は自分が引き受けると言っておきながら、【六聖】の皆のところにあの子を連れていっただけだ。あれから何も出来ていないような気がするのだが。せいぜい、図書館で疲れ切って眠るあの子を担いでベッドに運んで行くぐらいだ」

「いやぁ、今までからすりゃあ、それだけでも大進歩だと思うぜ。お前、他人に興味を示すことなんて殆どなかっただろ？　まあ、別にその必要もなかったかもしれないがな」

「……そう、かもしれないな」


イネスはダンダルグからの評価に、少し俯いた。

イネスとしては、別にこれまで他人に興味を持たなかったわけではない。

他人との適切な距離の測り方がわからず、結局、誰かを前にしても毎回何も口にしないままに終わるのだ、とイネスは思った。

仕事を始めてだいぶ人と話すのにも慣れたつもりではいるが、個人的なこととなると未だに何を話して良いのかわからない。

それをイネス自身、ずっと自分の欠点として考えていた。


「まあ、気にするなよ。そんなもん、人それぞれだ。お前がやりたい時、やりたいようにやりゃあいいだけだ」

「わかっている」

「……そういえば、そっちはどうなんだ？　今、リンネブルグ様と二人で訓練してるって聞いたぞ。なんだか、知らない間に姫がどえらいことになってるってオーケンの爺さんが真っ青になってたが」
「ああ、確かに最近は私が訓練相手を務めている。先日の【灰色の亡霊《ファントムグレイ》】討伐の時に何かを掴まれたらしく、リンネブルグ様は……凄まじい勢いで成長されている。先日、最大同時詠唱数が『七つ』になり、【融合魔法《フュージョンマジック》】も体得されたそうだ。この分だと、私などお役御免になるのも時間の問題だな」

イネスは僅かに表情を緩めたが、自嘲気味な言葉にダンダルグは曇った顔をした。

「なあ、イネス。お前、あれから大丈夫か？」
「あれから、とは？」
「お前がこの間、帝国との境目の砦をあっという間に一掃しちまった件だよ」
「——やはり、まずかっただろうか」

イネスは緩めた口を結び、俯いた。

「いやいや、何も責めてるわけじゃねえよ。あれはお互いの国にとっちゃあ、いいことだった。もちろん、重要な任務を全うしたわけだし、王国の騎士としても褒められて当然のことだ。俺なんか、個人的にもせいせいしたしな」

「……そうか」

「だがな。もしかしたらお前にとっては、良くないことだったんじゃねえかとも思ってる。いや、別に俺が保護者役《おや》だからって説教するつもりもねえんだけどよ――なんていうか、ちょっと心配でな」


ダンダルグは大きな身体を縮めるようにして、頭を掻いた。


「心配？」

「ああ。本来なら、俺なんかが心配することなんて何もないんだがな……その気になりゃあ、俺たち【六聖】が束になっても敵わねえしな。【六聖】最弱の俺なんて尚更、お話にもなりゃしねえ」

「いや、そんなことはない。義父《とう》さんは私の目標だし、私などはまだまだ――」

「はは、そう言ってくれるのは有り難いけどよ。いい加減認めとけ。お前はもう、とっくに俺たちより強い。というか、その気になれば、たったの一薙ぎで国の一つや二つ、沈めちまえるぐらいの力はもうあるんだよ……お前もそれぐらい、わかってんだろ？」


イネスは表情に僅かに戸惑いの色を浮かべながら、無言でダンダルグの顔を見た。

「で、俺が弱いってのも間違いねえよ。だいたいな。俺に【不死】なんて二つ名がついてるの、大半がセインの奴のせいだからな？　あの野郎……俺が瀕死の重症でヒイヒイ言ってるのに、即座に回復して容赦無く前線に送り返しやがって……腕が取れようが腹に穴が開こうが関係なし。あっという間に元どおりにして「さあ早く仕事に戻ってください」だもんな。深淵の悪魔《グレートデーモン》より怖《こえ》えよ、あいつは」

どこか沈んだ表情のイネスとは対照的に、ダンダルグは尚も楽しげに語り続けた。

「……シグとミアンヌに至っては俺のこと、完全な『壁』扱いだしな。まあ、他にできることねえから仕方ねえけどさ。俺はそういう異常な奴らが側にいたおかげでどうにか生き残れて、気づいたら偉くなってただけだ。挙げ句の果てには王に【盾聖】なんて大層な名前を与えられるしよ……実は俺、一度も盾なんか持ったことねえんだぜ？　そうやって王に疑問を伝えたら「お前自体が己《おれ》の盾だ」とか言われてさ。あんまりな話だと思わねえか？」

ダンダルグはそう言って笑い、巨体を震わせた。

「だが、お前は違うんだ。お前のは正真正銘、本当の『力』だ。誰もが羨むぐらいの、とんでもない力を最初から持っている。どんな敵がやってこようが、普通に戦えば負けようがねえ。はっきり言って、無敵なんだよ」

「……自分ではそうは思えないが」

「俺みたいなやつから見りゃ、そうなんだよ。でもな、俺が心配してるのは別のことだ」

「別のこと？」

「お前は確かに強い。でも、なんていうか……ちょっと優しすぎるんだよ。例の件で皇国の人間を何人か怪我させただろ。お前、それですら気に病んでたみたいだからな」

「それは――」


イネスは言葉を詰まらせた。

要塞を破壊した時、自分は怒りに任せるまま『光の剣』を振るった。

帰路を確保する上で、必要なことではあったと思う。

だがそのせいで、数名の皇国の兵士が崩落に巻き込まれて生死の境を彷徨った。

戦争中の敵国の兵士とはいえ、それについては、思うところがないわけではない。

「いや、基本的にはそれでいいんだ。そこに何も感じなくなっちゃあ、俺たちみたいな仕事をしてる人間はおしまいだ。矛盾してるようだが、お前がそういう奴だから俺たちは安心して仕事を任せておけるんだ。

だいたい、あれだけ派手に暴れて怪我人だけで済ませてる時点で、ちょっとおかしいからな？　あのとんでもないスピードで飛ぶ【魔竜】に乗って突進しながら、人がいそうな場所を避けて一瞬で要塞を切り刻む、なんて芸当――まあ、シグならやりかねんが、普通の奴には出来ないんだぞ？　お前はやれるだけのことはやったし、気に病む必要なんてどこにもねえんだ」

「そうだろうか」


イネスは目を伏せて考え込んだ。

もしかしたら自分はもう少し上手く出来たかもしれない。

そう考えるとやれるだけやった、とは思えない。


「とはいえ、だ。やっぱり、お前はそういう性格だし、あんまり『剣』の方は使わない方がいいんじゃねえかとも思ってな。お前の【恩寵《ギフト》】の力を見て、俺たち全員でお前を敢えて『盾』として育てるって決めた理由も、過ぎた破壊の力はお前を不幸にしちまうと思ったからだ。ありゃあ、一人の人間が背負うにはデカすぎる」

ダンダルグはイネスに向き直り、その大きな顔を近づけた。

「だから、お前自身の力を間違っても全部一人で背負い込もうなんて思うなよ？　迷惑かけて済まない、とかつまんないこと考えるんじゃねえ。他に頼るところがねえなら、迷いなく俺たちを頼れ。俺たちは全員、お前のことを実の娘ぐらいに思ってるんだからな」

「……実の娘？」

「まあ実際、ミアンヌ以外は子供もいねえしな。あと言っておくが、お前が力を使おうとする度に上に許可を求めるの、あれ、別になくてもいいんだからな？

お前は国に仕えちゃいるが、兵器じゃない。俺たちはお前をそんな風に育てたいと思って指南役を引き受けたわけじゃねえし、王もそう思ってるはずだ。

ただ単に、いきなり手に入れた出鱈目《でたらめ》な『力』の使い方を学んで欲しいと思ってただけだ。実際、ちゃんと使いこなせるようになったしな」

「そうだろうか。私自身はまだ、そんな気はしないのだが」

相変わらず不安そうなイネスの態度に、ダンダルグは困ったように笑った。

「お前がロロを引き取るって言った時、最初は意外だったが……しばらくロロを見てると納得したぜ。お前ら、びっくりするぐらいよく似てる」

「……似ている？」

「ああ。元々、すげえ力を持ってるのに、それを全然自分で認めてやらねえ。見てるこっちが歯がゆいぐらいにな」


確かにあの子は自分によく似ているのかもしれない。

姿形ではない。

何処にも居場所がなく、受け入れられず、ただ人と人の間を流されて来てしまった存在。

思い返してみれば、よく似ている。

だからこそ、自分はあの子を自分が受け入れられたと感じた場所に連れてきたのかもしれない。

預けられていた家でろくに食事を取らないまま連れてこられ、はじめて孤児院で温かい食事を振舞われた時は確か、自分もあんな感じの反応だったように思う。

あの時ふとそれを思い出し、あの子と過去の自分が重なって見え、思わず苦笑してしまったのだ。

何故、自分はこんなことをしているのだろう、と。

引き取ったところで、自分があの子に与えられるものなど何もないというのに。

「でも、どうやら、あの子は自分の可能性だけは信じてるらしいな。自信があるってのとはちょっと違うが……どういうわけか、自分が何かをきっとやれると信じ切って、がむしゃらになってやがる。そういう奴は強いぞ。そこはちょうど、今のお前と逆かもな？」
「……そうかもしれないな」
「ああ。本当にそうなんだぜ？」

俯きがちな義娘に向かって、ダンダルクは笑いかけた。

「いいか、イネス。いい加減、お前は自分で自分を認めてやれよ。そうすりゃ、別にお前はもうこれ以上強くなる必要なんて何処にもねえんだよ」
「そうだろうか」
「ああ。あらゆる強い奴とぶち当たって、悉《ことごと》くボコボコにされてきた【六聖】最弱の俺だから断言できる。ウチの自慢の娘は地上最強だ。お前がそれを認めてやりさえすれば、な」

ダンダルグはそう言って、イネスの頭にポン、と大きな手を乗せた。

「ま、俺が言いたかったのはそれだけだ。今回のミスラの件も胸張って行ってこいよ。お前は俺たち【六聖】の代表だ。必要があれば『剣』でも『盾』でも、気兼ねなく振るってこい。何があっても俺たち全員で責任を取ってやる」

「いや……幾ら何でも、そんなことはさせられない」

「ぶっちゃけ、あの女の顔でも引っ叩《ぱた》いて来てくれると清々するんだがな？　まあ、確実に外交問題に発展すると思うが、俺はそれで首が飛ばされても本望なんだぜ？　ま、お前がそんなバカやるとも思えねえがな」


ダンダルグはそう言って、いつものように豪快に笑った。


「なあ、義父さん。実はもう一つ、話を聞きたいと思って来たんだ。もし、そんな時間があればなのだが」

「おいおい、なんだよ改まって。そういうのはいいって言ったろ。言ってみ」

「ノールという人物がどんな子供時代だったか、良かったら教えてもらえないだろうか」

「何？　ノール？」


イネスの口から出た人物の名前にダンダルグは少し意外そうな顔をした。

「本当に珍しいな。お前が他人のことに興味を持つなんて。しかも、よりによってあいつかぁ

「……」

「おかしいだろうか？」

「いや、そうは言ってない。いいことだと思うぜ？　でも、なんでまた？」

「……あの男、ノールに私では勝てないと思った。負けたと思った」

「はは、そうか。負けた、か。あいつにか……そりゃあ、残念だったな。ちょっと色々とおかしいもんな、あいつ」

話題の人物がどんな人柄であるのかを知っているダンダルグは、苦笑いしながら頭を掻いた。

「あれは、まあ……なんていうか、とにかく相手が悪い。ああいう奴を普通の物差しで測ろうとすると混乱するだけだろうし、それで負けたなんて思う必要はないと思うぞ？」

「いや、私自身の物差しでちゃんと測って、負けた気がしたんだ。でも、それで良かったと思っている。余計な肩の荷が降りて、自分のことを少し冷静に見られた気がする」

イネスがここまで自分の心の内を語るなど、本当に珍しいことだ、とダンダルグは感心した。それに、ここまでイネスが他人のことを気にして語ることなど、知る限り今までなかったことだった。

ロロのことといい、最近のイネスに訪れた微妙な変化を好ましく思いながら、ダンダルグは特注の大きな椅子に腰掛け直した。

「ほう、そうか。そいつは良かったじゃないか。ギルバートが聞いたらどんな顔するかねえ」

「何故、ここであいつの名前が出てくるんだ？」

「いや、こっちの話だ。気にしなくていい……ていうかお前、本当に気付いてないんだな」

「……？」

「で、何を聞きたい？　……とは言っても俺の知ってることはあんまりねえぞ。俺があいつを知ってるのは三ヶ月だけだ。それでも、とんでもない奴だってのはわかったけどな。その時の話だったらしてやれるが……そうだな」

ダンダルグは机に頬杖をついて十数年前の記憶を辿った。

その日、ダンダルグは溜まった仕事をひとまず傍らに置き、イネスに話を聞かせることにした。

そんな風に夜が更けるまで義娘《むすめ》とゆっくり話をしたのは、久々のことだった。

67　最高の料理

「あんなので、勘違いされても困るんだからね。……あれは別に、絶対にそういうんじゃないんだからね？」

「うん」

　小声でボクに耳打ちするのはシレーヌさんだ。

「私、一応獣人種だから……戦闘に集中すると色々と意図しないものも出ちゃうっていうか。単にそれだけだから」

「うん、わかってるよ」

「大体、アンタなんかチビだし、魔族だし、力弱いし、年下だし……全然、私の好みじゃないんだから。くれぐれも勘違いとかしないでよね？　そんな風に思われると……迷惑なんだから」

「うん、わかってる」

ミアンヌさんとの訓練の後、ボクとシレーヌさんは二人でミアンヌさんの家に招かれた。

ボクたちは案内されるまま玄関を通り、調理場のすぐ近くにあるテーブルに着いた。

普段、ボクはイネスと二人で食事をするのだけれど、今日はミアンヌさんが家に招いてくれるということを彼女に伝えると、イネスは別の場所に行って食事をする、と言って何処かに出かけて行った。

マリーベールさんも一緒に来たがっていたのだけれど……これからまた夜勤だとかで、泣きながら夕暮れの街に走り去っていった。


「マリーベールさん、辛そうだったね。ボクが代わってあげられればよかったんだけど」

「あの子は食い意地張ってるだけだから。仕事だし、仕方ないわよ。というか、今日は主にアンタが招かれてるのよ？　誰かと入れ代わったら意味ないじゃない」

「そうなの？」

「――――そうよ、ロロ。うちの旦那にはあなたを連れてこいって言われたの。それと、シレーヌ？　獣人だからって戦闘態勢に入っても何も出ないわよ。変なデマ流すのはやめなさい」

「ピャい」

いつの間にか背後に立っていたミアンヌさんに片耳を摘《つ》まれ、シレーヌさんは変な声を出した。

「反省しなさい。あと料理が出来たわ。食べなさい」

ミアンヌさんの手からゴトリ、と大きな皿がテーブルに置かれた。

そこには見たこともないような色とりどりの豪華な料理が盛り付けられていた。

「……こ、これ……本当に食べてもいいの……？」

思わず、そんな声が漏れる。

見るからにおいしそうだけれど、食べるのが勿体ないぐらいに綺麗な盛り付けだった。

「何言ってるの。もし食べないとか言ったら追い出すわよ？　うちの旦那の料理は絶品なんだから、残したりしたら承知しないわよ」

シレーヌさんは片耳を摑まれたまま、涙目になって頷いている。

……彼女はあのまま食べることになるのだろうか。

ボクが疑問に思っていると、奥の調理場から男の人の声がした。

「まずは手を離してあげなさい、ミアンヌ。お客様に失礼じゃないか」

「わかったわ、ダーリン」

「……………ダー……リン…………??」

ミアンヌさんの手からやっと耳を解放されたシレーヌさんと、ボクが振り返ると、白い厨房服を着た大柄な男の人が歩いてくるのが見えた。

「いらっしゃい、ロロ君、シレーヌさん。一応、僕がこの家の主人でミアンヌの夫、ライアスだ」

その男の人は綺麗に盛り付けられた料理の皿を運びながら、にこやかにボクらに挨拶をした。

「今日は急な招きに応じてくれてありがとう。迷惑をかけたお詫びも兼ねて、是非とも料理をご馳走したいと思ってね。君たちを家に誘ってくれるように、ミアンヌに頼んでおいたんだ」

「……迷惑を、かけた?」

その言葉の意味がよくわからず、思わず顔を見合わせたボクとシレーヌさんに、ライアスさんは食器をテーブルの上に綺麗に並べながら話を続けた。

「ああ、ミアンヌからは聞いてないかもしれないけどね。彼女がちょっとだけ、君たちの訓練を抜けただろう？　実は、それは僕のせいでね。急にいい食材が手に入りそうだと知り合いから連絡があって、どうしても自分で取りに行きたくてね。その為にワガママ言って、子供たちの世話を彼女に任せることになってしまったんだ。本来、その時間は僕の役目だし、君たちにもあまり時間がないことも聞いてたから、悪いなぁとは思ったんだけどね」

シレーヌさんは料理を並べ終えたライアスさんに、背筋を伸ばしながら礼儀正しく声をかけた。

「迷惑だなんて。全然そんな事は思ってませんよ、ライアスさん。私はミアンヌ団長がいない時の方が、むしろずっとやりやす――――はっ!?」

ミアンヌさんが再び背後に無言で立つのを察知し、彼女の耳と尻尾の毛がビクンと逆立った。

「はは、君は正直だね、シレーヌさん。妻が気に入るのもわかる。まあ、僕も実をいうとお詫びなんてのはタダの口実でね、自慢の料理を食べてもらいたかったっていうのが本音かな。特にロロ君。君にね」

「ボクに？」

「そう。だから遠慮することなんかないよ。存分に食べてくれ。お代わりもたくさん用意してあるから」

「うん。じゃあ、いた……だきます」


勧められるまま、ボクはテーブルの上に並べられた料理に恐る恐る手を伸ばした。

シレーヌさんも背後に立つミアンヌさんを警戒しつつ、料理を口に運んだ。

見た目からしておいしそうな料理ではあったけれど、実際その味は……それはもう、想像を絶するものだった。

それからボクたちは言葉も忘れ、無我夢中で目の前の料理を食べ続け――


「「……おいし……かった…………！」」


思う存分食べきったところで、シレーヌさんとボクの声が重なった。

食べ始めた途端、口に料理を運ぶ手が止まらずに一気に最後まで食べきってしまった。

あれを単に「おいしい」と言ってしまって良いのかどうか。

それ以上、どう表現したらいいかわからない。

「……どうだい？　満足してもらえたかな」

「はい。私、こんなに美味しい料理食べたのなんて、初めてです」

「ボクも……こんなにおいしいものがこの世にあるなんて、知らなかった」

「はは、そうかい。そう言ってもらえると作った甲斐があるよ」

ライアスさんはボクたちの感想を聞き、満足そうに笑った。

「……この料理は、ライアスさんが一人で？」

「そうだよ。この店には料理人《シェフ》は僕一人しかいないからね」

「……料理人《シェフ》？　ここ、お店なの？」

「ああ。一応、家でもあるんだけど、僕はここで料理店を営んでいるんだ。まあ、殆ど趣味のようなものだけどね。うちはミアンヌも働いてるし、明るいうちは大抵僕が子供たちの面倒を見て、夜にレストランを営業するんだ。たまに昼のカフェ営業もする。でも席数は見ての通りとても少なくて、お客さんもちょっとしか入れられない小さな店だ。言われないと店だってわからないぐらいだろう?」

「……うん、そうかも」

てっきり、ここはミアンヌさんの家だとばかり思っていたボクに、シレーヌさんが少し苦しそうなお腹をさすりつつ、呆れ顔で鼻を鳴らした。

「……アンタ、本当に何も知らないのね。ミアンヌ団長の旦那様って、王都指折りのシェフなのよ? このお店は知る人ぞ知る、食通の間では超がつくほどの有名店で、予約なんか半年待ちで、他国からわざわざ旅をして訪ねてくる人もいるぐらいなんだから」

「そうなんだ」

「そうよ。代金なんて、一食分が一般人の一年の稼ぎに匹敵するんだから。ミアンヌ団長が【狩人】の生ける伝説なら、旦那様は食通界の伝説なのよ」

得意げに胸を張りながら説明してくれたシレーヌさんだったが、ライアスさんはそんな彼女の言葉に苦笑いをした。

「はは……そんなふうに言ってくれるのは光栄だけど、実際はちょっと違うんだよ。僕の料理は趣味の延長みたいなもんだから、大抵はお客さんに「料金はお気持ちで」って伝えてるんだけど……たまにびっくりするぐらい、たくさんの代金をくれる人がいてね。その噂が妙に広まって、一人歩きしちゃったんじゃないかな。基本的には僕の料理をわざわざ食べにきてくれるだけで嬉しいし、お金がなければタダでもいいと思ってるぐらいなんだけどね」


タダ、という言葉にシレーヌさんの耳がピクリ、と動いた。

ミアンヌさんはそんなシレーヌさんの背後に音もなく移動し、耳をつまんだ。


「……お、思ってませんよ。お金払わずに食べようなんて」

「そう。ならいいけど。貴女、結構稼いでるんだから、食べに来るなら我が家の稼ぎに貢献しなさい」

「わ、わかってますって」

「こら、ミアンヌ。やめなさい」

「わかったわ」


ミアンヌさんはライアスさんに止められ、名残惜しそうにシレーヌさんの耳から手を引っ込めてから……またすぐに彼女の耳を触りだした。

「……あ、あれ？　団長？　耳は離してもらえないんですか……？」

「これはさっきのとは別件よ。案外、触り心地がいいから……もうちょっとこのままでいさせて」

「そ、そんな!?」

「あと、ちょっとだけだから」


どういうわけかシレーヌさんの耳を撫でているミアンヌさんの頬が、心なしか赤い。

対して、一方的に耳を触られているシレーヌさんはくすぐったいのか頬をヒクヒクさせている。

ライアスさんはそんな二人を見ながら苦笑している。


「すまないね、ロロ君。妻は少しお酒を飲みすぎてしまったようだ。普段は全然飲まないんだけど……今日は君たちと二人で食事するからって、子供たちを両親に預けて来たし、少し羽目を外してはしゃいでいるんだと思う。どうか大目に見てやってくれ」

「……うん」


もちろん、ボクは何も気にしないけれど。シレーヌさんが犠牲になっているみたいだけど、あれはいいのだろうか……？

「……まあ、彼女たちにとってはスキンシップの範疇だろうから、大丈夫だよ、たぶん」

「……そうかな」

ボクらは身悶えるシレーヌさんとミアンヌさんを眺めつつ、食後のお茶を啜った。

「そうそう、今日君にここに来てもらったのは、もちろん、まずは君に僕の料理を食べてもらいたかったんだけど。実はもう一つ。君と話がしてみたかったんだ」

「ボクと？」

「そう。『魔族』である君とね……早速だけど、君は彼女たちを見てどう思う？」

「……どう、って？」

「彼女たちは見ての通り『獣人族』だ。それほど血は純粋ではないけれどね」

そう言ってライアスさんは、だんだんと距離が近づき、もみくちゃになりつつあるミアンヌさんとシレーヌさんに静かに目を向けた。

「僕もだいぶ薄まっているけれど、獣人の血が入ってる。おかげで味覚と嗅覚が他の人より鋭くて、料理人にはもってこいなんだけど……まあ、人によってそれを誇りに思ったり、疎ましく思ったり。いろいろだよ」

「……疎ましく？」

「ああ。獣人の血を引いた者はここ、クレイス王国では幸い殆ど人族と同じ扱いだけど、多くの国では違う。そういう地域では表を出歩くだけでもあんまりいい顔はされないんだよ。道を歩いているだけで石を投げられるなんて日常茶飯事だし、もっと酷いことをされているのもたくさん見てきた。獣人の血を引いて生まれてきたというだけで理不尽に殺されてしまう子供も嫌というほど見た。僕らはここに行き着くまでに、結構、色んな地域を旅してきたからね。ミアンヌが普段、耳を隠すような帽子を被っているのも、そういう経験があるからなんだ」


ライアスさんはお茶を飲んで一息つくと、再びゆっくりとした調子で語った。

「君は多分、そんな獣人《ぼくら》のことを受け入れてくれていると思うけど……君自身は『魔族《じぶん》』の血をどう感じてるのかな、と思ってね。普段、魔族に会う機会なんてないから、もし良かったら聞かせてもらえたらな、と思ったんだ」


魔族の血。

今まで、自分が『魔族』であることを考えない日はなかったかもしれない。

ボクはずっと、自分が魔族として生まれたこと自体、悪いことなんだと思っていた。

自分は他人から憎まれる為に生まれてきたような存在で、生きているよりも、きっと死んだ方が人が喜ぶような存在なんだと思ってきた。誰に殴られても蹴られても、憎まれても当然のことだと思っていたし、『魔族』というのはそういう存在だから、生まれた時からそうされることが決まっていたんだ、と納得していた。

あの時、ノールに出会うまでは。ボクの世界ははっきりしていた。

魔族は『悪』で、どこにもいてはいけない存在。

でも――


「……正直、よくわからないんだ」

「わからない？」

「うん。魔族の血って、ずっと嫌なものだと思ってたけど……今はよくわからない」


長い間、自分の中に流れる魔族の血は悪いものだと思ってきた。

でも今はいいとも、悪いともどっちとも思えない。

『魔族』でも「きっと誰かの役に立てる」と言ってくれた人がいるから。

そして、オーケンさんから、魔族が魔族でなかった頃の話も聞かせてもらったから。

前ははっきりとわかっていたはずのものが、わからなくなった。

「はは、そうか。わからない、か……それはいい。うん、そうだね。よくわからないことはわからない、でいいと思う。変にわかったふりをするよりもずっといい」

「……？」

答えになっていない答えを口にしたボクに、何故かライアスさんは機嫌良さそうに頷いた。

そんなライアスさんをボクがじっと見ていると、ライアスさんは苦笑した。

「……いや、すまないね。こっちから話題を振っておいてなんだと思われるかもしれないけど……正直、僕も自分のことがよくわからないんだよ。君と一緒さ。というか、そういうのは変に結論を出すこともないものだと思ってね。わからないなら、はっきりとわからないって言えた方がいい」

ライアスさんはそう言って楽しそうに笑った。

「ロロ君。君はこれからミスラへ行くそうだね。知っているとは思うが、あそこは魔族への風当たりがとてもきつい。獣人にも厳しいが……魔族はその比じゃあないよ」

「うん……きっとそうだと思う」

「だからね、そんな国からの招きに応じるなんて、ミアンヌから話を聞いた限りじゃ、僕には自暴自棄にも見えたんだけど……今の君の答えを聞いて安心したよ」

「安心？」

「ああ。さっきの食べっぷりといい、人生を投げてる感じには見えないってことさ。まあ、やろうとしていることは全然普通じゃないし、無謀な気はするけどね。でも、君はその無謀をこなす為の努力を建設的に積み上げている。君は何かを諦めているわけでも、誰かに血みどろの復讐をしに行くわけでもないらしい。思ってたよりずっと理性的だ」

「……そうかな……？　そんなに、ものを考えているわけじゃなかったけれど」

「はは、君は十分いろんなことを考えてるよ。それがわかって安心したんだ……あ、デザートもあるから持ってくるね」

「あ、うん……ありがとう」


ライアスさんは厨房の奥の方に入り、鮮やかに盛り付けられたデザートのお皿を持ってきてくれた。

早速、勧められるまま口に運ぶと一瞬で口の中に幸せな味が広がった。

背後からミアンヌさんに絡まれて身動きが取れないシレーヌさんの恨めしそうな視線を感じる。

「あ、そうそう。ところで君は今、好きな人はいるかい？」

「……えっ？　好きな人？」

あまりに唐突に変わった話題に、ボクは戸惑いながらライアスさんの顔を見た。

ミアンヌさんにもみくちゃにされているシレーヌさんも一瞬、こちらに反応した。

「ううん、いない……いや、いるかな。向こうがどう思っているかわからないけど、ボクは好き
……なんだと思う」

好きな人、なんて言われて顔を思い浮かべる人は今までボクの周りにはいなかったと思う。

でも……どういうわけか、ここにはボクに優しくしてくれる人がいる。

ボクは、その人たちが好きなんだと思う。

「それは、君の身近にいる人かい？」

「うん」

ノールやリーンもそうだし、イネスのことも好きだ。

もちろん、ミアンヌさんや【六聖】の人たちも。

訓練に付き合ってくれたシレーヌさんやマリーベールさんのことも、もう好きになっているんだと思う。彼女たちはボクが『魔族』だということを知りながら、分け隔てなく接してくれ、正面から正直にものを言ってくれる。

だから、すぐに好きになったんだけど……彼女はミアンヌさんに耳と尻尾を撫でられながら、今、もの凄い目でこっちを睨みつけている。

……あとで誤解は解いておこう。


「そうか……そうか。それはとてもいいことだね」

ライアスさんはボクの答えに、満足気な顔で大きく頷いた。

「想える相手がいるっていうのは、それだけで素晴らしいことだよ。知らず知らずのうちに、自分を強くしてくれる。あ、もちろん喧嘩《けんか》に強くなれるって意味じゃあないよ？　生きるということに関して、しぶとくなれるって意味で。僕なんて妻よりずっと喧嘩には弱いけど……大事な家族の為には絶対に死ねないと思ってるし、いくらでも頑張りたいと思う」

ライアスさんの言葉に、ミアンヌさんとシレーヌさんはそれぞれ耳をピン、と立てた。

「ちなみにね、僕はミアンヌのことが大好きだ。世界一愛していると言ってもいい。まあ、子供たちとどっちが大事かっていえばわからないけど……それは別の話でね。僕は僕の妻を一人の女性として世界で一番愛している。飽き性で移り気の多い僕だけど、これだけは今後一生変わることはないだろう」

「……な。何言ってるのよ、急に」

ミアンヌさんは赤みがかっていた顔を更に赤くし、シレーヌさんの耳から手を離した。

「つまり……ロロ君にも、少なからずそう思える人がいるってことだね？」

「多分、そうだと思う」

ライアスさんに言われるまで気がつかなかったけれど、ボクには今、好きな人がたくさんいる。

その人たちはきっと、ボクが悲しい目に遭った時にボクの代わりに悲しい顔をしてくれる、いい人たちばかりだ。

ボクは前まで自分はいつ死んでもいいんだ、なんて思ってもいたけれど……今は不思議と全然そうは思えない。

きっとボクが死んだりしたら、たぶんその人たちは本気で悲しんでしまう。

ボクはできればその人たちの顔を曇らせるようなことはしたくないし、もっと言えば……ずっと笑って過ごしていて欲しいと思う。

普段、おいしいものを食べたい、ぐらいしか望みのなかった自分がいつしか、そういう望みを抱くようになっていた。

だから多分、ボクは今その人たちに生かされているんだと思う。

「はは、迷わず答えたね、君。てっきり、僕は君がとても辛い境遇にいるのかと勝手に心配していたんだけど……それは大きな勘違いだったみたいだ。君はもう、既にいろんなものを持っていて、とても周りの人に恵まれているらしい」

「うん。ボクも、そう思う」

ボクがそう答えると、ライアスさんはまた笑った。

「ロロ君。僕は君と話をしてみて、君のことがとても好きになったよ。だから、また、是非うちで僕の料理を食べてもらいたいと思っているんだけど……どうだい。次の予約、入れておくかい？先約が多くて、早くても三ヶ月後になっちゃうけど」

「うん」

「ご予約、承ったよ。それじゃ、必ず帰ってくるんだよ。次も腕によりをかけて、最高の料理を振舞ってあげたいからね」

そうして、やっと耳を解放されたシレーヌさんがデザートを完食するのを待ち、ボクらはしばらく雑談したあと、お礼を言ってライアスさんのお店を出た。

68　千の剣

「じゃあ次、いくぜ」

「ああ。頼む」

あっという間に三ヶ月が過ぎようとしていた。

あれからほぼ毎日、ギルバートは俺の訓練に付き合ってくれていた。

「竜滅極閃衝《ドラグググレイヴ》」

話し声が届くか届かないかぐらいの距離から、ギルバートの槍撃が瞬時に目前に届く。

俺はその鋭い切っ先を見極め、手にした『黒い剣』を軽く当てた。

「パリイ」

瞬間、剣と槍に凄まじい摩擦が生じ、黄金色の火花が辺りに飛び散った。

俺が剣を切っ先に当てたことでギルバートの持つ金色の槍の軌道が僅かにずれ、俺の喉元には届かずに首の脇を掠《かす》めた。


「もう一度頼む」

「ったく、仕方ねぇな。次は、今みたいには行かねぇからな？」


俺たちがやっているのは毎日変わらず、恐ろしいほどの速さで槍を突き出してくるギルバートの攻撃を見極め、弾く。ただそれだけの訓練だ。

彼はそんな単調な訓練に一日も欠かさず、文句も言わずにただひたすらに付き合ってくれた。

ギルバートの攻撃は鋭い。

しかも、その全ての攻撃が、繰り返すたび、確実にその前よりも疾くなっていく。

俺の成長具合に合わせて調整してくれているのだが、それでも一回一回が俺にとっては命がけだ。

——毎回、全く気が抜けない。

間近に死を意識せざるを得ない、殆ど、極限状況での訓練。

彼はそんな日々を俺に与えてくれていた。

「竜滅極閃衝《ドラググレイヴ》」


ギルバートの槍は日に日に鋭くなっていく。

俺もそれに合わせて、日々、自分の動きを整えていかざるを得ない。

そうして、だんだんと俺が槍を弾く時の剣の使い方も変わっていった。


最初、俺は『黒い剣』を力任せに叩きつけていた。

というより、他のことを考える余裕もなく、ただ精一杯の力で弾く他はなかった。

でも、今は少し違う。

剣を槍に思い切り叩きつけるのではなく、切っ先に僅かに当てるだけ。

向かってくる力の流れに逆らわず、撫でるようにして受け流す。

その方法を身につけてから格段に、まっすぐに攻めてくる攻撃への対応力が上がったと思う。

それもこれも、いつも訓練に付き合ってくれるギルバートのおかげだ。


ギルバートの攻撃は疾い。

瞬きをする間よりも遥かに短い時間で距離を詰め、喉元を狙ってくる。

今までの俺であれば彼の槍の姿を捉えることすら出来ず、確実に命を落としていただろう。
だが――――

「パリイ」


それも、もう過去の話だ。

今は恐ろしいほどの疾さを誇る彼の槍を、どうにか弾くことができるようになった。

もちろん彼が、ここまで辛抱強く俺に付き合ってくれたからなのだが。

時には、俺があまりにも力任せに剣を叩きつけるものだから、彼の持つ金色の槍が折れてしまったこともあった。

まずいことをしたと思ったが、彼は笑って許してくれた。

なんでも、彼の持つ槍には「付与《エンチャント》」という不思議な力が働いているらしく、折れても一日経てば元どおりになるのだそうだ。

やはりこの男は、恐ろしく強い上に心が寛《ひろ》く、優しい。

俺が改めて目の前の男に尊敬の念を覚えていると、ギルバートは槍を下ろした。

「悪いが、今日はこれで終わりだ。俺はこれから少し用事があるんでな」

「そうか。今日も本当に助かった」

「なあ……それ、本気でそう思ってんのか？」

「……当たり前だろう？」

「そうか……まあ、いいや。そういえばこの間、ここのことをうっかり知り合いに話しちまってな……師匠が来たいって言ってたぜ」

「師匠？　誰だそれは？」

「会えばわかる。お前も知ってる人だ」

「そうか。今日も悪かったな。付き合ってもらって」

「それはまぁお互い様、ってとこだろ。お前がそれを本気で言ってるならだけどな」

「……そうか、そう言ってもらえると嬉しいが」

「やっぱり、お前とは会話が成り立ってる気がしねえな……じゃあ、もう行くぜ。ああ、今日も身体中が痛《いて》えや……仕事行く前に治してもらわねぇとな」

ギルバートはそう言って肩に槍を担ぎながら去っていった。

それからそれほど間をおかず、誰かがここへと歩いてくる音が聞こえた。

その音が近づいてくるのをじっと待っていると、見覚えのある顔の人物がこちらに歩いてくるのが見えた。

俺が子供の頃世話になった【剣士】の教官だ。

「教官、どうしてここへ？」

「ギルバートからここのことを聞いた」

教官はそう言いながら、抱えていた包み布から白く輝く鞘に納まった剣を取り出し、俺に差し出した。

「聖銀《ミスリル》の剣だ。二振りある。お前がミスラへ発つ前に、一度、手合わせをしてみたいと思ってな」

「……教官と俺で？　願っても無い話だが、剣ならもう持っているぞ」

「悪いが、その剣は特別すぎる。同じ剣で、対等な条件でやりたい」

「そうか」

俺は教官に言われるままに黒い剣を置き、差し出された剣を受け取った。

その瞬間――――教官から斬撃が飛んでくる。

俺はすぐさま受け取った剣を鞘から抜き、それで弾いた。

銀色の剣同士がぶつかり、小さな火花が散った。

「随分と軽いな、この剣は」

「お前が普段持っているものに比べればな。試しにもう少し振ってみるといい」

「ああ」

俺は受け取った剣の鞘をその辺りの木の根元に立て掛けると、試しに足元にあった小枝を蹴り上げ、それを渡された銀色の剣で斬ってみた。

思いがけないほどに切れ味が良く、何の抵抗も感じないままに枝が細切れになっていく。

剣の重さを全く感じない。

まるで鳥の羽根でも振っているかのようだ。

違和感しか感じない。

……俺はあの重い剣に慣れ過ぎてしまったのかもしれない。

「慣れたか？」

「いや、まだかなり違和感がある」

剣が軽すぎて、落ち着かない。

「じきに慣れる」


再び、教官から斬撃が飛んでくる。

今度は頭上と左右、同時に三方向からだ。

俺がそれを一振りで弾くと、大きな火花が散った。

——やっぱり、軽すぎて違和感がある。

なんだか、手元がふわふわしている感じすらある。

でも、こうして打ち合うと手応えを感じて、慣れてくるような気がする。

「そうだな、こうしていると少し感覚がわかってくるような気がする」

「そうか。では、しばらく続けるか」

「ああ、頼む」

そうして、俺が剣を構える間もなく数十の斬撃が、右から左からほぼ同時に飛んできた。

俺はそれを意識を集中して捉え、なるべく最小の動きで一つずつ丁寧に弾いていく。

「パリイ」

また火花が散る。

そのまま連続で来る斬撃を全て弾き、しばらく森の中で剣を撃ち合う。

繰り返すうち、俺はだんだんこの軽い剣に慣れていく。

「少し慣れてきたかもしれない」

「そうか。では手数を増やすか」

教官が言い終わったと同時に今度は上下から、そして背後の死角から、ほぼ同時に斬撃が飛んでくる。

もうどうやって受けようか、などと考えている余裕はない。

ただひたすら、目についた端から弾く。

――本当に、驚くばかりだ。

息をつく間もないほどに、とんでもない速さの斬撃が、ありとあらゆる方向から襲ってくる。

だが恐らく、これですら教官はまだまだ本気ではないのだろう。

きっと準備運動ぐらいのつもりなのだ。

……教官はまだ彼の【スキル】を使ってさえいないのだから。


「では、そろそろ始めるか」


そう言って、教官は今日初めて剣を構えた。

――明らかに、先程までとは雰囲気が変わった。

その気配だけで身体を斬り刻まれてしまいそうなほどに、辺りの空気が重く張り詰めた。

「ノール。俺はこれから本気で剣を振るう。そのつもりでいてくれ」

教官は静かに俺に語りかけるが、言葉があまり耳に入ってこない。

対峙しているだけで緊張で思わず身が硬くなり、胸の鼓動が早くなる。

俺は今、命の危険を感じているのだろうか。

ただ、知り合いの教官と向き合っているだけなのに。

「……とはいえ、別に命の取り合いではない。一応、ここから一歩でも動いた方が負け、ということにでもしておくか」

「ああ、それでいい」

「では、ここからこちらは【スキル】を使う。準備はいいか？」

――【スキル】。

訓練を受けていた時代に見せてもらった、一瞬で千の斬撃を繰り出すというあの技。

教官はこれからそれを使うと言っている。

普通に考えたら、そんなものを俺が相手にするのは無謀なのだろう。

でも――見てみたい。

昔は見ているだけだった剣を実際に、自分でも受けてみたい。

俺はただ、そんな純粋な好奇心から肯定の返事をした。

「ああ、頼む」

して、しまった。

「では、いくぞ」

瞬間――――教官の剣が消えた。

そして気づけば、既に幾千もの剣の影が俺を取り囲むように舞っていた。

「パリイ」

気づいた時には俺の剣はそれを弾いていた。
思考を挟む余地すらない刹那。斬撃に身体が勝手に反応した。
でなければ、もう斬られていた。
幸い手に持つ剣が軽い。
そのおかげで、辛うじて間に合ったようなものだ。

「【千剣】」

――瞬時に巻き起こる数千の火花。
剣と剣がぶつかるたび、互いの刀身が削れ、閃光となる。

一合するたび、僅かに刃が欠ける感触。

瞬きを一つする間に数百、数千という衝突が起こり、一瞬で剣が磨《す》り減っていくのがわかる。

――疾い。

あまりにも、疾すぎる。

俺が呆気《あっけ》にとられている間に、更に教官の剣撃は加速する。

――迎撃が、とても間に合わない。


「……本当に凄いな」


次いで、万の火花が俺の眼前に散った。

これが――俺が子供の頃からずっと憧れ続けた【スキル】。

自分よりも遥か高みにある存在の技。

剣を撃ち合う度、刀身が削れて熱を帯び、溶けていくのを感じる。

目で見て確認するまでもなく、互いの剣が細くなっていくのがわかる。

まずい――もう、剣が折れそうだ。

だが、それを意に介するでもなく、教官は剣を撃ち続ける。

ただひたすらに、斬撃を繰り出し続ける。

想像を絶する圧倒的な気迫と、凄まじい技量。

辺りに嵐が起きるような剣撃の群れが、あらゆる方向から同時に俺を襲う。

もう、とても目で追いきれる量と速度ではない。

だが――


「パリイ」


ギルバートの槍で鍛えられた俺は、辛うじてその豪雨のような斬撃を目の端で捉え、一つ一つ注意深く捌《さば》いていく。

火花はいっそう激しく散り、辺り一面が無数の閃光に包まれ、まるで自分自身が火の玉になったように感じる。

俺が手に持つ銀の剣の刀身はあっという間に削れ、なくなっていく。

この剣はもう、いつ折れてもおかしくない。

だが、一つでも撃ち漏らしたらその瞬間、身体全てを斬り刻まれる。

とてもではないが、瞬きすらできない。

相手は、俺にほんの僅かな休憩をする間も許さない。

呼吸すら忘れ、ただひたすらに撃ち合う。

そんな時間がいつまでも続いた。


……俺はギルバートとの訓練で、少しは強くなったつもりでいた。

もし『ゴブリンエンペラー』に出会ったとしても、なんとか乗り切れるぐらいの自信はついたと、そう思っていた。


でも――こんなにも、違うのか。

教官の強さは俺の想像していた強さとは数段、違った。

想像していたよりも、もっとずっと、本物は強かった。

ギルバートといい、この教官といい――世の中には、俺などの目からは計り知れない人物が沢山いるのだ。

それを、思い知らされずにはいられない。


「【千剣】」

「パリイ」

パキン、と。

限界を迎えた剣が折れ、宙に舞った。

二本の剣はお互いに、綺麗に真ん中から二つに折れ――回転しながら空に高く舞った後、深々と地面に突き刺さった。

「ここまで、か」

互いの折れた剣が地面に突き刺さったのを見届けると、教官は構えを解き、手合わせの終了を宣言した。

「俺の我儘に付き合わせて悪かった。だが、お前の成長が見られて、本当に良かったと思う」

「ああ、俺もまた教官の技が間近で見られて本当に楽しかった……危うく死ぬかと思ったが」

「そうか」

折れた剣を持ったまま、俺たちはその場で笑いあった。

気がつけばもう陽は沈みかけ、辺りは夕日に赤く染まっていた。

——懐かしい。

十五年前も教官とこうして、日が落ちるまで剣を振っていたように思う。

「——ノール。リンネブルグ様を、イネスを……そして、ロロを護ってやってくれ。いざとなったらお前が頼りだ」

「ああ、もちろん……俺にできる範囲でなら、全力でな」

まあ、彼女たちは恐ろしいほどに強いし、基本は俺の出る幕などないとは思うが。もし万が一にでも、そんな事態になったら……自分なりに全力でなんとかするつもりではある。その為に、ここまでギルバートに付き合ってもらって訓練をしていたのだから。

「それを聞ければ、十分だ」

教官はどこか嬉しそうに笑いながら、折れた二本の剣を鞘に納め、静かにその場を去っていった。

69　出発の朝

ミスラへの旅立ちの朝。

俺は前もって教えてもらっていた集合場所へと向かった。

王都郊外の人気《ひとけ》のない場所に到着すると、まだ辺りは薄暗かったが、既にそこに立っている小柄な人物がいるのが見えた。

あれは——

「早いな、リーン」

「はい。緊張して眠れなくて、少し早めに来てしまいました」

彼女は装備もいつもと同じような動きやすそうな恰好で、変わりのない様子だった。

「そういえば、リーンとこうして会うのは久々のような気がするな」

「そうですね。ミスラで着る衣装のサイズの計測以来でしょうか」

「そうか……そんなに前になるのか」

向こうで着る衣装のサイズを測るから、とリーンが数人の男たちと俺の許《もと》を訪ねてきたのは、もう二月ほど前だろうか。

本当に随分と会っていなかったな。

ギルバートとの訓練が妙に楽しかったせいか、あっという間に時間が過ぎていたらしい。

「ロロも、来たようですよ」

リーンが眺める方向を見ると、そこには俺の知っている顔の少年が歩いてくるのが見えた。

だが、俺はその姿に妙な違和感を覚えた。

そして、だんだんと彼がこちらに歩いて近づいてくると、その違和感の正体がわかった。

「ロロ……もしかして、少し背が伸びたか？」

「……うん。少しだけだけど」

「ほんの二ヶ月ほど会わなかっただけだと思うが……随分、成長したな」

「うん。ちゃんと食べさせてもらったから」

「そうか」

俺たちが適当な再会の挨拶をしていると、薄暗い中でも鈍く光る銀の鎧を着た女性が、金色の髪を揺らしながら歩いてくるのが見えた。イネスだ。彼女はまっすぐリーンの許へと近寄ると、小さく礼をした。

「リンネブルグ様。馬車の準備が整いました。積荷を載せ終え次第、すぐにこちらに向かわせるそうです」

「ありがとう、イネス」

イネスはリーンに簡単な報告をすると、すぐに俺の方に向き直り、歩いてきた。

以前とは違い、彼女から何となく友好的な雰囲気を感じ取り俺が一安心していると、イネスも俺の前で少し笑顔を見せた。

「ノール殿。今回もとても世話になるが……よろしくたのむ」

「ああ。こちらこそ、たのむぞイネス。頼りにしているからな」

「そうだな、こちらも頼りにさせてもらう。私はまだ準備があるので一旦これで失礼する。また後ほど」

「ああ、あとでな」

俺は再び足早に去っていったイネスの背中を見送ると、少し安堵していた。

イネスの口から馬車、という言葉が出たからだ。

実は昨晩、もしかしたらあの空飛ぶ黒い竜で行くのかもしれない、とかなり不安に思っていたところだったが杞憂に終わったらしい。

「やっぱり、今回はあの竜で行くわけではないんだな」

「ララのこと？」

「……ララ？」

ロロが口にした聞きなれない名前に、聞き返すと彼は不思議そうな顔をした。

「『ララ』は、あの竜の名前だよ。ノールがつけてくれたと思うんだけど……覚えてないの？」

「そうだったか？」

「うん。確か、【厄災の魔竜】なんて呼びにくいから、もっと短くて呼びやすい名前をつけたらどうか、って。彼女にその名前を伝えてあげたらすごく喜んでたんだけど」
「……確かに、そんなことを言った覚えはあるな」

あの竜に名前をつけようという話になって、ロロが世話をしているみたいだから似たような名前でもいいんじゃないか？　と、何も考えずに思いつきで言ったのだが。まさか、そのまま採用されているとは思わなかった。
まあ本竜《ほんにん》がそれを気に入っているというのなら、いいのだろう。

「彼女ということは、あの竜は雌だったのか？」
「ううん。竜には人間みたいな性別の区別はないらしいんだけど……そう呼べって。じゃないと、急に機嫌が悪くなるんだ」
「そうか。竜にも色々と好みがあるんだな……？」

俺たちの会話を聞いていたリーンも話に入ってきた。

「先生のおっしゃる通り、ララに乗っていくという選択肢もなくはなかったのですが……あの巨体は少々威圧的で目立ちすぎますからね。彼女には今、別の場所で休んでもらっています」

「………………そうか」

本当に選択肢にあったのか。

まあ、確かに速いといえば速いし、上空を飛んでいけば魔物に襲われる心配も少ないだろう。

そう考えると良い移動手段にも思えるが……やっぱり、俺自身は高い所は苦手だ。

魔導皇国に行って帰ってきた時のことを思い出しただけでまた気を失いそうだ。

話題を変えよう。

「……そういえば。この待ち合わせ場所には俺たち以外、誰も見当たらないが。行くのは俺たちだけなのか？」

「はい、ミスラに向かうのは私とイネス、ノール先生、そしてロロの四名です。馬車は以前と同じくイネスが手綱を握ります。あまり人数がいても、何かあった時、かえって行動の足かせになりますから。少数精鋭がいいだろうと、お兄様もお父様も」

「……確かにそうかもな」

何かあった時、という言葉に多少の不安を覚える。

まあ、リーンもイネスもいることだし、きっとなんとかなるだろうという結論に達しようとしていた頃、不意に頭の上から人の声がした。

見上げれば、遥か上空からこちらへ近づいてくる奇妙な人影が目に入った。

人影はふわふわと宙を舞い、まっすぐにこちらめがけて飛んでくるが……見るからに怪しい。その辺りの石でも投げて撃ち落とすべきだろうか、と迷っていたところでその人物はこちらに手を振った。


「ホッホウ！　おったおった！　なんとかギリギリ間に合ったわい！」

「オーケン先生？」


その怪しい老人は魔術師の教官だった。

教官は地面にふわりと着地すると、手に下げた二つの革袋の一つをリーンに差し出した。

「ほれ、お嬢。餞別《せんべつ》じゃよ。もっていくがよい」

魔術師の教官から何かの袋を手渡されたリーンは、中身を見て驚きの声をあげた。

「これは……!?　オーケン先生、本当によろしいのですか?」

「何、ただのお守りじゃよ。持って行きなさい。まあ、こんなものは使わないにこしたことはないがのう」

「……ありがとうございます。受け取らせていただきます」

リーンはお礼を言いつつ、受け取った何かを胸元にしまった。

「それと、ロロ。お主にはこれじゃ」

「ボクにも?」

「そうじゃ。というか、今日はこっちが本題じゃな」

「……指輪?　これ、もしかして」

ロロは教官から差し出された小さな指輪を手に取ってじっと眺めた。

「そうじゃ、あの石じゃよ。一緒に連れていってやるが良い。……使い方はもちろんわかっておるな?」

「……うん」

「それと、これはあまり人目についていいような品ではない。使う時まではしっかりこの袋の中に入れておくがよい」

「うん。ありがとう、オーケンさん」

「ホッホウ、いいってことじゃい！」

教官はロロに礼を言われると、満足げに親指を立てて笑った。

ロロは教官から受け取った指輪を小さな革袋の中に入れると、腰のあたりに結びつけた。

「オーケン先生？　その指輪は一体？」

「ふふ、こればっかりはお嬢にも秘密……と、いうわけにいかんしのう。お嬢には教えておくわい。じゃが、絶対に他の者に言うんじゃないぞ……？　絶対じゃぞ？　向こうでバレたら、結構やばいからのう」

教官がリーンに耳打ちすると、リーンは驚いたように顔を上げた。

「────！　まさか、本当にそんなことが可能なのですか……？」

「ホッホウ、当然じゃ！　なにせ、ワシは天才じゃからのう。まあ、元々の発案と発注はレイン坊からじゃが。じゃが、そんな無茶苦茶な提案をこの短期間で実現できる者など、世界広しといえど、このワシぐらいしかおらんのじゃぞ？　最近、自分で自分の才能が恐ろしいわい！」

「――――その割には、随分と時間がかかっていたようですが。このままだと出発までに絶対間に合わない、とか言って、半泣きで私に助けを求めに来たのは一週間ほど前のことでしたね」

「……セイン先生？」


俺たちが新しく声のした方に振り向くと、そこには優しく微笑む僧侶の教官が立っていた。


「……セイン……あのな？　そういうの普通、もうちょっとやんわり言うとか、あるじゃろ？　こんな時ぐらい、弟子の前でいい恰好させてくれんかのう……？」

「ダメです。嘘はよくありません。そもそも昨日のうちに渡しているはずだったのではないですか？　その話を聞いて、私も必死に手伝ったつもりだったのですが……何故、こんなにギリギリになっているのですか？」

「じゃ……じゃって！　更にいい改良方法を思いついたからには、やらざるを得ないじゃろ？　それがワシの魔導具技師《エンジニア》としての矜持っていうか、プライドじゃし……。それにこういうのって、ギリギリのところで渡した方が盛り上がるっていうか、それも小粋な気遣いっていうか……のう？　わかるじゃろ？」

「わかりません。というか、私たちがあなたのその余計な気遣いのおかげで何度危ない目に遭ったか……忘れたわけではないでしょう?」

笑顔で質問を続ける僧侶の教官に、魔術師の教官は涙目になりながら応対している。明らかに魔術師の教官が劣勢、というか怒られている感じだ。

僧侶の教官、あんなに怖い人だっただろうか……?

「まあまあ、いいじゃねえか、セイン。結局間に合ったんだし、な?」
「……大目に見てやれ。いつものことだ」
「まあ、いつものことだから言っているのだろうがな」

ふと気がつくと、新たに三人、俺の知る人物が増えていた。

「ダンダルグ先生、シグ先生、カルー先生も。来てくださったのですか」
「俺たちはただの見送りだ。特に用事はない」
「はい。ありがとうございます」

戦士の教官、剣士の教官、そして盗賊の教官も見送りに来てくれたようだ。

そしてさらに、教官以外にも人が増えていた。あれはリーンのお兄さんだな。

「リーン、向こうに着いてからの『予定《スケジュール》』のことで話がある。少し、こちらに来てくれ」

「はい、わかりました」

リーンはお兄さんについていき、二人で何か書類を見ながら話し込んでいるようだった。

俺は特にすることもないので辺りの様子を何となく眺めていると、魔術師の教官がこちらに歩いて近づいて来た。

僧侶の教官にやり込められて、あちらに居場所がなくなったのだろうか。

「俺に何か用か？」

「何か用か、とはつれないのう。せっかく見送りに来てやったのに。そうそう、お主に渡すものはなんにもないぞ？　もし期待しとったら悪いがのう」

「いや、大丈夫だ。何も期待していないぞ」

「ホッホウ、なんじゃ、本当に可愛げがないのう……？　まあ、お主はそれがあるからの。それ以上のものは、何も渡してやれんわい」

教官は目を細め、俺の持つ黒い剣を眺めた。

「お主……いつも裸で持ち歩いているそうじゃが、それ結構、貴重なもんなんじゃぞ？　大事にはしておるんじゃろうな？」

「ああ、わかっている。大事にはしているつもりだ」

この剣はどんな使い方をしても、傷がつく気配すらないぐらいに頑丈だが、いつも使った後の手入れは欠かしたことはない。

最近など、杭打ち工事が終わった後、王都内の大衆浴場に持ち込んで隅々まで綺麗に洗った後、一緒に湯船につかるぐらい大事にしている。

「……それならいいんじゃがの。まあ、力任せに振り回したところで、おいそれと傷がつくような代物でもないしのう」

俺たちが雑談をしている間に、今回の旅に使うという大きな馬車が到着し、出発の準備は整った。

あとは乗り込むだけ。と、そう思っていたのだが。

「……何だ、あれは？」

ふと、俺たちが向かう方向の空から不気味な鳴き声が聞こえた気がした。
遠くの空に点のような影がたくさん見える。
よく見ると、それは翼を持ち、羽ばたいてこっちに向かってくる。どうやら生き物のようだった。
鳥の群れのようにも見えたが――鳥にしては随分と大きい。

「あれは飛竜《ワイバーン》の群れだな。毎年、自然発生する時期とはさほど外れていないはずだが――数が多いな」

俺の疑問に答えてくれた剣士の教官に続いて、腰につけていた巨大な双眼鏡らしきものを覗き込んだ戦士の教官が声を上げた。

「……おいおい、あの群れ、ちょっとやべえぞ。あいつら、【凶暴化《バーサーク》】が掛けられてる。興奮の仕方が異常だぜ。あれが街まで行ったら大変なことになるぞ……たまたまのお出迎えにしちゃあ、手が込みすぎてるよな」

「ここまで、随分静かだと思ってましたが……よりによって今日のこの場面で、ですか……偶然でしょうかね？」

「――例年の数倍の規模はある。自然発生とは考えにくい……すまん、俺の警備網に穴があったらしい」

「ホッホウ……お主が謝ることなんぞ、ありゃあせんわい、カルー。ふん、あの女のやりそうなことじゃ。自分で他人の家に火をつけておいて、『結界』押し売りのセールストークに繋げようって魂胆が丸見えじゃ。ほんと、昔から変わらんのう、あのババアは。……ワシ、やっぱりあいつ嫌いじゃわい」


彼らが会話を続ける間に飛竜《ワイバーン》の群れは、刻一刻と近づいてくる。

竜一匹の大きさは魔竜《ララ》ほどではないが、遠目で見たよりもずっと大きく感じるし、数が多い。

空が無数の羽ばたく影で覆われて心なしか辺りが暗くなった気がする。


「あの高さでは、剣が届かんな」

「ミアンヌはどこだ？　あいつに全部落としてもらおう」

「今は自宅だ。今日は子守で手が離せないそうだ。今から呼びに行っても間に合わん」

「ってことは？」

「仕方ありませんね……ここはオーケンに頼るしか」

「……マジかよ……」

教官たちはそれぞれ不安そうな顔で俺の隣にいる魔術師の教官に視線を注ぐと、その老人は静かに笑った。

そして俺の耳元に顔を近づけ、ぼそりと呟くように囁いた。

「ちなみにのう――『十二』じゃよ。今のワシはな」

「十二？　一体、なんの話だ？」

老教官は俺に何かを伝えたいらしいが、あまりに唐突すぎて、言っていることがわからない。

急に何を言いだすのだろう、この老人は。歳も歳だし……飛竜《ワイバーン》の群れが近づくショックで耄碌《もうろく》してしまったのだろうか……？

「ふん、すっとぼけおって……知っておるんじゃぞ？　よいか？　ワシだってな、ちょっと頑張ればすぐに『十』ぐらいは余裕なんじゃ。ちょっとばかり上達が早いからって……調子にのるんじゃないぞ？」

教官はそう言って更に俺に詰め寄ってくる。
……ますます、何の話かわからない。

「のう、ノール。ワシは巷では【九魔】なんて呼ばれとるが……別に、それが限界ってわけじゃ、全然、ないんじゃからな？　むしろ、しばらく追いついてくるやつが居なくて、寂しかったぐらいじゃからな？　その上でこれ以上、ムキになるのも年甲斐がないかなぁ～って。遠慮して、わざと手を抜いてただけじゃからな？　……本当じゃぞ？」
「そうか」
「──その証拠に、ちょっと本気を出せば、ほれ」

教官が片手を掲げた瞬間、バチリ、と周囲に小さな稲妻を飛ばす球体が六つ、出現した。そして、教官がもう片方の手を振るうと同じものがまた六つ現れ、それらは意思を持ったように飛竜《ワイバーン》の群れへと飛んでいく。

「ホッホウ、見ておれ。これがワシの【融合魔法《ほんき》】じゃ」

教官が天に向かって両手を掲げると、十二の光の玉が上空で弾けるように混じり合った。

すると突然、晴れ渡っていた空に黒い雲が立ち込め、見る間に黒雲は巨大化し、無数の稲妻を纏いながら蛇のようにとぐろを巻いて空全体を覆い尽くした。

直後、激しい雷雨が辺りを覆う。

――一瞬にして、辺り一帯の天候が変えられた。

凄まじい光景だ。

魔術師の教官は、滝のように降り注ぐ大粒の雨に打たれながら――天に掲げた両手を大地に向け、振り下ろした。

「【雷嵐《サンダーストーム》】」

――辺り一面が真っ白に染まる。

直後、その目を焼くような閃光の中に大樹のような光の筋が立つのが見えた。

ほぼ同時に、天に轟《とどろ》く爆音と衝撃。

とてつもなく大きな雷が地に落ちたのだとわかった。

その後も大地が大きく揺れ、空がビリビリと震える。

「――すごい」

リーンはその光景に見入り、言葉を失っていた。

俺も同じく、言葉も出なかった。

そんな天災そのもののような凄まじい雷撃に巻き込まれた飛竜《ワイバーン》の群れは、あっけなく消滅した。

かろうじて形が残ったものもいるが、黒焦げになって地面へと落ちていくのが見える。

「ホッホウ……これぐらい、簡単なものなんじゃよ」

巨大な雷が飛竜《ワイバーン》の群れを貫いた直後、教官が軽く指を鳴らすと黒雲はあっという間に霧散した。

辺りにはいつの間にか顔を出していた朝日の光が差し込み、先ほどまで降り注いだ大量の雨のおかげで、大きな虹ができていた。

「まあ、あの女はこれから、王都《ここ》へこんな嫌がらせを山ほど仕掛けてくるじゃろうが……お主らは気兼ねなくミスラへの旅をしてくるがよい。王都の衛《まも》りはワシらに任せて、な」

そう言って魔術師の教官は俺たちに向かって親指を立て、楽しそうに笑った。

70　ミスラの街

出発前にいきなり飛竜《ワイバーン》の群れが襲ってくるというトラブルはあったが、そこからのミスラへの旅は順調だった。

あまりに順調すぎて、拍子抜けしたぐらいだ。

途中でゴブリンなどの凶暴な魔物に襲われるかもしれないと俺は馬車の中で少し緊張していたのだが、全くの杞憂に終わった。


イネスの操る馬車は驚くほどの速さで街道を駆け抜けた。

この日の為に新たに特注で作られたという馬車は、魔導皇国から仕入れた特別な馬具と魔導具が使われているらしく、以前乗った馬車とはスピードが段違いだった。これには魔物が追いつくことすら出来なかったらしい。


ロロと一緒にすごい勢いで流れていく窓の外の風景を眺めていたら、あっという間にミスラの街に着いた。途中にも幾つか興味深い街があったのだが……これも完全に素通りだった。

俺としては、もう少し馬車の中から見える風景をゆったりと眺めていたかったのだが……魔術師の教官が飛竜《ワイバーン》を倒す時に起こした激しい雷のせいで地面に大穴が空き、石畳の舗装が広範囲にわたって大きく破壊された上に、大雨のせいで辺りが酷くぬかるんでいたりと、色々と対処が大変で出発が遅れてしまったので、それは仕方がないだろう。

とはいえ、全体的にのどかな平原や広大な平野に広がる見事な畑の風景は拝めたし、それで十分といえば十分だ。

俺たちを運ぶ馬車はミスラの街に入ってからはゆっくりと進み、やっと落ち着いて周りを見渡せるほどになったので、俺はここぞとばかりに馬車の窓に顔を張り付け、辺りを眺めていた。

「これが、ミスラの首都か」

今日は天気が良いせいか、街中に穏やかな光景ばかりが広がる。

時折、通りがかるひらけた場所では陽光を浴びた樹木の葉が風に揺れ、所々見かける噴水のある広場では子供たちが遊んでいるのが見えた。

やはり街全体から受ける印象というか、雰囲気がクレイス王国とはまるで違う。

ミスラは宗教を中心とする国というだけあり、石造の建物が立ち並ぶ中に所々教会がある。
他にも珍しい、何だかよくわからないものがたくさんあり、子供のように一々「あれは何か」と聞く俺に、リーンは一つ一つ丁寧に教えてくれた。

「もしかしてあれが『大聖堂』とかいう建物か？」

リーンが先ほど教えてくれた話では、俺たちの馬車が走っているのは、この街の主要な大通りだというが、その行く先に一際大きな建物が見える。街の外からでも見える、何とも立派で豪華な造りの建物だ。

「はい、あそこに見えるのがこの国の中心に位置する『神聖ミスラ大聖堂』――通称『大聖堂』です。この国の政治と宗教を象徴する一番重要な建物ですね」

宗教関係の施設が街の中心とは、面白い。これもお国柄というやつだろうか。
一番重要な所というだけあり、見るからに異質で特別な感じがする。
街の外からも見える山のように大きな建物だが、遠目にも繊細な装飾が施されているのがわかる。
よほど、手をかけて作られたものなのだろう。

それだけでも、あれがこの国で大事にされているものなのだとわかる。

「すごいな、この国は」

やはり旅はしてみるものだ。

ここへ来られて、本当に良かったと感じる。

立派だと聞いて楽しみにしていた『大聖堂』の建物も想像していたより、ずっとすごいものだったし。

馬車の窓から街の風景を眺める度に、俺は感心の度合いを大きくしていった。

「――本当に、綺麗な街だ」

綺麗な街だった。どこを見ても、ゴミひとつ落ちていない。

それだけでなく街自体が手の込んだ装飾に富み、まるで丸ごと芸術作品のように思える。

これを見られただけでも今回の旅についてきた甲斐があるというものだ。……できればもうちょっとゆっくり道中を楽しみたかったが。

「……そうですね。ここはとても綺麗な街だと思います。ミスラの首都は『聖都』という別名もあるぐらいで、ミスラ教徒の皆さんは街自体を聖地と崇める人もいらっしゃるぐらいです。それぐらい、街が大事にされているんだと思います」

「ああ、それはすごくわかる。王都と雰囲気が全然違うな」


……だが、少しばかり違いすぎるというか、違和感を覚えるところもある。

この街に入ってからというもの、随分と静かだ。

街中の大きな通りで大勢の人がいるというのにあまり話し声もしない。

辺りに人の気配はするし、たまに子供の声が響くが、それだけだ。

静かすぎるように感じた。王都の他の街の様子はあまり知らないが……変な感じだ。


「それにしても、街がずいぶん静かだな」

「はい、おっしゃる通りですね」

「もしかして、俺たちがこれから行く催し《イベント》と何か関係があるのか？」

「いえ。前から、この街はこうなんです。あまり大きな声ではいえませんが――この街では常に聞かれているんです。些細な会話でも」

リーンは小さな声で囁くように言うと、何かのスキルを発動した。

同時に馬車の座席の周りが透明な膜のようなもので覆われ、辺りの音が遮られる感覚があった。

これは以前、見たことがある。【隠蔽】というやつだろうか。


「聞かれている？」

「はい。その方法については詳しくは判りませんが……ミスラでは専門の聖職者が『結界』技術で至る所から情報を集めているようです。特に『音』に関してはかなりの範囲と精度で集められると聞いています。あまり公にされてはいませんが……市民の皆さんはそのことを大抵、ご存知です」

「そんなことをしているのか」

「はい……ですから、ここの方々は余計なことを口にしません。私は留学でこの街に数年滞在しましたが、少し窮屈でしたね」

「……それは確かに大変そうだな。普段の会話など聞かれても、困るというほどのものでもないと思うが……あまり気分は良くないしな。長く住むのなら、王国の方が気楽そうだな」

「……私もそう思います。ですが、多くの方は治安維持の為に必要なことだと肯定的に受け取られているようです。そもそも、情報収集の『結界』はミスラ国内では教皇猊下の命で実施しているものですから。この街の方々は『ミスラ教』の敬虔な信徒で、教皇猊下のことを本当に崇敬していらっしゃいますから」

「そうか、その教皇という人物は随分と慕われているんだな」

「はい。この街がここまで立派で綺麗なのも、信徒の皆さんが熱心に寄進や寄付を行っているからです。ですから不用意に教皇猊下の悪口なんて言うと大変なことになります。冗談交じりに少し話題にしただけで、その夜、寝ている間に異端審問官が大勢で訪ねてくる……なんてことも、あると聞きますから。王都でも稀にある話ですが、本国のミスラ教徒の皆さんは特に熱心なので」

「俺はそもそも、その『ミスラ教』というのがよくわからないのだが……どういうものなんだ？」

「そうですね、」

リーンは少し考えるように馬車の天井を見上げると、また口を開いた。


「私も宗外の者ですから、そこまで詳しくはないのですが……いわゆるミスラ教、正式には『聖ミスラ神教』は大凡《おおよそ》二百五十年前に興った比較的新しい宗教とされています。開祖は教皇アスティラ、つまり現教皇猊下です。ミスラ教というのは彼女が頂点であり、原点です。彼女は建国時点から今に至るまで宗教的な頂点でありつつ、政治的な実権を握っています。ミスラ教というのは彼女、アスティラ様を抜きにしては語れない宗教ですね」

「……ちょっと待ってくれ。当時の教皇がまだ生きているのか？」

「はい。アスティラ様は伝説の種族『長耳族《エルフ》』の血を引く『ハーフエルフ』であると伝えられ、飛び抜けて長寿です。ご年齢は一説には三百前後といわれますが……ただ、詮索するのは失礼に当たりますし、ミスラ教徒の皆様は教皇猊下を神聖視されているので情報はとても少なく、あくまで一説には、という程度に考えていただければと思います。少なくとも公式の記録から辿れば二百五十歳は越えられている、というのは確かですが」

「……なるほど。要するに…………とても長生きなんだな？」

「はい。元々この『神聖ミスラ教国』は教皇アスティラ様が『聖ミスラ』より神託を受け、その教えによってアスティラ様が手を差し伸べた孤児や貧者を中心に建設された国です。彼女は私財を投げうち、長い時間を掛けてここ『聖都』を建設しました。その後も信徒は増え続け、国内はもとより各地で孤児を育てる孤児院の設立や貧しい人々への施しなどを通じて絶大な支持を得ている為、教皇猊下は多くの国に対しても大きな影響力を持っています」

「その教皇というのは、ずいぶん立派な人物なんだな」

「……はい。その話の通りなら、まさに聖人と言ってもいいですね……ただ、実際はあまり良くない噂も囁かれているのが事実なのですが」

「よくない噂？」

「はい。ただ、この話題は基本的に禁忌《タブー》とされているので、あまり公には話しづらい事情が
――――」

何かを話しかけたリーンに、馬車を操るイネスが振り向き、声をかけた。

「リンネブルグ様。そろそろ、馬車が聖堂域に入ります。念の為、ご注意いただいた方がよろしいかと」

「ありがとう、イネス。そうですね……ノール先生、申し訳ありませんが、一旦ここまででよろしいでしょうか。ここから先は、少し繊細な場所ですので。会話も最小限にしたいのです」

「ああ、わかった」


聞きたかったこと以上のことをリーンは話してくれたし、もう十分だろう。

俺の返事と同時にリーンがスキルを解き【隠蔽】の気配が消えた。

馬車の前方を見ると、俺たちがもう、あの巨大な『大聖堂』に随分と近づいているのに気がついた。

間近で見ると更に大きく、荘厳に感じる。

「ところで、俺たちはあの大聖堂の中で開かれる『成人式』に行くんだったな？　今更聞くのも何なんだが……俺はそこで何をしていれば良いのだろう……？」

俺がふと疑問に思ったことを聞くと、リーンはハッとした顔をした。

「……す、すみません……！　自分たちの準備にばかり気を取られて、先生にご説明を差し上げていませんでした」

リーンは小さく咳払いをすると、居住まいを正してまた説明を始めた。

「私たちはこれから、あの『大聖堂』内にある来訪客用の宿舎に案内されることになります。そこで一晩明かしてから、明日になったら私とロロはお昼に昼食会を兼ねた『舞踏会《ダンスパーティ》』、夕刻には『晩餐会《ディナー》』への出席が予定されています。そこで、先ほどお話しした教皇アスティラ様とそのご子息、ティレンス皇子にお会いすることになるかと思いますが、ノール先生はその場に同席いただくことになります」

なるほど。とりあえず、そこにいればいいらしい、ということはわかったが。

今、ちょっと聞き捨てならないことを言っていたな？

「……ちょっと、まってくれ？　教皇というと、あれか？　さっき言っていた、もう何百年も生きているという老婆のことだよな……？　これから、そんなすごい人物に会うことになるのか？」

そんな所に俺が行っても良いのだろうか、と不安がよぎる。

なんだかとても場違いな感じがするというか……何の心の準備もなかったのだが。


「はい、もちろんです。先生は『護衛の従者』ということで、私の側に居ていただくことになっていますので。とはいえ、もちろん『従者』というのはあくまで先生をここにお連れする口実ですので、基本的には先生のご判断で独自に動いていただいて構いません」

「そうなのか？」

「もし、何か不測の事態が起きた場合、その場での判断は先生にお任せしたいと思います。おそらく、これまでのことから考えると、先生の方が色々な異変を先んじて察知されるでしょうから」


異変、か。前に危険を伴う成人式と聞いていたので、それなりに心構えはしてきたつもりだが……改めてリーンの口から聞くと非常に不穏な感じがする。


「……そうか。やはり、今から行く成人式では結構、危ないことが起こるんだな」

「あまり想定したくはありませんが、おそらくは」

「まさか、いきなり背後から剣が飛んできたりはしないよな？」

「……正直なところ、私にも何があるかはわかりません。こんな風に直前でお伝えする形になって申し訳ないのですが」

「いや、ある程度は聞いていたし、それだけ教えてもらえれば十分だ。あまり細かいことを言われても覚えきれないからな、俺は。まあ、何とかなるだろう」

危険は伴うとは言うが所詮は成人式の催し《イベント》なのだし。

それにこれだけ立派な街の催しなのだ。一体どんなものになるのか、やはり興味はある。

せっかくなのだし、楽しまなければ損というやつだろう。

「……ノール先生。こちらの都合で一方的に巻き込んでしまって、申し訳ないと思っています」

「いや。そんな風に言うことはないぞ。正直、これからどんな予想外のことが起きるのか、少し楽しみにしているぐらいだ」

俺の言葉に、ずっと浮かない表情だったリーンが笑う。

「――――はい。頼りにさせていただきます」

その笑顔を見て俺も少し落ち着いた。

……とはいえ、まだ多少の不安はある。

俺は今、とんでもない場所に向かおうとしているのだ。

正直、リーンが説明してくれたことを全て理解できたわけではないが……教皇はこの国では相当に尊敬されていて、歴史的にも代わる者がいないぐらいに重要な人物だということだった。

――数百年を生き、この素晴らしい街を一から作り上げた尊敬に値する人物だ。

俺はこれからそんな人物に会う。

そう考えると、やはり少し緊張する。

「……気を引き締めていかなければな」

「はい」

うっかり驚かせるようなことをして、寿命を縮めてしまった……なんてことがないよう、気をつけなければならない。

71　ティレンス皇子

「お待ちしておりました。クレイス王国、リンネブルグ様。お付きの方も、どうぞこちらへ」

大聖堂の中に馬車のまま入っていくと、乗車場のようなところがあった。

そこに馬車を駐めて降りると、白いローブを纏った女性が出迎えてくれた。

「お部屋まで案内いたします」

「はい、よろしくお願いします」

俺たちは彼女の後についてミスラの『大聖堂』と呼ばれる広い建物の中へと進んだ。

豪華な装飾のついた扉を開け、とても幅の広い廊下を抜けると、更に広い半球状《ドーム》の空間があった。

そこから、また広い廊下が幾つも延びていて、その廊下全てにどこかの部屋に続くらしい無数のドアが見える。

「……すごいな。聖堂の中にもう一つ街があるようだ」

「はい。ここはとても広く複雑な造りで、一般人が迷ったら出てこられないとも言われています。なるべく、はぐれないように気をつけてくださいね」

「そうだな、わかった」


俺たちは白いローブの女性の後に付き従い、階段を上ったりしながら聖堂の中を進んでいく。

聖堂の内部は複雑さのせいか、外から見た以上に広く感じた。

もうずいぶんと建物の中を歩いた気がするが、まだ目的の部屋に辿り着く気配がない。

確かに一度迷ったら出られなさそうだ。皆とはぐれて困ったら、最悪、窓から外にでるしかないかもしれない。


「こちらです。どうぞ」


しばらく案内の女性に付き従って進むと、大きな窓のある小部屋に通された。

部屋の大きさの割に窓がとても大きく、気持ちがいい。

外に見える庭の木々の緑が部屋の中に飛び込んでくるようだった。

しかし、それは不思議な部屋だった。

家具らしい家具もなく、入り口と大きな窓だけがあり、他にどこかへ続く扉などが見当たらない。

……ということは、もしかして俺たち四人はこの小さな部屋で一晩過ごすのだろうか？

などと考えていると、突然、案内の女性が部屋の中央の青白く光る模様の描かれた床に乗り、姿を消した。


「何が起こった……？　あの人はどこへ行ったんだ……？」

「先生は初めてでしたか？　これは昇降用の『転送結界』です。ミスラではよくあるものですよ」

「昇降用？　転移結界？」

戸惑う俺に、リーンが何かを説明してくれたが聞き慣れない言葉にまた戸惑う。

「はい。大聖堂はとても高い建造物なので、上下階の移動の為にこのような仕組みがあるんです。乗るだけですぐに移動できて、使ってみると便利ですよ。あの方を待たせてもいけませんので、このまま私たちも行きましょう」

「……普通に乗ればいいのか？」

「はい。そのままゆっくり乗れば大丈夫ですよ」

リーンの案内に従い、俺が恐る恐る床に乗ると一瞬、目の前の光景が歪んで身体が浮くような感じがした。

そして気が付いた時にはもう、窓の外の風景がかなり高いところから見るものに変わっていた。

そして何故か足元の床が透け、遥か下方に先ほど窓から見た庭の木々らしきものが見えた。


――鳥肌が、立った。


昇降用とは聞いたが、いきなりすぎる。

俺は高い場所が少し、苦手なのだ。

突然の大窓からの風景の変化と透ける床に脚がすくみ、手が震える。

その場で俺が狼狽《うろた》えていると、後から遅れてリーンとロロ、イネスがやってきた。


「……ずいぶん、高い場所なんだな」

「はい。来客用の宿泊室は高層にあるそうですので」

「こちらです。どうぞ」


恐怖で固まった身体をほぐしながら案内の女性の後についていくと、再び広い廊下に出た。

先ほどよりも、ずっと豪華な感じの装飾がなされており、あちこちに高級そうな石像や絵画が沢山置いてある。

見ているだけで吸い込まれそうになるような凝った装飾の壺や面白い形の刀剣などもあり、どれも価値はわからないがきっといいものだということはわかる。

やはり、ここは良い客を泊める為の場所なのだろう。俺一人では、なかなかこんな場所には入り込めないだろうし、せっかくなので色々見て回りたくなる。

俺が廊下に置かれたものに一々見惚《みほ》れながら歩いていると、いつの間にか目的の場所に着いたようだった。

「こちらがリンネブルグ様他二名様のお部屋となります。お付きの男性は隣のお部屋をお使いください」

「はい、ありがとうございます」

「それでは明日まで、ゆっくりとお過ごしくださいませ。お時間になりましたら役目の者がお迎えに上がります」

「はい、ご案内お待ちしております」

簡単なやりとりをリーンと交わすと、ここまで俺たちを案内してくれた女性は去っていった。

俺たちはそれぞれ泊まる部屋の中を確認し、またすぐに廊下へと戻ってきた。

「それで、これからどうするんだ？」

「そうですね。今日は到着が随分と遅くなってしまったので、私とイネスとロロはひとまず明日の衣装の確認だけしたら、もうお休みしたいと思っています。先生はどうされますか？」

「そうだな……少し、この建物の中を見て歩いてみたいのだが、ダメだろうか。見たことのないものが沢山あるから、せっかくだし、よく見ておきたいと思ってな」

「そうですか、先生がその方が良いと思われるのならそれも良いかと思いますが……でも」


リーンの顔が少し曇った。


「あまり良くないのか？」

「はい。そろそろ夜になりますし、単にお歩きになりたいのであれば、明日になってからの方が良いと思います。この聖堂内では基本的に夜間の出歩きは禁じられていますので」

「……そうなのか？　それなら、今日は部屋の中で大人しくしていよう。窓からの景色も、結構よかったからな」


先ほど部屋を確認した時、部屋の大きな窓から顔を出すと街の地面が遥か彼方《かなた》に見えた。

思わず、恐ろしくてすぐに頭を引っ込めたが……なるべく下を見ず、落ち着いて遠くの方向さえ見ていれば特に問題はないと思う。

大きな窓を通して見えるミスラの街並みはやはり綺麗で見飽きない。

丁度、今は日が沈む時間帯で、所々に建つ教会らしい建物の尖塔が夕焼けで一層美しく見える。

それに明日は大事な祝賀の催しがあるということで所々に火が灯っていて、なかなか幻想的だ。

あれなら一晩中だって眺めていられるだろう。


「それでは、また明日ですね」

「ああ、じゃあな」


俺たちがそこで別れてそれぞれ部屋の中に入ろうとしていると、廊下の奥から緑色の髪をした少年がこちらに歩いてくるのが見えた。

その少年の後ろには奇妙な白っぽい鎧を着た人物が数人、彼の周囲を護るようにして並んで歩いていた。


「ああ、いたいた。遅かったね、リーン……何か、トラブルでもあったのかい？　僕はずっと君を待っていたんだよ」

「ティレンス皇子」

ティレンス皇子と呼ばれた少年はリーンの前まで来ると、嬉しそうに笑顔を見せた。

年頃は同じぐらいに見えるが、背丈はリーンより少し高いぐらいか。

緑色の髪の少年は周りにいる俺たちには視線も向けず、リーンに近づいて話しかけた。

「君に会えるのを心待ちにしていたよ、リーン。本当に嬉しいよ。君がわざわざ僕の誕生日を祝いに来てくれるなんてね」

「お招きにあずかりまして光栄です、皇子」

リーンは親しげに語る少年とは対照的に、畏《かしこ》まった様子で礼をした。

そうか。あれがさっきリーンの言っていたこの国で一番偉い教皇の息子。

「ふふ、リーン。そういう余所余所《よそよそ》しいの、やめにしないかい？　僕らは、もう両家公認の『婚約者』ってことになってるらしいじゃないか」

「……お言葉ですが、ティレンス皇子。貴方はまだ、その冗談をお続けになられているのですか？

私は貴方と婚約などした覚えもありませんし、断じて両家公認ではありません。そもそも父はその

話を認知すらしておりませんので」

「ふふ、そうだったかな？　でも、もう僕のお母様が『そうしたい』って言ってるんだ。その意味ぐらい、君ならわかるだろう？」

「いいえ。私としては一体なんでそうなってしまうのか、全く理解しかねます」

緑色の髪の少年は変わらず屈託のない笑顔をリーンに向けている。

対してリーンはずっと不機嫌そうだ。

彼らが話し始めてから、少し辺りの空気がピリピリしている。

「ふふ、相変わらず強気だね、君は。本当に……君ぐらいだよ？　僕に面と向かって、そんな殺気を向けるのは」

「私としては、そこまで邪険にしているつもりはありませんが。仮にそうだったとして、そんな人間に求婚をする人の気が知れません」

「わからないかい？　だから、僕は君がいいのさ。簡単に金や力に靡《なび》く人間には興味はないからね」

「お褒めにあずかるのは光栄ですが、私ではご期待には添えないと思います」

少年の方はどうやら仲良くしたがっている様子だが、リーンは終始冷たい表情のままだ。知り合いのようだが、仲が悪いのだろうか。

「相変わらずつれないね……別に、悪くない条件だと思うんだけどな？　今や東の皇国が自滅して力の均衡が崩れ、この大陸で最も力があるのは実質、『神聖《う》ミスラ教国《ち》』だ。君の国も優秀な人材を抱えて、あの魔導皇国の軍隊を退けたあたりは中々なものだけど……おかげで今、とても疲弊しているところだろう？　僕の妃ってことはつまり、この大陸一の権力者の後継者の第一皇妃だよ？　色んな庇護が受けられる。そんな簡単なことがわからない君じゃあないと思ってね」

「それで、我が国にとっても何か良いことがあるとは思えません」

「……いいことだらけさ。ミスラの庇護を受ければ君の国の国力は一層高まることだろう。こんな旨い誘いをどうして蹴るんだい？　僕はいつまでも君を待っているというのに。ねえ、ほら――すぐにでも僕の部屋に来てもいいんだよ。そんな従者たちは放っておいて、さ」

「本当に――ご冗談を」

おどけた仕草で手招きしていた緑色の髪の少年にリーンが言葉を発した瞬間、辺りの空気が更に張り詰めた気がした。

ただそこに居るだけで身を切り裂かれてしまいそうな、鋭い気配。

前に【剣士】の教官から受けたような肌を刺すような気配が今、リーンから漂っていた。

……これ、ちょっと、まずいんじゃないか。


「――――流石にお戯れが過ぎると思います、ティレンス皇子。それ以上は冗談でなく、当家に対する侮辱と受け取り相応の対応をさせていただきますが……よろしいでしょうか」


彼女は今、腰に提げた金色の剣の柄に手をかけていた。

それに気がついた緑色の髪の少年の脇にいた鎧の兵士たちが即座に前に出る。

同時にイネスもリーンを護るように飛び出した。

少年とリーンの間で、両者が睨み合うような格好になった。


「ふふ、大丈夫だよ、君たち。何も心配いらないから下がってていいよ。彼女は別に何もしないからさ」

「ですが、殿下」

「――――リンネブルグ様。どうか、ここはお納めください」

「いいえ、イネス。皇子の言う通りですよ。心配はいりません。これは、ほんの挨拶みたいなものなのです。この方とはこれが、いつものことですから……そうでしょう？　皇子」

「ああ。そうだよ。なにせ僕らは将来を誓い合った仲なのでね」

「……このままお続けになるなら、別ですが」

「おお、怖い怖い。流石の凄みだね。でも相変わらずで安心したよ。それでこそ僕のリーンだ」

少年が軽く手を振ると、鎧の兵士たちは静かに少年の後ろへ下がっていった。

イネスも同じく、静かにリーンの後ろに下がった。

リーンも腰の剣から手を離し、少し落ち着いたようだった。

「その軽口も、もうやめていただけると嬉しいのですが」

「まあ、何はともあれ、さ？　君はまたここに来てくれた。僕はそれだけで十分に嬉しいんだよ。明日の僕の成人の儀《誕生日パーティ》、とても楽しみにしているからね」

「はい。私も明日は楽しみにしております……場合によっては、ご期待には添えかねると思いますが」

「ふふ、つれないね。でもね、リーン。これは一応忠告だけど」

先ほどまでおどけていた少年が急に真剣な表情になり、リーンに顔を近づけた。

「ここが君の家の領地《にわ》でないということは、よくよく理解して欲しい。君たちが何を準備してきたのかわからないけれど……あまりおかしな動きはしないほうがいいと思うんだ」

「それは一体、なんのお話でしょう」

「……そうかい。そう言うなら深く追及はしないけど……どうやら僕へのプレゼント、というわけじゃないみたいだしね。僕はお互い、無駄な血は見ないほうがいいと思ってるんだけど――君がその気なら、僕らもその気になるだけだよ」

「すみませんが、私には皇子がなんのことを仰《おつしや》りたいのかわかりません」

「それと、馬車の中でそこの従者にお母様を老婆などと呼ばせるのも、やめたほうがいい……お母様を怒らせると、あとが怖いからね」

「それはお互い様だと、前にも申し上げたと思います」


少年は無言でじっとリーンの目を見つめた後、可笑しそうに笑い出した。


「あはは、お互い様、か。本当に気が強いね、君は。それでこそ僕の見初めた人だ。いったい、明日、君は何を見せてくれるんだろうね？　もしかして、本当に僕へのプレゼントだったのかな？　ともあれ、再会の挨拶はこれぐらいにしとこうか。君たちも長旅で疲れてるだろうしね」

「ご配慮、感謝いたします」

「本当に明日が来るのが待ち遠しいよ。じゃあね。おやすみ、良い夜を」

少年はそう言ってリーンにひらひらと手を振りながら、銀の鎧の兵士たちと一緒に廊下の奥へと去っていった。

「……ふう、やっと行ってくれましたか」

彼らの姿が見えなくなるとリーンは一つ、大きく息を吐き出した。

「なんだったんだ、あれは？　あれがその、例の……なんとかとかいう皇子か？」

「はい。彼は私の留学時代の友人……のようなものです」

「そうか」

とても友人という風には見えなかったが。

まあ、リーンはこんなところにわざわざ招待されるぐらいのすごい家柄らしいから、俺のような普通の人間がわからない苦労も色々あるのだろう。

「……すみません、急な再会だったので少し取り乱してしまって。思ったよりも疲れが溜まっていたようです。申し訳ありませんが、先に休ませてもらってもよろしいでしょうか？」

「ああ、それがいいだろう。ゆっくり休むといい」


俺たちはそのまま別れ、それぞれ準備された部屋の中に入った。

彼女は昨日の夜もあまり眠れなかったと言っていたし、あまり調子は良くなさそうだった。

早めに休むに越したことはない。

その夜、俺は窓から小さな明かりの灯る綺麗な街並みを眺めながらいつもの日課の訓練を済ませ、旅の余韻に浸りながら眠りについた。

72　舞踏会の朝

朝、俺はいつもと違う、とても寝心地の良いベッドの上で目覚めた。

「まだ日の出前か」


窓の外に見える空はまだ薄暗く、夜明け前の濃い青色をしていた。

細やかな装飾のなされた窓からは早朝の光を受けるミスラの街がよく見える。

俺はどこでも変わらず、夜が明けて街が目覚めようとするこの時間が好きだ。

街はまだ眠ったように静かだが、遠目に人がちらほら建物の中から出てきているのが見える。

そういう様子を眺めていると、これから一日が始まるという感じがする。

昨晩、俺は日課の黒い剣の素振りなどの訓練も最小限にとどめ、早めに休んだ。

俺の泊まった部屋には贅沢なことに、お湯を自由に出して使える部屋がついていて、身体を動かした後によく洗ってスッキリすることが出来た。

部屋の中には大きな器に盛られた果物が置いてあり、自由に食べても良いと言われていたので幾つか貰って食べて喉を潤した後、窓の外を眺めながら気持ちよくふかふかのベッドに入った。

おかげで今の体調は万全だ。


「よし、着替えるか」


俺は早速、リーンたちに用意してもらった式典用の服に着替える事にした。

そして、慣れない作りの服に手間取りながらもなんとか試行錯誤して着替えを終え、廊下に出た。

少し出歩くのは早い気もするが、一応もう明るくなったことだし、夜に出歩けなかった分、辺りを見て回りたかったのだ。

リーンたちはまだ寝ているだろうと思い、起こさないようになるべく静かに廊下に出たが、彼女たちが泊まった部屋の扉の前をイネスが護るように立っているのを見つけた。

「ノール殿か。早いな」

「ああ、イネスも起きていたのか。リーンたちはまだ中で寝ているのか？」

「リンネブルグ様は今、中でお召替えの最中だ。ロロと一緒に衣装の最終チェックを行なっている」

「そうか。皆、意外と早く起きたんだな」

　昨日、リーンは疲れた様子だったので、もう少し寝ていると思っていたが。

「昨晩は早めにお休みになられたからな。その格好、ノール殿はもう準備を済ませているのか」

「ああ、なるべく早めに着替えておいた方がいいと思ってな。イネスは昨日のままの格好だが、これから着替えるのか？」

「いや、私はこのままだ」

「そのまま？」

「ああ、私の任務はあくまで要人の護衛だ。これが私の護衛としての正装も兼ねている。ノール殿は普段の格好だと、流石に場にそぐわないのでこちらで用意させてもらったが」

　扉の前に立つイネスは、いつもの銀色の鎧とスカートの姿のままだった。

　確かに、それが彼女の正装と言われればそういう感じもするし、これから行くのがどんな場所かはわからないが、大事な式典だという。俺のいつもの服装のままだとかなり浮くのだろうという予想はつく。

「ああ、用意してもらってとても助かった。こういう場所で、自分ではどんなものを着て良いのかわからないからな」

用意してもらった黒い服は最初、とても窮屈そうに見えたが着てみると肌触りがよく、全く邪魔にならなかった。

俺の身体にぴったりのサイズだが、腕をぐるぐると回してもよく動く。

生地もサラサラとして、とても薄いのに不思議と丈夫そうな感じがする。

この服はわざわざ特別に作ってもらったものだったはず。自分専用の服を人に作ってもらうことなど初めてなので、新鮮だ。

「それにしてもすごいな、この服は。こういう服は初めて着たが、とても着心地がいい」

「一応、王都の最高の職人が作った非常に良い品だ。聖銀《ミスリル》の糸が織り込んであって、かなり丈夫な筈だが、あまり乱暴な扱いをするとすぐ切れる。扱いには気をつけてくれ」

「ああ、そうする」

明らかに良い質のものだし、うっかり破いたりしないように気をつけようと思った。

「ところで、まだ起きるには早い時間だが、ノール殿はこれから何を？」

「折角だから、この建物の廊下に飾ってある絵や彫刻を見ておきたいと思ってな。王国に戻ってからだと見られないだろう？」

「そうか。確かに廊下近くを見て歩く分には問題にはならないと思うが……しかし、あまり遠くには行かない方がいい。ここで迷ってしまったら捜すのも一苦労だからな」

そう言ってイネスは広い廊下の奥を見つめた。

この廊下は単に廊下と言っていいのか迷うほど幅が広く、奥行きもある。

その上、無数の細い廊下と繋がって入り組んでいて、まるで迷路のようだった。

一人で奥まで不用意に進んでしまったら、俺は確実に迷子になる自信がある。

「ああ、そんなに遠くには行かない。美術品の類など、あまり詳しく見たところでわからないし、少しだけ見られれば満足だからな」

「そうしてくれ。もうしばらくしたら、迎えの人間が来るはずだ。なるべく早く戻ってきた方がいい。肝心の舞踏会に同行出来ないとなったら、元も子もない」

「ああ、わかった」

俺はそのまま朝の屋内散歩に行こうとしたが、彼女の言葉でふと聞き忘れていたことを思い出した。

「そういえば。舞踏会というと、皆が踊ったりする場なのだよな？　もしかして、俺たちも踊ったりするのか？」

「いや。踊るのは貴賓だけだ。私たちは護衛として、リンネブルグ様とロロに危険がないように見張っているのが仕事だ。特別に望まれでもしない限り、我々が踊ることはないだろう」

「そうか、それを聞いて安心した。俺は誰かと踊った経験なんてないからな……急に踊れなんて言われても困る。イネスはそういうのは出来るのか？」

「いや……私もだ。仕事とあれば覚えるしかないが、その手の芸事は基本的に苦手だ」

「そうなのか？　意外だな」

馬車も操れるし、多芸で何でも出来る人のような気がしていたが。

「意外か……基本的に、私は一人で何事も処理するからな。人と合わせる事自体があまり得意でない」

「確かにイネスにはあの光る盾みたいな便利なスキルもあるしな。あれがあれば、一人で何でも出来そうだな」

「――なんでもではないさ。苦手な事の方が多い」

俺とイネスが朝の何気ない会話をしていると、部屋の中から声がした。

「ノール先生、そこにいらっしゃるのですか？」

「ああ、いるぞ」

「……イネス、よいでしょうか、開けてもらっても」

「はい」

イネスが扉を開けると中からリーンが姿を現した。

彼女はいつもと違う、真っ白なドレスに身を包んでいた。

いや、白という言葉では少し足りないかもしれない。

そのドレスはまるで輝くような白さで、彼女が部屋から出てきただけで、まだ薄暗かった廊下が若干明るくなった気がする。

……直視すると、ちょっと眩しいぐらいだ。

「先生はもう準備がお済みなんですね。よくお似合いです」

「ああ。リーンはそれで行くのか？　なんだか、とても真っ白な服だな。ちょっと眩しいぐらいだ」

「……はい。これは殆どが聖銀《ミスリル》の糸で織られているそうで、角度によって銀か白に見えるはずです。この素材だとどうしても見た目が少し派手になるので、なるべく避けたかったのですが……兄がどうしてもこれで行けと。変ではないでしょうか？」

「ああ。似合っていると思うぞ。なんと言えば良いのかわからないが……まるでどこかの国のお姫様みたいに見える」

「……ふふ、そう見えるでしょうか？　あまり自信はなかったのですが、先生にそう言っていただけると新調した甲斐がありますね」

リーンはそう言って、はしゃいだような明るい笑みを見せた。

その笑顔を見て、俺は少し安堵した。

どうやら昨日の夜よりは元気が出ているようだ。

「そうそう、ロロも見違えましたよ！　見てください」

リーンは勢いよく部屋の中に引っ込み、またすぐに出てきた。

その手は奥にいた人物の手を握っている。その人物は無理矢理引っ張り出されるように廊下に出てきた。

そのリーンと同じぐらいの背格好の人物は、俺と同じような男性用の衣装を着ていて、年齢はリーンより少し下ぐらいに見えた。

「――――誰だ？」

それは俺の知らない少年だった。

見知らぬ少年がそこにいた。

「いや、ボクだよ。ノール」

その少年は戸惑った様子で俺の顔を見た。

「そうです。ロロですよ、先生。わかりませんか？」

「ロロ？」

確かに髪は青白いし、眼も見覚えのある不思議な色だ。

それはロロの特徴だった。

でも彼は俺の知っているロロと明らかに違う。

「本当にロロか？　昨日までと随分、印象が違うが」

「ふふ、そうでしょう？　結構、髪型など私が好き放題いじってしまいましたので……うん、でもいいですね。これなら貴族の社交界でもモテそうです」

リーンは満足げに、そのロロらしきもの――いや、かつてはロロだったらしい人物を眺めていた。

俺も改めてまじまじとその少年を眺めてみたが、やはり、まだ納得がいかない。

俺にはどうも、彼がロロだとは思えない。

「いや、本当に誰かわからなかったぞ、ロロ？　服装と髪型で随分、変わるものだな」

まだ半信半疑だが、一応、俺はそれがロロということにして話しかけた。

そうだな……確かに、ロロと思えばそう思えなくもない。

面影はある。

「何だか、だいぶ、強そうな感じになったな？　見違えたぞ」

「……そうかな？」

彼の口からは、確かにロロの声がする。とすると……彼がロロであるというのは間違いないらしい。

でも本当に最初は誰かわからなかった。

俺の知っているロロはもっとこう……陰気な感じで自信がなく、少しおどおどしていて、なんだかとても弱々しい感じの非常に暗い印象の少年だったのだが――今は、なんだか意志の強そうな、立派な人物に見える。

「ああ、昨日会ったよく喋る少年より、ずっといい感じだ」

他人と比べるのもなんだが、昨日会ったよく口の回る身なりのいい少年と比べても遜色はないと思う。

ここ数ヶ月、鍛えていたと言っていたから、そのせいだろうか？

体格も前よりしっかりして見栄えがいい気がする。

それに昨日までは前髪が顔の前にかかっていて表情がよくわからなかったのに、今は髪がきっちりと整えられていて、おでこと眉毛がきっちり見える。

強いて言えば、その違いなのだろうが……それだけで随分と人が違ったように見える。

それだけでこんなに違って見えるだろうか？

……いや、違うな。

俺はようやく、決定的に違う部分があることに気が付いた。

眼だ。

そうか、眼つきが違うのか。

以前はとてもおどおどした感じの定まらない目線だったのに、今はどこか達観したような自信に溢れた目をしている。おかげで前よりも、格段に『眼』が力強い感じになっている気がする。

きっと、印象の違いの原因はそこにあるのだろう。

昨日までは髪で隠れていて、それがよくわからなかったのだ。

「……なるほど。本当に見違えたな、ロロ」


ようやく疑問が解消され、すっきりする。

それにしても、数ヶ月前の彼とは随分な変わりようだった。

まあ、この少年は元々凄い才能の持ち主だったのに、自分に対する評価が妙に低すぎて暗い感じだっただけなのだし、何があったのかは知らないが……今はどういうわけか彼に自信がついて、中身に適《かな》った見た目になったにすぎないのだろう。

そう。つまり、この目の前にいる少年はやっぱり、ロロなのだ。

まだ違和感はあるが認めるしかない。この子はロロだ。

そう思って彼の顔をみていると、だんだんとロロらしく見えてくる気がした。

……よし、この調子だ。

あともう少し頑張れば、俺はきっと彼のことをロロとして受け入れられそうだと感じた。

「ところで、先生はこんな朝早くから何かされているんですか?」

俺が一生懸命新しいロロの印象を受け入れようとしていたところ、リーンが話しかけてきた。

「……ん？　ああ、俺のことか。昨日も少し話したが、ここにあるものをちゃんと見ておきたいと思ってな」

「ここにあるものをですか？」

「ああ。夜見て回るのはダメだと聞いたが、朝になったらいいのだろう？　王国にない珍しいものがあるかもしれないし、話のタネぐらいにはなるだろう」

リーンは俺の話を聞いて少し考えた後、手のひらをぽん、と胸の前で合わせた。

「それなら、お邪魔でなければ私もお供しましょうか？　私も美術や工芸にはあまり詳しいわけではありませんが、簡単な解説ならできるかもしれませんし」

「ああ、それはありがたいな。是非頼む」

「はい！　では、折角ですからイネスとロロも一緒にいかがでしょうか」

「……うん、わかったよ」

「畏まりました」

そうして、俺たちは一緒に聖堂の廊下の美術品を少し見て歩くことになったのだが。

「――この繊細な聖銀《ミスリル》細工で見事な花弁の装飾が施されている白い壺は、おそらく『花かみ蜜の白壺』ですね。古代ゼノビア朝中期、伝説のドワーフ族の最高位職人《マエストロ》の手によって生み出されたとされる『白の十傑』という連作の一つです」

「……そうか。なんだかすごそうだな」

「はい。その類稀なる造形美から『白の十傑』は王侯貴族を含めたコレクターたちに根強い人気があり、これ一つだけでも立派なお城が建つと言われるぐらい価値のある名品ですね……それと、向こうの壁に飾ってあるのは『破邪の短剣』だと思います。これも古代ゼノビア朝中期の作と言われる秀品中の秀品ですが、贋作が非常に多いことでも有名です。その為、この短剣は『真贋を見極める眼を持つ者の手にしか渡らない剣』としても知られており、これを所持すること自体が大きなステイタスになります。一説には製作者はその『見極め』行為自体を――」

「……なるほど、わかった」


リーンは廊下に飾られている様々な美術品を一つ一つ、由来から製法、市場価値に至るまでものすごく丁寧に解説してくれた。

やはり彼女の知識量は膨大だった。

ただ、楽しそうに解説してくれている彼女には本当に悪かったが……あまりに説明が細かすぎて、かえってほとんど俺の頭には入ってこない。

とにかく――どれも、ものすごいものらしい、ということだけはわかった。

そうして、リーンから廊下の様々な美術品の詳しい解説を受ける中で、俺は昨日ここへ来る途中に巨大な絵画が飾ってあったのを目にしたことを思い出し、皆でその絵を見に行くことになった。

「……あった。これだな。やはり、間近で見ると大きいな」

それは見上げるような巨大な絵画だった。

昨日は廊下で通りすがりに遠目で見ただけだったが、改めて近くに立つと絵の巨大さに圧倒される。

豪華な装飾のなされた金色の額縁だけでもかなり目を引くが、そこに納まった絵に描かれたものがまた異様だった。

その絵には重厚な金色の椅子に腰掛け、煌びやかな宝石がちりばめられたローブを纏った人骨にしか見えないものが描かれている。

正直、かなり不気味な絵だったし、何故ここにこんなものが飾られているのか興味を惹かれたのだ。

「リーン、この大きな絵なんだが。なんでこんな場所に、気味の悪いガイコツの絵が飾られてるんだ？　俺にはこの絵がどう見ても魔物にしか見えないんだが……どういう意味があるんだ？」

俺はここに来るまで色々なものを見た時と同じように、思ったことをそのまま口にした。

もしかしたら、何か怪談めいた面白い話が聞けるかもしれないと期待したのだが、俺の問いかけにリーンとイネスの顔が曇った。

……今、俺は何かまずいことを言っただろうか。

「ノール先生……これは『聖ミスラ』様の聖像《イコン》です。すみませんが、この絵の感想のことは、あまり大きな声でお話しにならない方が良いかと思います。誰かに聞かれでもしたら、大変なことになりますから」

「……どうしてだ？」

「この絵に描かれている『聖ミスラ』はミスラ教徒の方々の信仰対象の最たるものなのです。教皇アスティラ様が崇める、唯一の聖なる存在——それが『聖ミスラ』です。これを悪く言われると、この国には気を悪くする方が沢山いらっしゃいます」

「すまない、そんなつもりはなかったのだが」

「いえ……正直、私も先生と近い感想を持っていますが、でも、決して口には出さないようにはしているつもりです。様々な方の想いを損ねることにもなりますので、ご配慮いただいた方がよろし

いかと」

「そうだな、あまり話題にするのはやめておいた方が良さそうだ」

俺は改めてその大きな絵を眺めたが、やっぱり骸骨の魔物としか思えない。

だが、それは言ってはいけないことだという。

やはり、この国には色々物珍しいものも美しいものも沢山あるが、自分が住むなら王国の方がずっと向いているのだろうと思った。

なんとなくだが、他にも窮屈な決まりごとが多そうだ。

「そろそろ部屋に戻るか。もう十分堪能させてもらった。リーンの説明も助かった」

「はい、もういい時間になったと思いますので。その方がいいでしょう」

そうして俺たちは一緒にリーンの部屋へと戻り、用意された朝食を取り終わった。

その後、イネスにお茶を淹《い》れてもらって皆で飲んでいるところで外から扉をノックする音が聞こえた。

「リンネブルグ様。お迎えに上がりました」

イネスが扉を開けると、そこには白いローブを着た迎えの女性が待っていた。

その時には俺たちはもう準備を整え、あとは出るだけの状態になっていた。

「はい、皆の準備は整っております。ご案内、お願いします」

「かしこまりました。では、私の後ろからついてきてください」

「あれは……なんだ？」

案内役の女性と一緒に廊下に出たところで、廊下の奥の方から誰かが歩いてくるのが見えた。

よく見れば、昨日会った奇抜な形をした鎧を着込んだ兵士たちだった。

彼らはまっすぐ、俺たちの方に歩いてくる様子だった。

今日はあのよく喋る皇子とは一緒ではないようだ。

俺たちが立ち止まって、彼らの様子を窺っていると、勢いよく歩いてきた彼らは突然、俺の目の前で立ち止まり、一斉に取り囲むようにして言った。

「リンネブルグ様の従者、ノール殿だな。教皇猊下の命により、貴公を別室で『もてなせ』とのこと。今すぐ我らにご同行願いたい」

突然のことに、俺は驚いて辺りの様子を窺った。

彼らは俺だけ、わざわざもてなしてくれるという。なんのことだかわからずリーンの方を見ると、彼女もイネスと一緒に困惑した顔をしている。

まあ、それはそうだろう。

今から舞踏会の会場に行こうとしていたところで、いきなりそんなことを言われても困る。

「もてなし……か。とてもありがたい話だが、今からか？　少し急だな。それに、行くのは俺だけなのか？」

「ああ、貴公一人を我ら全員でもてなせ、とのご下命だ」

「そうか……皆で俺だけを、か。なんだか悪いな？」

こういう時は場慣れしていそうな彼女に意見を求めるに限ると思い、俺はまた振り返り、リーンの顔を見た。

俺はどうすればいい？　と、視線で助けを求めたつもりだったのだが。

「……先生のご判断にお任せします」

「そうか？　俺が決めていいのか……？」

結局、判断を委ねられてしまった。

助けを求めたリーンからは一番困る答えが返ってきてしまったが……少し迷いつつも、俺はすぐに結論を出した。

「そうだな。では行って来ようと思う。例の偉い教皇の命令なのだろう？　無視すると彼らにも迷惑がかかるかもしれないしな」

「やはり、お一人で行かれるのですか？」

「……？　ああ。呼ばれているのは俺だけらしいから、そのつもりだが」

「……わかりました。お気をつけて」

俺たちの話が終わると、ローブの女性は他の三人を連れて歩き出す。

「では、リンネブルグ様、ロロ様、イネス様。こちらへ。会場へご案内致します」

「では先生。ご武運を」

「……？　ああ、また後でな」

リーンの別れ際の言葉が少し気になったが、俺は皆に別れを告げると、奇抜な鎧の六人組の後ろを追うようにして、別方向に大聖堂の廊下を進んでいった。

73　十二使聖

「……なんなんだ、ここは？　やけに暗い場所だな」


俺が兵士たちに連れてこられたのは薄暗い洞窟のような空間だった。

上階からわずかに陽の光が差し込むものの、広い空間を照らすほどではない。辛うじて遠くの壁が見える程度だ。

あちこち行ったり来たりして、あの青く光る床にも何度も乗ったので、位置関係はよくわからなくなってしまったが、ここは地下にある場所らしい。

俺はとても広い洞窟のような空間に連れてこられた。

そこは薄暗く、上階から差し込むうっすらとした陽の光で辛うじて辺りの様子がうかがえるといった具合だ。


「ここはかつて『嘆きの迷宮』と言われた巨大な迷宮の入り口だった場所だ」

物珍しそうに辺りを見回す俺に、左右の腰に二本の剣を差した奇抜な鎧を身につけた兵士が教えてくれた。

「迷宮？　ミスラにも迷宮があったのか」

なるほど、迷宮か。確かに言われてみればそんな感じがする。床も壁も全体的に古びていて素材自体も違うし、上の方では見なかったような造りになっている。

「ミスラに迷宮があったのか、だと？　貴様、そんなことも知らんのか。我がミスラ教国の首都は教皇猊下がその昔、『嘆きの迷宮』をお一人で踏破され、その上に建造された都だ。ここは由緒ある歴史の地。貴様のような輩《やから》が足を踏み入れられるだけでも光栄に思え」

「ああ、そうだな。ありがとう」

きっと普段は見られないところなのだろうし、俺は幸運なのかもしれない。

「……貴様。随分気楽そうにしているが自分の置かれた立場のことをわかっているのだろうな？」

「立場か。確か、俺をもてなしてくれると聞いてここに来たのだが」

「そうだ。まさか、まだわかっていないとは言わせんぞ」

俺と双剣の男が話しているところに、他の奇抜な鎧の兵士たちが割って入ってきた。

「よせ、シギル。あのような不敬を働く輩にまともな問答は通用すると思うな」

「まったく、クレイス王国の犬どもは、何を考えてこれをよこしたのか。せめて、もう少し常識をわきまえた者を従者とすれば良いものを」

「……然り。異教の蛮人とはいえ、流石にあれは行き過ぎだ。神聖なる我が国に入国を許しただけでも許し難い」

「そうですよ……すぐに済ませましょう。異教の者と長く交われば、それだけ信心が鈍ります」

「そうよ。私はさっさとこんな野蛮な男のそばから離れたいわ……姉様、すぐに潰してしまいましょう」

「……駄目だ、ミランダ。猊下からは捕らえて献上せよとのお達しだ」

「……わかってるわよ。言ってみただけじゃない」

「ならば、すぐに取り掛かるぞ」

彼らは小声で何かを囁きあっている。

奇抜な兜《かぶと》というか面のようなもので顔が覆われて全く見えないが、どうやら何人か女性がまじっているようだった。
俺が彼らの様子を見守っていると、一人の兵士が俺に片手を向けた。

「……始めるぞ」

兵士の指先が突然眩《まばゆ》く輝き、稲妻のような青白い光が飛んだ。
そして、その青白い光は俺の身体にまとわりつくように手足を覆った。

「――なんだ、身体が――？」

その光を受けた途端、身体の自由が利かなくなった。全身の力が一瞬で抜けていくような感覚がある。
――これはいったい？

「……ふふ、動けないか？　これは深淵の魔物『ミノタウロス』をも捕獲したという上級捕縛結界。いかに皇国との戦争で活躍したらしい貴様といえども指ひとつ動かせまい」

「いや。動けないほどではないが」

俺が少し力を入れると青い光は音もなく弾け飛んだ。


「――な!?」

「……なんだったんだ、今の光は？」


身体を触って確かめてみるが、なんともない。

俺をここに連れてきた兵士たちは表情が見えなくてよくわからないが、驚いている様子だ。


「……なんだ。何故、捕縛結界が機能しない」

「お前の聖具の故障かもしれない。もう一度、俺がやろう」


違う兵士がまた同じような青白い光を飛ばしてきた。

前よりも気持ち明るい程度の光が俺の身体を覆う……が、やはり別に痛くも痒くもない。

多少窮屈で力が抜ける感じがするだけだった。ちょっと身動きしただけで、また光はすぐに弾け飛んでしまった。

「……すまないが、これにはどういった意味があるんだ？」

「……そんな!?」


彼らは焦った様子でとりあってくれない。

正直、俺も困惑している。

これが彼らの言う「もてなし」なのだろうか。

折角連れてきてもらったはいいものの、いったい、俺はここで何をすればいいのだろう。

兵士たちはまた集合し、俺と光を出した道具を見比べて困惑している。

……もしかして、あの光はあのままにしておかなければならなかったのだろうか？

王都の文化も俺にはわかりづらいものが多かったが、ミスラの文化はさらによくわからない。


「……何故、捕縛結界が効かないのだ」

「まさか、王国の者共が結界抵抗型の魔導具を開発していたのか？」

「……有り得るな。あちらには【魔聖】オーケンがいる」

「――仕方ない。こうなっては直接、取り押さえるしかないか」

「もう、最初からそうすれば良いのよ」

「では配置につけ」


彼らはまた何か静かに会話をしながら、武器を手にして俺を取り囲んだ。

同時に、薄暗い空間の中、小さなナイフが数本飛んでくるのが見えた。

それは俺の眉間と目と喉、更に身体の急所をそれぞれ正確に狙っているのがわかった。


「パリイ」


俺は咄嗟に飛んできたナイフを剣で弾いた。

難なく落とせたが、同時に二人の鎧の兵士が俺の懐に飛び込み、それぞれ手にした長剣と双剣を振るって来る。

危ないな、と思いつつ怪我をしないよう身を躱すと、今度は彼ら二人の背後から無数の魔法攻撃が飛んできた。

後ろで誰かが魔法を放ったのが全く見えなかった。見惚れるほどに洗練された連係《コンビネーション》だ。その後も繰り返される見事な連係の数々。

とはいえ、俺は更に困惑した。

……もてなしてくれる、というのはどこに行ったのだろう。意図がよくわからない。

「俺をもてなしてくれる、と聞いていたのだが？」

「不満か？　これがそうだ」

「そうか」


今度は背後に回った奇抜な鎧の兵士が二人同時に、手にした槍を繰り出して来る。これも、とても疾いのでうっかりしていると刺されかねない。

俺がなんとか攻撃をしのぐと、次は四人同時に一斉に畳み掛けてくる。


「パリイ」


俺は黒い剣で、彼らの攻撃を全て弾いた。

俺の剣を受けた四人は身体ごと弾かれて宙を舞い、少し距離がある場所へと着地した。


「あの男、思ったよりやるな」

「……う、嘘でしょう？　今のを凌ぎきるなんて」

「あの間抜けな男がクレイス王国の勇士というのは、丸きりの噂ではないということか」

つい力が入ってしまったが、彼らにもまるで怯《ひる》んだ様子はない。

再び、後方の二人が魔法攻撃を仕掛けてくるのと同時に、タイミングを合わせ残りの四人が一気に距離を詰めてくる。

六方向からの休む間もない連撃。

俺はひたすらわけもわからないまま、彼らの激しい攻撃を防いではいるのだが、いったい、なんでこんな状況になっているんだろう。

まさか、本当にこれがもてなし？　でも、確かに彼らはそう言った。

意外すぎる展開で、頭がついてこない。

だが、こうして彼らに見事な技を披露してもらえるのは確かにけっこう面白いし、見ているだけでも飽きないとは思う。

そしてこんな風に執拗に一斉に襲ってこられると、だんだん身体が温まってきて――少し、楽しくなってきた。


「なるほど、そういうことか」

その瞬間、俺はようやく全てを理解した。

場所が変われば文化も変わる。

彼らの言う「もてなし」とはつまり、こういうことだったのだ。

これが、彼らミスラの人々流の客のもてなし方なのだろう。

そうして、ようやく納得した。

リーンから成人式なのに危険がある、と聞いた時はさっぱりわけがわからなかったが……なるほど、こういうことか。

確かにこれは一歩加減を間違えば大怪我をする。

だがこれはこれで。

……俺は結構、好きかもしれない。


「――すまない。この国の文化には慣れていなくて、そちらの趣向に気がつくのが遅れた。これがお前たちの言っていた『もてなし』だったんだな」

「そういうことだ。まさか、お前のような輩を茶でも淹れてもてなすとでも？」

「いや、俺にはこちらの方がずっと合っていると思う。これでいい」

「教皇猊下のご配慮だ。感謝するがいい」


教皇か。

そういえば、リーンはこの国の会話は全て聞かれている、と言っていた。

もしかして舞踏会というよくわからない場所に行くのを不安そうにしていた俺の会話を聞き取り、気配りをしてくれたのだろうか？

やはり教皇というのはとても立派な人物なのだろう。

リーンのおまけでついてきたような人間にも気を遣い、ここまで手の込んだもてなしをしてくれるとは。国民の皆から尊敬されるというのも頷ける。

俺はそんな人のことをあまり自覚なく、老婆だとか、大事にしているという絵を不気味なガイコツだとか言ってしまい、そういうのもきっと丸々聞こえていたのだと思うが……それも広い心で許してくれている、ということかもしれない。


「ああ、そうだな。感謝する。最初は驚いたが、こういうのも中々面白い」


思えば、あの妙な青白い光も開始の合図か何かだったのだろうか。

それに俺がいつまでも気が付かなかったので、しびれを切らして始めてしまった、といったところだろうか。

ひとまず、これはれっきとした彼らのもてなしだということがわかったので、これ以上、彼らの心遣いを無駄にしてはいけない。

俺はすぐに六人に向かい、剣を構えた。

「続きをやろう。ここからは俺も全力で相手をする。そちらはまた六人一緒に来るのか？」

「ふん……今更怖気《おじけ》付いたか？」

「いや、さっきの感じなら別に全然それで構わないな」

さっきみたいな感じであれば、特に身の危険は感じないし、彼らも客のもてなしだということを弁《わきま》えている。

何の心配もないだろう。

「いっぱしに我らと決闘を気取るか、俗物め」

「……だが面白い。上では華やかなイベントの最中だ。こちらも少しは楽しむか」

「シギル、それは悪い癖だぞ」

「だが、やることは一緒だろう」

「そうだな。だが、あちらがその気なのだ。合わせてやるのも一興。久々に手応えのある獲物だ」

「今日は殿下の祝いの日。裏方とはいえ、それらしくやるべきだろう――【刹那】のシギル、参る」

双剣を手にした男が低い声で自分の名前を告げると他の人物もそれぞれの武器を構え、口々に名を名乗った。


「【天剣】のライ」

「【聖典】の、ミランダ」

「【偽典】の……ペトラ」

「【死突】のリュークだ」

「……【豪槍】のゲルグナイン」

「我ら神聖ミスラ教国、十二使聖が片翼『左舷の衆』が貴様の相手を務める。覚悟はいいな？」


多すぎて名前が覚えきれない。だが、自己紹介をしただけだというのにすごい迫力だった。

彼ら全員の纏う空気が前より一層、張り詰めた。

ここではああいう感じで名乗るのが礼儀なのかもしれない。

……そういえば、俺にもあった気がする。俺にもそういう、誰かに名乗る時に使えそうな二つ名みたいなものが。

「俺はクレイス王国の一般市民、【杭打ち】のノール」

そして俺は彼らに倣って少し迫力が出るように手にした黒い剣を振り下ろし、自己紹介をした。

「よろしく頼む」

少し緊張して力み過ぎたせいで辺りの地面が揺れ、ひび割れた。
だが——なるほど。これは確かにちょっと楽しいかもしれない。
最初は少し気恥ずかしかったが、一旦名乗ってしまうと俄然、面白くなってきた。
世の中にはこういうもてなし方もあるのだと新鮮に感じた。まだまだ世界には俺の知らないものが沢山ある。
……そもそも、彼らのうちの誰かも言っていたように今日は成人式のお祝いの場なのだし、せっかくのお祭りなのだから楽しまなければ損というやつなのだろう。

「……さあ、誰からくる？　さっきのように皆で掛かってきてくれても俺は全然構わない。そちらの方がずっと楽しめそうだからな」

そうして俺は『黒い剣』を握り締め、俺をこれからもてなしてくれるという六人に向けて全力で剣を構えた。

74　舞踏会

案内役の女の人に連れられ、ボクたち三人が広い廊下を抜けると、舞踏会の会場に辿り着いた。

「もう、始まっているようですね」

そこには陽の光が差し込み、様々な服装をした人たちが立ち並ぶ、煌びやかな宴が広がっていた。

会場の真ん中の辺りで、何組か踊っている人たちが見える。

ボクたちがその大きな部屋に足を踏み入れると、周囲の視線が一斉にこちらに向いたのがわかった。

それはリーンやイネスでなく、ボクに向けられたものだった。

遠くから囁くような声がする。

「あれが魔族か」

「……猊下のお話は本当だったか。まさか、本当にあんなものを連れてくるとは」

「本物は初めて見たな」

「……魔物は連れてないのか？　本当に危険はないのか？」

「思っていたより小綺麗に整えているようだが――悍《おぞ》ましいな、あの眼の色。まるで魔物ではないか」

「――見るな、殺されるぞ」

「あんなのが国賓の連れ？　……悪趣味ですわね、クレイス王国は」

刺すような視線とともに恐怖、憎しみ、嫌悪。蔑みと苛立ち。様々な感情が一斉に噴き出し、ボクの意識に押し寄せてきた。

この感情をボクに向けている人たちは皆、ボクが『魔族』だということを知っている様子だった。

あらかじめ、知らされていたのかもしれない。『魔族《ボク》』がここに来る、ということを。

ボクの中に押し寄せる感情の中には『殺意』も多く混じっていた。

「――う」

「大丈夫ですか、ロロ」

ここまで大勢の人から一斉に悪意を向けられたことは、今までなかったと思う。いつも人目を避け、身を隠して行動することばかりだったから。

押し寄せる感情の重さに強い吐き気が抑えられない。

でも、もうボクはこの手の身を刺すような感情を向けられることには慣れている。

……慣れているはずだ。


「……うん、大丈夫だよ」


これはここにくる前にわかっていたこと。

ボクを連れてきてくれた彼女に恥をかかせるわけにはいかない。

胸の奥から押し寄せる吐き気を無理やり押し込め、刺すような視線を受けながら会場の奥へと進んでいく。

すると会場の奥にある金色の椅子に、昨日会った皇子の姿が見えた。

「……まずは彼への挨拶を済ませましょう。あまり気乗りはしませんが」

ボクら三人が皇子の前に進み出ると、彼もボクらのことに気がついた。笑顔で視線を向けてくる。

彼は同じぐらいの年頃の女の子たちに囲まれ、口々に祝福の言葉をかけられていたが、彼の視線の変化に気づいた女の子たちは一斉に振り返り、彼女たちは最初リーンを、そしてボクの姿を見つめ警戒心を露《あら》わにした。

「この度はお招きにあずかり光栄に存じます、皇子」

リーンはそんな視線を静かに受け流しながら、皇子に会釈をした。

「ふふ、やっときてくれたね、リーン……遅かったじゃないか。何か問題《トラブル》でもあったのかい？」

華やかな装飾の施された金色の椅子に腰掛けたまま、皇子は屈託のない笑顔でリーンに語りかけた。

「いえ、何も。ただ私の護衛に付いてきてくれた方が、猊下直々の命でおもてなしを受けるということで私の許を去って行きましたが」

「そうかい、それは残念だったね。ねえ、リーン。折角の機会だ。そんなに遠くじゃなくて、もっと近くで話をしようか」

「この距離で十分でしょう」

「僕と君との仲だろう？　……なんなら、ほら。僕の膝の上に来てもいいんだよ？」

皇子が笑いながら手招きすると、周囲の女の子たちの心から強い苛立ちの感情が溢れ出た。

でも、どちらかと言うと今、リーンの方の苛立つ感情が大きいけれど。彼女はそれを表情には出さない。


「――お戯れを。私などよりも同じ言葉を周りの皆様に掛けて差し上げたら如何《いかが》でしょう。みなさん喜ばれると思います」

「ふふ、君がそう言うなら考えておくよ。で、どうだい。君は考えてくれたかい。僕のものになってくれる、という話は」

「それは以前に謹んでお断り申し上げたと思いますが」

「つれないね。何度断られても、こんなに熱心に誘っているというのに」

皇子の言葉に、周囲の女の子たちの感情が昂ぶったのがわかった。

それは、リーンに対するはっきりとした敵意だった。一方で皇子の心の中は、昨日と同じく覗こうとしても全く見えない。

——時々、いる。

こういう、心に強固な『壁』を持つ人が。

「ではどうだい、リーン。僕と一緒にあちらへ行く、というのは」

「あちら、とは？」

「わからないかい？　踊らないかって言ってるのさ。今日は舞踏会だし、一応、僕が主役だからね。相手を選ぶ権利ぐらいはあるんじゃないかと思うんだけど。どうだい？」

「皇子がご希望とあらば、お断りする理由はありませんが」

「それは良かった。じゃあ行こうか」

皇子は煌びやかな装飾が施された椅子から立ち、リーンの手を取った。

周囲からの羨望と嫉妬の眼差しを一身に受けながら、リーンはティレンス皇子に手を引かれ、舞踏会の中央へと進んでいく。

二人が進み出ると自然と人が避け、周りに広い空間ができた。

「では――踊るとしようか。折角の僕の成人のお祝いだしね」

皇子が小さく右手を挙げると、会場に緩やかな調子の音楽が響いた。

それに合わせ、周囲の人たちがダンスを再開する。二人も音楽に合わせ、ゆっくりと踊り始めた。

耳をすますと、リーンと皇子が穏やかにステップを踏みながら、静かに会話をしているのが聞こえた。

「……あの方々、『十二使聖』とお見受けしましたが」

「ああ。君は彼らのこと、知ってたっけ。確か君の従者を迎えに行ったんだろう?」

「彼らは今、どこへ?」

「従者のことが心配かい?」

「いいえ。少しも」

「ふうん、冷たいね?」

「違います。ノール先生のことを私ごときが心配するなど、大変失礼に当たりますので。かえって、あの方々が心配なぐらいです」

リーンが何かを囁くと、皇子は少し笑ったように見えた。

「……君は『十二使聖』のことを知っているんだよね？　彼ら一応、実力は君らの【六聖】と同じぐらいと言われてるんだけど」

「はい、存じ上げております。そう言われている、ということだけは」

「随分と信頼しているんだね、あの男のこと」

「ええ。私の命を預けられるぐらいには」

「……本当に、羨ましいものだね。どうだい、今日は僕もその仲間に入れてくれないかな？」

「また、いつものご冗談でしょうか。そういうのはもう結構です」

「今日は本気なんだよ」

「毎回、そう仰ります」

「まあ、やっぱり信じてもらえないよね。ではその真偽を確かめに今晩……いや、この後すぐにでも僕の自室《へや》に――――おっと」


リーンの足が素早く動き、皇子の足に飛んだ。

それを皇子は難なく躱し、二人のダンスは一見、何事もなかったかのようにそのまま続いた。

今のやりとりに気がついたのは、会場の中でもほんの数名らしかった。

「――失礼、ステップを間違えました。慣れないもので」

「ふふ、足を踏み折られるかと思ったよ」

「大丈夫です。ちゃんと加減はしますから」

「……本当に怖いね、君は」

「そんなことはありませんよ。皇子がうっかりおかしなことを言わないよう気をつけてくだされば、私がうっかり足を踏み外すこともありませんから」

「ふふ。君は本当に、気が強いね」


二人はそれからも小さな声で会話をしながら見事なダンスを披露した。

御伽噺《おとぎばなし》の登場人物のような美男美女が踊る姿に、いつしか周囲で踊る人々は足を止め、二人の姿を囲むようにして見守り、料理を運んでいた女性すら手を止めて見入っていた。

しばらくすると二人は礼をして別れ、皇子はまた元の椅子の場所に戻り、リーンはボクたちのところへと戻ってきた。


その後も宴《パーティ》は続いた。

相変わらず、ボクに向けられる感情は悪いものばかりだった。

隣にいてくれるリーンとイネスのおかげで、幾らか視線は和らぐものの――今、とても気分が悪い。

憎悪。嫌悪。蔑み。侮蔑。そして殺意。ただここに立っているだけで、周囲の視線から終わりのない負の感情が襲ってくる。

「ロロ、何と思われても、気にすることはありませんから」

「…………うん、わかってる」

わかっている、といっても、気分はとても辛い。でもこれ以上、彼女に心配をさせてはいけないと思い少し話題を変えることにした。

「……今のダンス、すごかったね」

「見ていてくれたんですね。ああいったものはあまり得意ではないのですが……最低限は身につけましたから。そういえば、ロロも教えてもらったのですよね？」

「うん、一応。基本だけは」

「実際どういうものかは、見てわかりましたか？」

「うん……大体は」

「ふふ、さすがはロロです。それなら行ってみましょうか？」

彼女は突然、ボクの手を引いた。


「あの……？　行くって、どこへ？」

「もちろん踊るんですよ、私たちで」

「えっ……？」


ボクは彼女に手を引かれるまま、舞踏会の会場に連れて行かれた。

ほぼ真ん中に投げ出される形になった。

舞踏会の会場の中心に立ったボクら二人の姿を見ると、さっきとは違う意味で人が勢いよく避け、周囲にぽっかりとした空間が空いた。


「……本当にボクと踊るの？」

「はい。どうせ何もしなくても私たちは目立つらしいですから。どうせなら、いい方に目立ってしまいましょう」

「……でも」

「私に合わせてください」

リーンはボクの腕を取り、一気に身体を引き寄せた。そして音楽に合わせてステップを踏んで行く。

それはさっき、リーンと皇子が踊っていた時と同じものだった。

それなら、見よう見まねだけど、何とかなりそうな気がする。

ボクは記憶を辿りながら、リーンを追いかけるようにして足を踏み出していく。


「そうです、良い感じです」

「……こんな感じかな？」

「ふふ……流石です、ロロ。もう慣れて来たみたいですね。若干ペースを上げても？」

「大丈夫、だと思う」


突然、リーンの動きが速く大きくなる。

踊り始めてから更に人が距離を取った為に、今、ボクらの周りにはかなり大きな空間が空いている。

その広い床全てを使うように、彼女が大きくステップを踏むと、彼女の白く輝くドレスが空気を孕んで宙を覆う。白い花のように舞う影が、一層大勢の視線を集めた。

彼女はその視線に臆することなく歩幅を広げ、更に速く舞った。

ボクもその動きに合わせ、夢中でステップを改変しながら、ついていく。

そうしていると不思議なことに気がついた。

先ほどボクに向けられていた暗い感情が、次第に奇異の視線に変わっていく。

嫌悪、蔑みが驚きと疑念に。

そして、だんだんとそれも薄らぎ――好奇の視線に。


皆ではないけれど、ほんの少し、ボクらの踊り《ダンス》を観て愉しんでいる人がいる。ボクに向けられた悪い感情が、少しだけ薄らいでいくのがわかった。


「どうですか?」

「うん、少し、気分は良くなったよ」

「そうですか。私もだんだん楽しくなってきたので、もうちょっと続けてみたいと思うのですが」

「――うん、わかった。いいよ」


ボクらは更にペースを上げて踊ることにした。

しばらく踊っていると、縦横無尽に動く彼女の動きを真似、ついていくのは特に苦にならないことがわかった。

彼女はボクに心を開いてくれているので、彼女が次に何をするのか手に取るようにわかる。

ボクらは、時折互いの手を離すと、鏡のように同じ動きをしながら、それぞれ舞い、またすぐ組み合って大きくステップを踏む。

だんだんと、そういう即興にも慣れてくる。舞踏会の踊り《ダンス》、というよりは派手な舞踊のようになっていた。

するとあちこちから歓声が上がった。

周囲から拍手のようなものも聞こえる。

皇子もこちらをじっと見ていた。

その表情は、意外にもとても楽しそうで――


（あれっ……？）


気づけば彼の心の『壁』が少し崩れていた。

会場の濃密な悪意が薄まったおかげで彼の心が読み取りやすくなっている。

彼の感情がボクの中に流れ込んでくるのがわかった。そうして、ボクは彼の心の中を感じ取り、少し戸惑った。


彼が今、心の中に抱いている感情。

それはリーンへの「信頼」だった。

ノールがかつてボクに向けてくれたものと同じ種類の、揺るぎない信頼。

それが、彼の心の内のおよそ半分を占めていた。それはとても意外だったけれど……もっと気になったのは残りの部分だった。


彼は今、ボクらの踊りを眺めながら楽しそうに笑っている。

でも、彼の心の中には違うものが入っている。

リーンへと寄せる「信頼」と「期待」の他の部分には——何か得体の知れないものに対する「恐怖」と「絶望」で占められていた。


「リーン」

「なんですか、ロロ」

「彼は——皇子は、ボクらの敵じゃないかもしれない」

「……今、なんて？」

ボクたちはしばらく踊り《ダンス》を続け、最後に二人で周囲の人々に向かって礼をした。

皇子が立ち上がり手を叩くと、会場から大きな拍手が起こった。

随分、気持ちが楽になった。

ボクに向けられた悪意は、全て消えたわけではない。蔑み、怒り、嫌悪。そういうのはまだ沢山残っている。

でも、そのほとんどは別の感情へと変化した。少なくとも、恐怖と殺意はだいぶ和らいだ。


「ありがとう、リーン」

「ふふ、こちらこそ楽しかったですよ、ロロ。今度、また――」

リーンが何かを言いかけたところで拍手と歓声が一斉に止んだ。

突然、話し声一つしなくなり、先ほどまで賑やかだった会場を静寂が覆った。

にわかに熱を帯びた空気が一瞬にして、凍りつくほどに冷えきっていた。


「――おかしいですね。何故、魔族などが私の息子の成人の儀の席で踊っているのでしょう。一応、招き入れはしましたが、そんな風に我が物顔ではしゃがれると些か困惑しますね。今、拍手をされていた皆さんはそれのことをどう、思っているのでしょう――――まさか、あれが同じ人間であるとでも？」

静かに鳴り響いていた音楽が、止んだ。

「猊下」

一瞬にして歓喜に沸いていた場を畏れの感情が支配した。
この会場で今まで感じたことのないぐらい強い「恐怖」と「怯え」の感情が、あちこちから沸き上がっていた。

「…………うぅ…………！」
「ロロ、どうしたのですか」

吐き気を抑えられなかった。
ボクは彼女の心の中を覗こうとした。
そして、すぐさまそれが危険なことだとわかった。

あれが教皇。大陸中の多くの国を、恐怖で支配する存在。そしてボクら魔族の最大の仇。

「誤解なさらないで欲しいのですが、歓迎していないわけではないのですよ。私は、貴方たちが此処へくるのを、誰よりも心待ちにしていたのです――リンネブルグ。ロロ。貴方たちが私のものになってくれるこの日が来るのをずっとずっと、待っていたのです。さあ、こちらへいらっしゃい。お話をしましょう」

彼女の心の中はこの会場全ての悪意を集めたものより遥かに濃密で、比較にならないほどの深い憎悪の闇で満たされていた。

75　教皇との対話

「教皇猊下。この度はお招きにあずかり光栄に存じます。それで、お話とは」

私とロロ、イネスの三人は舞踏会のホールの奥へと呼び集められ、周囲の人々からの目線を一身に浴びながら、種々の宝石で飾られた黄金の椅子に鎮座する、荘厳な意匠が施されたローブを纏った人物と真正面に向き合っていた。

神聖ミスラ教国の頂点――教皇アスティラ。

大陸における、生ける伝説の一人。

そして皇国の没落の混乱に乗じて数ヶ月の間に支配地域を拡げ、今や大陸の半分を掌握するまでになった大国の主《あるじ》が私たちの目の前で静かに微笑んでいた。

「ふふ、そんな風に緊張することはありませんよ、リンネブルグ。もっと、気を楽にしてお話をしようではないですか」

「気を楽に、ですか」

私が周囲に目を配ると、大聖堂の警備を担っていた兵士たちが私たちを静かに取り囲んでいくのが見えた。

まともな神経をしていれば気を楽になど出来るような状況ではない。

「貴女は私の大事な客人なのですから。どうぞ、お気を楽に。まずは再会を祝おうではありませんか。お待ちしていましたよ――リンネブルグ。貴女が再びこの国にやってくる日を」

緊張する私たちとは対照的に彼女は美術品のように整った顔のまま、静かに嗤っていた。


やはり、この女《ひと》は何かがおかしいと感じる。

百戦錬磨の父が、まるで魔物と向き合っているような気がする、と語った理由が、直接対峙して、やっとわかった気がした。

目の前の女性《ひと》から漂う雰囲気は、単に会話をしているだけでも全身を全て搦《から》め捕られそうな、底なしの沼のような、ひどく不吉な気味の悪さを含んでいた。

普段、物怖じしない性格のはずの自分が初めて人間《ひと》の姿をした存在を恐ろしいと感じた。

「そう言えば、聞きましたよ、リンネブルグ。貴女が国を発つ前、そちらの都が飛竜《ワイバーン》の群れに襲われたと。とんだ災難でしたね。クレイス王国《あなたのくに》は今、国全体が疲弊し大変な時でしょう？　もう、二度とそのようなことがないと良いのですが」

教皇は目の前に佇む私たち三人を嘲笑うかのようにそう言った。

「――うっ」

ロロが口元を押さえ苦しそうにしている。
彼女は一見クレイス王国を気遣うかのような言葉を使う。だが事情を知る私たちには、どう受け取っても見え透いた脅迫でしかない。

「――猊下。あの群れには【狂化】の魔法が掛けられており、お察しするにどなたかから遣わされたものだったかと思います」
「それはそれは。そうだとしたら、とんだ災難でしたね」
「残念ながらその遣いは我が師、オーケンが一撃のもとに焼き払ってしまいましたが。どなたかは存じませんが、送り主の方には申し訳ないことをしたと思っております」

「そうですか。しかし最近、魔物の活動がとても盛んになったと聞きますから。一度起きたことは、きっと、何度でもあることでしょう。今後も、周囲の様子には気をつけたほうが良いかもしれません」

「お心遣い、感謝いたします。ですが、ご心配は無用です。あの程度の脅しが何度来ようと我が国は決して屈することはありませんので」

「そうですね。私もそのしぶとさはよく知っているつもりですよ。長い付き合いですからね」

この人は隠すつもりがないのだろうか。いや、ここにいる人々は皆、彼女の手駒なのだ。見せしめなのだ。自分に服従しなければこうなるのだ、という。

その想像を裏付けるように、教皇は顔に貼り付けた笑みを絶やさない。

その様子に軽い悪寒を覚えながら、私は先ほど彼女の発言に抱いた違和感について切り出した。

「ところで猊下。先ほど、ロロのことを何か、物でも扱うようにおっしゃられたように思えたのですが、私の聞き間違いでしょうか」

「それが何か？」

私の言葉に教皇の笑みが一瞬で消え、しばらくの沈黙の後、先ほどまでとは打って変わった低い声が辺りに響いた。

「それが、何か不都合でもあるのですか、リンネブルグ」

聞くだけで心を縛られるような、昏い声だった。凍てつくような視線を向けられ、心臓を圧し潰すような威圧が全身を覆った。

まるで巨大な蛇に身体を呑まれたような気分だ。

お父様がこの人物を苦手としている理由がよくわかる。正直、私は目の前にいるこの人物を、逃げ出したくなるほど恐ろしいと感じている。

でも、今この女性《ひと》にはそんな怯みを決して見せてはいけない。

直感的にそう感じた私は言葉を選びながら慎重に会話を続けた。

「ロロを今日ここにお連れするのは、私の友人として、と伺っておりました。少なくとも、私は彼にそうお伝えして、ここに来てもらいました。ですから、申し訳ありませんがあのご発言は聞き捨てなりません。あれは如何なるお心変わりでしょうか?」

私がロロへの扱いに対しての抗議をぶつけると、彼女は愉快そうに嗤った。

「これはこれは。気丈なことですね、リンネブルグ。私を前にして、そのような世迷言を吐くとは。その年齢でその胆力。ますます、欲しくなりましたよ」

「……猊下。私の質問には、答えていただけないのですか」

問いかけを続けようとする私に、彼女は片手を上げて言葉を遮った。

「リンネブルグ。言葉を慎みなさい。そちらこそ、些か無礼がすぎるのではないですか。何か勘違いをされているようですが、私が心変わりしたなどという事実はありません。元々、私は最初から、そのつもりでしたから」

「最初から？　それはどういう――――」

教皇は再び私たちに優しげな笑みを向けたが、最早それは暗闇を纏った不吉な仮面でしかなかった。

「貴女をお招きしたのは、我が息子ティレンスの『婚約者』として。かつ、敵、国、の、要、人、としてです。

そこの魔族はその珍妙な友人としてお招きする、と。私のその意図に、何も変わりはありません」


場内が少し、ざわついた。

彼女ははっきりと口にした。

クレイス王国は敵である、と。

最初からそのつもりで招いたのだと。

私たちは最初からミスラ教国の敵として国内に、招き入れられたのだと。


「猊下。敵国とは、一体何のお話でしょう」

「白々しいですよ、リンネブルグ。貴女の国、クレイス王国はそこにいる『魔族』を国家の一員としたのです。我が国からの、再三の警告にも拘わらず。その意味は、わかりますね？　我が国が、どのように魔族と相対しているのか、クレイス王もよくご存知だったはず」


そう言って、教皇はロロに視線を向けた。

「その害悪のような存在に与《くみ》するなど、完全に我が国に対する侮辱。敵対行為に他なりません。その時点で貴女たちは我が国に刃を向けたも同然。明らかな『敵』なのです。あなた方もそれをわかっていたからこそその、その護衛なのでしょう？　残念ながら既に一人、何処かにいなくなってしまったようですが」

教皇はイネスの姿を眺めながら首を傾《かし》げ、声をあげて愉しそうに嗤った。

「……解せません、猊下。我が国は貴国《ミスラ教国》に対して敵対の意思など持ちません。もし仮に両国が敵対関係にあったとしても、それでいて、何故、私のことをティレンス皇子の『婚約者』などと称し呼びつけたのです。冗談にしては悪趣味が過ぎますし、本気であられたとしたら尚更、納得が行きません」

教皇は再び嗤った。

「なるほど。わかりませんか。それはそれは」

満面の喜色だった。

教皇が静かに片手を上げると、私たちを取り囲んでいた兵士たちが、一斉に剣を抜いた。

ざわついた場内が、再び、一瞬で静まった。

「そうですね。確かに説明が足りなかったかもしれません。わかりやすく言えば、貴女たちを救う為の条件、と言い換えてもよいのです」

「条件？」

「ええ、そうです。私は貴女の優れた才と血を高く評価しています。それをあの滅びゆく小国で埋もれさせるには惜しい、と言っているのです」

「滅びゆく国、とは」

「事実でしょう？　我が国の方がずっと貴女の力を活かす機会があるはずです。如何でしょう、リンネブルグ。我が国の皇子とここで正式に婚約を結び、我が国に優れた血を遺す、というのは。それが貴女の国を――あの愚かな王の治めるクレイス王国を、慈悲をかけて救って差し上げる唯一の条件だと言っているのです」


そう言って一層愉しそうに嗤う目の前の女性は、父の言う通り魔物のように見えた。

いや、魔物よりもっとずっと恐ろしい、何か人には推し量れない得体の知れない存在に見えた。

「それにしても。クレイス王も薄情な方ですね。可愛い娘をこのように自らが敵対する国の中心へと送り出すなど。それも、たった数名の護衛で。いえ……もう一人になってしまいましたか。もしかすると、最初から貢ぎ物のつもりだったのでしょうか？　だとしたら、ありがたく受け取ろうというものですが」


その舐め上げるような視線を受けて、私は一つの直感を抱いた。

この人は最初から他人を、自分以外を物としか見ていない。

魔族だけではなく、おそらく全ての人が、この女性《ひと》の目には同じように映っている。

その冷え切った瞳は、私にそんな思いを抱かせた。


「父はそのような意図で私を遣わせておりません」

「――もう結構ですよ、リンネブルグ。話はこれで終わりです」

「一方的すぎます」

「貴女はどうも聞く耳を持ってくださらないようですので。こちらも相応の対応をさせていただきます――衛兵」

「は」

「捕らえよ」


瞬間。

数名の衛兵たちの手から稲妻のような青い光が放たれ、私たち三人に飛んだ。

あれは『捕縛結界』。

私が一度捕縛され、ミノタウロスによって命を落としかけた封印の光。

それも以前よりもずっと密度の濃い強烈な光が周囲から一斉に放たれる。

そして、それは――


「――何？」


それは私たちそれぞれが身につけていた髪飾りの力によって弾かれた。

教皇は意外そうな顔をして私に尋ねた。

「……なんでしょう、リンネブルグ。その髪飾りは。我が国の技術とは少し、違いますね。何故、そんなものが存在するのでしょう」

彼女は少し不愉快そうに疑問を口にした。

「猊下がこれを見たことがないというのは当然かと思います。これは私が作った、見よう見まねの自作品ですから」

「……まさか自分で一から製作した、と？」

「はい。これは私が以前、ミノタウロスの襲撃で命を落としかけた時に何者かが私にけしかけた捕縛結界と同質のものを解除できる魔導具です。よもや、こんなところで役立つとは思いもしませんでしたが」


私は精一杯の皮肉を込めて答えたつもりだった。

でも、意外にも。

その時、私の言葉を聞きながら教皇は歓喜の表情を浮かべていた。

彼女は先ほどの不機嫌そうな様子から一転、喜びに打ち震えた表情をしていた。

その表情は、私に大きな違和感と不安をもたらした。

「ああ――――なんと素晴らしい。まったく素晴らしいですよ、リンネブルグ王女。流石は私が見込んだ人物です。この短期間で独自の『反結界』まで準備してくるとは」

どこか愉悦を含んだ教皇の声が、静まりかえった会場に響く。

「それも一度体験しただけで再現する、などと。既に我が国への留学時に、秘匿の結界技術を模倣する理論自体を完成させていた、ということでしょうか？　本当に素晴らしい。これでは、ますます貴女の評価を上げなければなりません。貴女は本当に優秀で――――とてもとても、危険です」

どこか興奮した様子の教皇が手を振ると、護衛が散って私たちを囲み全員が剣を向けた。

「……正直、想像もできませんでした。我が国の秘匿技術である『結界』術を一目見ただけで理解し、その手中に納めてしまうなど。やはり貴女のお父上は貴女の価値を、だいぶ低く見積もっていらっしゃるようですね。貴女のその『血』の価値を」

「……猊下？」

「――――ますます欲しい。貴女こそ、私が長い間求め続けていた人物です。どうです、リンネブルグ。ここで正式に王子と婚儀を結び、私のものになる気はありませんか？　そうすれば我が国、ひいてはこの大陸は更に安定し、かつてない繁栄を享受することになるでしょう。さあ、これが最後の通告となりましょう。どうぞ、お返事は慎重に」

「もちろん――――」

――――絶対にお断りです。

私がそう口にしようとした、瞬間。

辺りに轟音が鳴り響いた。

「えっ」

同時に私たちの立っているホールの石造の床《フロア》が歪むように揺れ、天井からいくつかの金属製の照明が落下して次々に砕けた。

静まっていた会場内が、一瞬にして混乱に包まれた。

「何事です」

奥の廊下から、バタバタと複数の足音がする。そうして数名の兵士が慌てた様子で教皇の前に進み出て、告げた。

「申し上げます。大聖堂地下『嘆きの迷宮』深部に何者かが侵入した模様です」

「……深部？　何故急に……？　まさか、リンネブルグ」

教皇は不愉快そうな顔で私を見たが、私は何も知らない。

「十二使聖は……あれらは、何をしていたのですか。早く対処なさい。あそこは貴重な遺物の眠る神聖な場所。一刻も早く賊を捕らえ――――ッ!?」

なんの前触れもなく、教皇の顔が歪んだ。それは誰が見てもわかる、苦悶の表情だった。

彼女は突然、虚空を見つめながら目を見開き、口は呆気に取られたように開いては閉じを繰り返していた。

「い、一体、どうなされたのです、猊下――――?」

彼女の周りの兵士たちが狼狽えていた。

それは私だけでなく、おそらくその場の誰もが見たこともない表情だったのだろう。

教皇の心からの困惑の表情。

いつも冷静さを失わない彼女の手と身体が、今、小刻みに震えていた。

「なぜ、何故です。何故、あそこまでヒトが入り込めるのですか。そんなはずはないのに。あそこにはもう誰も――――ッ!?」

再度、教皇の目が見開かれ、喉を掻き毟《むし》るようにして声にならない呻《うめ》きをあげた。

「ど、どうして？　――――ッ!!」

教皇は再び苦悶の表情を浮かべたが、またすぐに冷たい仮面で顔を覆うとその場にいた兵士たちに指示を出した。

「私は、用事ができました。この小娘を丁重に捕らえなさい。良い報告を期待しています」

「はい」

教皇は兵士の返事を待たず、青白い光に包まれてどこかに姿を消した。

「では、僕は自室へと戻ることにするよ。君たち、事が終わったら僕の自室にリーンを」

ティレンス皇子も青い光に包まれて消えた。去り際に、私に笑みを向け、手を振りながら。

「――――――」

その時、私は自分の心の中に何かが湧き上がるのを感じた。


「イネス」

「はい」

「もう、行ってください。ここからは、兄の指示通りに行動することにしましょう」

「ですが」


イネスは辺りを見回した。

建物の揺れはまだ続き、混乱も続いている。兵士たちが押し寄せ、私たちは取り囲まれつつある。

「今の揺れはきっと先生だと思います。おそらく先生からの、私たちへの合図です。きっと何かを見つけられ、先んじて動かれたのだと思います。ですから、動くなら今です。私なら一人でも大丈夫ですから」


私がイネスの目を見つめると、彼女は目を閉じて小さくうなずいた。

「……承知しました。リンネブルグ様。どうかご無事で」

「はい、イネスとロロも」

イネスは石の床を【神盾《光の剣》】で易々と斬り裂き、穴を開けた。

そしてロロと一緒に素早く飛び込んだ。

周囲の兵士たちは反応が遅れ、それを黙って見守っているだけだった。


「……何だ？　従者と護衛だけ逃げたのか」

「は。見上げた心構えだ。あんなものがクレイス王国の誇る精鋭とは、聞いて呆れる」


私を取り囲む兵士たちは彼女たちのことを口々に笑った。


「リンネブルグ王女。あなたは逃げないのですか？」

「はい。私は逃げるつもりはありません」

「なるほど。では、大人しくご同行願えるのですか……それであればこちらとしても有難い」

「いえ。私はただ、ここに残る、と言っただけです。貴方たちに従うつもりはありません」

「……王女？　失礼ながら、この状況はもうおわかりいただけていますね？」


兵士は手を広げ、私に周囲を観察するように促した。

そこにはおよそ二百の武装した兵が見えた。

ホールの外に待機している数を含めると――数百。

ミスラ教国が誇る最高峰の聖銀製の武具に身を固めた精鋭『神聖騎士団』の約半数がこの場に出揃っていた。


私は今、見渡す限りすべてが敵、という状況に置かれている。

兵たちの後ろで様子を見守る各国からの招待客を含めて、この場には私の味方は誰一人いない。


「はい。もちろん、わかっているつもりです」

「それなら、どうしてそんな意地を張られるのです。さあ、大人しく我々と――」


私は私の腕をつかもうとした兵士の手首を片手で摑み、止めた。

そしてゆっくりと押し退けながら告げた。

「いくつか誤解をされているようなので申し上げます」

「な……動かない……!?」

「まず、一つ。彼女たちは逃げたのではありません。ある探し物を取りに行ったにすぎません」

私に手を摑まれた兵士は、どうやら必死に私の手を振り払おうとしているようだ。

おそらく彼の聖銀の鎧には【筋力強化】の付与《エンチャント》がなされている。

通常ではありえないほどの力で、私の手を強引に引き剝がそうとしている。

でも、まだ離すつもりはない。

まだ、私の話は終わっていないから。

「それと……もう一つ、ご理解いただいていないことがあると思います。私は逃げなかったのではありません。逃げる必要などないから、ここにいるだけの話です。どうして私が逃げるなどと？

何故、私がここで貴方たちから逃げなければいけないのでしょうか」

私はそこでようやく兵士の腕から手を離した。

腕がやっと自由になった兵士は驚いた様子で跳びのき、距離をとって私に剣を向ける。

……少し力を込めすぎたかもしれない。

見れば彼の聖銀の手甲《ガントレット》に私の手の跡がくっきりとついていた。

「そもそも、逃げるなどと。そんなことをする意味が、一体この状況のどこにあるというのでしょう」

私はゆっくりと周囲を見回し、私を取り囲み武器を向ける人々によく聞こえるように言った。

「ここには私の脅威となる存在など、誰一人いないというのに」

私は今、少しだけ――

自分の中に怒りの感情が湧き上がるのを感じていた。

76　白く舞う雷

それは異様な光景だった。

二百を超える『神聖騎士団』が、たった一人の少女を取り囲んだまま動けずにいた。

「少し、不快ですね」

その場に透き通った声が響いた。

それはつい先ほどまで楽しそうに踊っていた少女から発されているとは到底思えない程、冷たく温度のない声だった。

だが、それは確かに騎士たちに囲まれている少女の声だった。

「……いえ。正直に申し上げれば、今、と、と、とても不、愉、快です。ここまで人を――私の友人を。そして我が国を侮辱するような扱いを受けるとは思っていませんでしたから」

騎士は少女の姿に違和感を覚えつつ、自らの職務を果たそうとした。

「リンネブルグ王女。貴女を拘束します。もし抵抗すれば――――」

「拘束？　私を、ですか？」

純白のドレスに身を包んだ少女は、穏やかに辺りを見回した。

そして武器を突きつける騎士たちを前に、まるで散歩の最中に知人に呼び止められたという程度の雰囲気で首を傾げ、言葉を返した。

「まさか、私を拘束するおつもりなのですか？　本当に？」

「やはり、状況をご理解いただけていないようですね。少々手荒な扱いとなりますが、ご容赦を」

剣を構えた騎士たちは一斉に少女へと詰め寄った。

そして、銀色の光を反射する抜き身の刃が少女の胸元へと向けられる。

突きつけられたそれらを見て、白いドレスの少女はまた不思議そうな表情を浮かべた。

そうして、少女の小さな口から疑問の言葉が発された。

「――この程度の人数で、ですか？」

先ほどよりも更に冷えた少女の声が響いた。

「リンネブルグ様。ご存知ではないかもしれませんが、我々はミスラの誇る精鋭。そして、『十二使聖』のうちの六名がここにおります」

「はい、よく存じ上げております、【天理】のライバ様。そちらは確か、【聖剣】のヘイルート様。そして、こちらは【無刃】のカイン様ですね。ここにお揃いの皆さまは『右舷』に列せられる方々とお見受けします」

まるで晩餐会《パーティ》で挨拶するように、少女は自らを取り囲む騎士たちの名前を口にした。

「ほう。そこまで我々をご存知でいらしたとは光栄です。では、我々の実力の程も多少はご理解いただいていると思いますが」

「はい。もちろん聞き及んでおります。その上で大変申し上げにくいのですが……もし私を抑えたければ同程度の実力の方を、あと百人は揃えてくることをお勧めします」

少女の発した言葉に、一瞬で辺りの空気が凍りついた。

身体を刺すような雰囲気が、彼女が対峙する騎士たちから発せられるようになった。

「今、何と？」

「まるで、我々が脅威でないと。まるで警戒するに値しないと。そうおっしゃられたように聞こえたのですが」

少女はその緊迫を増した雰囲気に全く気圧《けお》されず、淡々となんでもないことのように言葉を続けた。

「はい、おっしゃる通りです。ただ、もしあと百人いたとしても……きっと時間稼ぎにもならないと思います。あまりにも、力の開きが大きすぎるので」

「リンネブルグ王女。言葉が過ぎますぞ。お怒りのご様子ですが、我々を挑発してもいいことはありませんよ」

苛立ちを募らせる騎士たちに、少女は臆することなく淡々と言葉を続けた。

「いえ。これで遠慮して言っているのです。正直に言えば、貴方たちの実力では僅かな障害にすらならないと思っています」

「……それは、本気でおっしゃっているので？」

「はい、僭越かとは思いますが、そのご自覚もおありでないようなので、敢えて申し上げているのです。これは貴方たちに怪我をさせないための忠告でもあります」

「…………つまり貴女は今、ご自身ではなく、私たちの怪我の心配をしていらっしゃると？」

「はい。仰せの通りです」


立ち並ぶ騎士たちの外側にいる観衆から見ても、騎士たちの動揺と苛立ちが高まっていくのがわかった。

「……些か、悪あがきが過ぎますぞ、王女。今、これでも我々は貴女に敬意を持って接しているのです。これ以上侮辱の言葉を口にされるのであれば、大事なお身体に傷がつくかもしれませんぞ……？」

騎士の一人が発した不穏な言葉に、先程まで表情一つ動かさなかった少女の眉がピクリ、と動いた。

「私を、傷つける？」

少女の口から響いたのは、とても透き通った声だった。

なんの感傷もなく、ただ事実だけを告げているという調子で少女は語った。

「【六聖】の直弟子であり、そして――あのノール先生の弟子であるこの私を。たったの百や千の兵力で止められると。本当にそう、お考えなのでしょうか」

「王女。念の為申し上げますが、我々は治療を前提とした身体欠損については予め猊下から許可をいただいております。故にこれ以上は、いかに貴女が猊下と皇子のご寵愛をお受けの身とはいえ――力ずくで、やらねばならなくなりますぞ」

「はい、それでよろしいと先程から」

冷え切った空気の中、少女は一つ言い忘れていた、というふうに付け加えた。

「――ああ、でも。その時はちゃんと全員で一斉にかかって来てくださいね。そうでないときっとまるで相手にもならないと思いますので」

少女の冷えた声が辺りにこだまし、騎士たちは無言で武器を握り込んだ。

「――――やれ」


それが合図となった。

騎士たちの前に立つ少女に、一人の騎士が怒りを露わに手にした長剣を振るった。

「小国の貴族ごときが、思い上がるのもいい加減にするがいいッ！」

目にも留まらぬ、高速の斬撃。

だが――

その剣が向かった先。

そこに目的の人物の姿は無かった。

「……なに？」

その場にいた全ての者の目には、ただ少女が消えたようにしか見えなかった。

騎士の剣は虚しく空《くう》を斬り、少女を取り囲んでいた騎士たちは目を見開いた。

「しまった、逃したか……!? どこへ行った!?」

「探せ！　まだ遠くへは行って――」

教皇の命で捕獲するはずだった少女の姿を見失い、慌てふためく騎士たち。

彼らが必死に辺りを窺うと、頭上に何か白い影が映るのが見えた。

「すみません、前言を撤回させてください」

見れば、純白のドレスを着た少女がふわりと天井に足をつけていた。

鈴の音のように響く声を発しながら少女は、ゆったりとした動作で白いスカートの中に仕舞われた黄金色の剣を抜き、反対の手に灰色の短刀を構えた。

そして天井に逆さまに立ったまま凍てつくような視線で騎士たちを睥睨《にらみ》つけると、冷たい声で言い放った。

「……想像以上の練度不足でした。剣の振りがとても遅い。その後の手際も、とても悪いです。申

し訳ありませんが、合わせていると時間が勿体ありませんので――」

少女は天井に両足が張り付いたかのように静かに屈《かが》み込み、そして――

「こちらから行かせていただきます」

刹那、天井に留まっていた白い影が消えた。

一堂に会した騎士たちの視界に一筋の黄金色の閃光が走った。

だがその光の正体は誰にも捉えることができず――

唯《ただ》、手にした剣が斬り落とされたことだけがわかった。

「な――!?」

立ち並ぶ騎士たちが皆唖然とする中、辺りに斬られた剣先が舞い踊り、乾いた音を立てて床に散らばった。

その異様な光景に観衆が混乱する間も無く、その場は即座に濃密な魔力の霧に包まれ――

「【稲妻《ライトニング》】」

一斉に無数の稲妻が走った。

騎士たちが身体中に電撃が走ったことに気がついた時、既に膝から力が抜け身体が崩れ落ちていた。

鎧で身を固めた騎士たちは、なすすべもなく頭部を地面に打ち付け、倒れていく。

「な、何が――――!?」

先ほどまで少女を取り囲んでいた数十名の騎士が昏倒、戦闘不能となった。それに気がついた後列の騎士たちは慌てて戦闘準備を整え、剣を構えようとするがその動作は今襲いくる脅威に対応するには遅すぎた。

「【氷地獄《コキュートス》】」

騎士たちは足元から押し寄せた冷気によって一瞬で聖銀の全身鎧が凍り付くのを感じ、身じろぎ一つできなくなった。

そうして床に氷で縫い付けられた彼らの頭上を、空気を孕んだ白いドレスがふわりと舞うように跳んでいくのが見え。

「【雷撃《サンダーボルト》】」

巨大な雷が三つ、身動きできなくなった騎士たちに落とされた。

「…………あ……が…………!?」

高い魔法抵抗力を誇る聖銀《ミスリル》の全身鎧を氷で固められたまま、騎士たちは立ったまま昏倒した。

白いドレスの少女はそのまま止まることなく、目にも留まらぬ動作で騎士たちの剣を斬り落としていく。

その場の誰もがその姿を正確に捉えることすら出来ず、たまに舞う花のような白い残像だけが騎士たちの目に映った。

「――何だ――何が、起きている――?」

そこに集った騎士たちは皆、自らの目を疑っていた。

相手はたった一人の少女だった。

その少女一人を捕らえるのに、我々『神聖騎士団』が総出で確保に向かうなど。

口には出さずとも、皆がやりすぎだろうと思っていた。

神聖騎士団に所属する神殿騎士は、ミスラの中でも選び抜かれた強者中の強者。

それも、最上級の装備で身を固めた精鋭中の精鋭。

小国であるクレイス王国の姫君など我らが一人か二人いれば、それで十分。

誰もがそう、考えていたはずだ。


なのに――何故、前にいる大勢の騎士たちが倒れている？

今、何が起こっているのか、誰にもわからない。

何もできないうちにミスラ屈指の実力を誇る仲間たちが倒されていく。


「あれは、何だ。何で、あんなことが起きている――？」

脅威となった少女の姿を捉えることのできた精鋭もいた。

だが、その騎士は一層困惑した。

見れば、剣を手にした少女は反対側の手で【風】【雷】【氷】の複数の魔法を同時に展開し、騎士たちの中へと突き進んでいる。

――【多重詠唱《マルチキャスト》】。


そんなもの、そこにいる騎士たちの殆どは見たことすらなかった。

二重詠唱を会得するものですら稀。

三重詠唱をするものなど、話も聞かない。

それだけでも桁外れの熟練を要する技術。

四つ以上など、伝説上の存在【魔聖】オーケンしか知られていない。

目の前の年端《としは》もいかない少女が片手でそれを自在に操るなど、考えられない。考えたこともない。


それは起こりうるはずのない、出来事だった。

常識を識る多くの者がそう思った。

誰もがその光景を信じることができなかった。

だが現に少女は騎士を薙ぎ倒し、すぐそこまで迫って来ている。

それに彼女はここまで休みなく連続で魔法を放ってきて、少しは疲弊していなければならないはずなのに。

彼女の手許にはまだ、詠唱済みの魔法が幾つも纏わりついているのが見える。

「【稲妻《ライトニング》】」

騎士は自身の目を疑っている間に強烈な雷撃を受け、倒れた。


少女が通った後に満足に立っていられる者は居なかった。

誰もが自分が何と戦っているという自覚すらないまま、倒されていく。

異常事態だった。

ミスラ教国が誇る精鋭のはずの自分たちが誰も、何一つ反応できない。

その精鋭の中の精鋭であるはずの『十二使聖』でさえ、あそこでまとめて昏倒している。

彼らがつい先ほどまで少女を囲んでいた様子を覚えている。

あれからまだ、数秒も経っていない。

なのに、この状況はなんだ。

なんだというのだ、あの少女は。


――あれは、幾ら何でも速過ぎる。

戸惑う騎士たちの視界に、白く舞うドレスだけが映る。
白い花のようなものが舞う度、仲間たちが倒れ雷鳴が轟く。
混乱する騎士たちには、最早それは悪夢のような光景としか思えなかった。
その白い影は慌てふためく彼らにとって、今や恐怖の象徴となっていた。

「あ、あんなものに……か、勝てるわけ――――!」

勝てるわけがない。
そう口にする間も無く最後に残った騎士も薙ぎ倒されていった。
まだ全員が意識を失ったわけではない。
だが、立ち上がろうとするものはいなかった。
圧倒的な力を見せつけられ、既に彼らの戦意は失われていた。
だが、その場の誰もが絶望を覚える中で立ち上がる人影もあった。

「――――くッ。これほどまでとは。見くびったのは我々、というわけか……だが、まだ終わらんぞ……!!」

――――【天理】のライバ。

ミスラ神聖騎士団で最強と謳われる『十二使聖』の長としての役割を与えられる、最高指令官。

彼は少女に折られた聖銀の大剣の代わりに、自らの鎧の背中に取り付けられた黒色の鞘から青く光る剣を引き抜いた。

「これは猊下から下賜された切り札となる宝剣。よもや、こんなところで……！」

【天理】のライバはそこまで口にしたところで、自らの頭部を魔法から護る聖銀《ミスリル》の大兜《フルフェイス》に小さな亀裂が入り、そこから細く光が差し込んでくるのに気が付いた。

「なんだ、このヒビは」

「【朧刀】」

少女が静かに灰色の短刀を構え、弧を描く様に宙を撫でると【天理】のライバの頭部を覆う聖銀の大兜《フルフェイス》が真っ二つに割れ、音を立てて床に落ちた。

そうして彼の困惑した表情が露わになったところで、少女は魔法を行使した。

「寝ていてください。【眠り雲《スリープクラウド》】」

「し、しまっ――――!!」


一瞬にして、魔法によって生成された黒い濃霧がライバの頭部を覆った。

【天理】のライバはその霧を鼻から吸い込むと、立ったまま深い眠りに落ち、上体を揺らし――顔面から勢いよく石の床へと倒れ込み、鈍い音を立ててそのまま動かなくなった。


そうして神聖騎士団と少女が対立した数十秒後。

大国ミスラ教国の誇る数百もの精鋭部隊は今、残らず地面に転がされていた。

そこには、たった一人の少女だけが立っていた。

誰の目から見ても、少女の圧倒的な勝利だった。


「……ふう。まだまだですね。これしきの人数を無力化するのにこんなに時間がかかっていては。ノール先生なら、このような戦闘は始まる前に終わらせていたはず」

今や静寂だけがこだまする舞踏会場を見渡すと、少女は軽く息をつき、黄金色の剣に僅かに付着した聖銀の金属片を魔法で吹き飛ばして再びドレスの中に収めた。

「それに――――練度不足だなんて、人のことは言えませんでしたね。少し、冷静さを失っていたかもしれません。本当に反省しなければ」

ただの一つの傷も負わされないまま瞬く間に聖騎士たちを全滅させた少女は、一つため息をつくと周囲を見回し、様子を見守っていた観衆を見つけて静かに声をかけた。

「皆様。お怪我は、ありませんでしたか？　お騒がせしてすみませんでした。申し訳ありませんが、私は少し先を急ぎますので。これで失礼いたします」

そう言って小さく頭を下げると少女はすぐに身を翻し、その背中に称賛も歓声も受けぬまま、未だ一切の汚《けが》れのない純白のドレスに身を包み、姿を消した皇子の気配の後を追った。

あとがき

お読みいただきありがとうございます。

本巻から始まる『神聖ミスラ教国編』は、本作におけるメインヒロインと思《おぼ》しき少女、リーンを中心とする物語となっています。

作者は昔から主人公の添え物に収まらない、ド派手に活躍するようなヒロインが好きで、今回は主人公よりもむしろ彼女が積極的に活躍している印象があった巻だったかと思います。

とはいえ、本作のタイトルはあくまで『俺は全てを【パリイ】する』なので、主人公もこれから負けずに……というか凌駕する勢いでどんどんギアが上がっていくことになるでしょう。

この3巻ですが、話の構成についてはほぼウェブ版の構成と変わりなく、若干話の入れ替えがあった程度だと思いますが、書籍化作業中、一番変わったのが『各キャラクターの解像度』（ちょっと抽象的な言葉になって申し訳ないのですが）だと思っています。特に本巻ではロロ、シレーヌ、マリーベール、の人物像の掘り下げが書籍化でのメインの作業だったように思います。

特に初登場するシレーヌとマリーベールはカワグチさんからキャラデザを頂いてから「ああ、こういう容姿の人だったら、きっと、この人はこういう行動をするだろうな」という感触を得て、それからエピソードを若干書き換えたり、他の登場人物との関係性を見直したりした経緯があります。

本作『パリイ』では実は結構そういうパターンがありまして、1巻から登場しているイネスもかなりキャラデザで姿を与えてもらうことによってその後のキャラクター性が定まっていった人物です。

イネスの場合はキャラデザのラフを頂いて、描いてもらった鎧の各部位を見た私が「じゃあ、こういう見た目ならこういう機能がありそうですね」と、どんどん文章で属性を付加していく……という現象が起き、それがそのまま本編の設定に定着していきました。

ちなみに、ウェブで公開しているイネスのキャララフの右側にやたらと文字の量が多いのは実はそういう経緯だったりします。

（また、おそらく一部の方にしか行き渡っていない店舗特典の話になって恐縮ですが、2巻用の店舗特典ショートストーリー『イネスの休暇　～装備の手入れ～』という短編でも描かれています。本当はこういうのも、なるべく多くの人の目に触れて欲しいなぁとは思っているのですが。ひとまず、機会があればぜひ）

また、装備だけでなく表情なども含めて姿を描いてもらって初めて、作者としても「ああ、こうなっていたんだ」と気がつかされることも多く、大きくキャラクターの造形に影響を与えてもらえたと思います。

その後も彼女は本編でいい具合に作者の手を離れて勝手に動いてくれる、とても味わいのある人物像になってきた気がします。（あとがきの幼少期イネスもいいですね……）

シレーヌ、マリーベールについても同様のことが起こりつつあり、作者としても今後、どう動くようになってくれるのかが楽しみです。もちろん、多かれ少なかれ、他のキャラクターも同様なのですが。やはり絵の力は偉大です。

あとキャラデザに関して、もう一点書かせてもらいますと、本巻で登場する教皇「アスティラ」もかなり前から、姿を与えてもらうのを楽しみにしていたキャラクターです。ウェブ版を読んでくださってる方にはいくらか察していただけるとは思いますが、彼女はいろんな意味でかなり癖のあるキャラクターとなるので、デザインも難しいだろうな……と思っていたら、カワグチさんは即座に仕上げてくださり、あまりの速さにこちらが一週間ぐらいメールを見落としていた（編集者さんに「確認してもらえました?」と聞かれて初めて気がつくなど……）――なんて経緯があったりします。（その節は本当にすみませんでした）
本当にアスティラに関してはカワグチさんに彼女を描いてもらえたらもう人生終わってもいいかな……ぐらいに思っていたので、キャラデザいただいた時点でなんだかもう、私としては色々とやり遂げた感じです。

ですが、やはり4巻が出るまでは絶対に死ぬわけにはいきませんね。

「彼女」の活躍の場としては、次巻が本番のようなものなので。

ということで、次巻も死ぬ気で頑張ろうと思いますので、引き続きお楽しみいただけたらと思います。

また、ＫＲＳＧ先生の漫画版『パリイ』も絶好調です。

小説版、漫画版、併せてお楽しみいただければ幸いです。

令和三年　八月
鍋敷

3巻もありがとう
ございました！
イネスさんの幼少期
描きそびれたので
あとがきで描いて
おきますね…
カワグチ

世界へ!
ヘルモード
～やり込み好きのゲーマーは
廃設定の異世界で無双する～
二度転生した少年は
Sランク冒険者として
平穏に過ごす
～前世が賢者で英雄だったボクは
来世では地味に生きる～
贅沢三昧したいのです!
転生したのに貧乏なんて
許せないので、
魔法で領地改革
領民0人スタートの
辺境領主様
戦国小町苦労譚
毎月15日刊行!!
https://www.es-novel.jp/

ようこそ異
反逆のソウルイーター
～弱者は不要といわれて
剣聖（父）に追放
されました～
転生した大聖女は、
聖女であることをひた隠す
冒険者になりたいと
都に出て行った娘が
Sランクになってた
即死チートが
最強すぎて、
異世界のやつらがまるで
相手にならないんですが。
俺は全てを【パリイ】する
～逆勘違いの世界最強は
冒険者になりたい～
アース・スターノベル
EARTH STAR NOVEL

EARTH STAR NOVEL

俺は全てを【パリイ】する　3
〜逆勘違いの世界最強は冒険者になりたい〜

発行 ―――――――― 2021年　8月18日　初版第1刷発行
2024年10月　7日　　　第2刷発行

著者 ―――――――― 鍋敷

イラストレーター ―――― カワグチ

装丁デザイン ―――――― 荒木恵里加（BALCOLONY.）

発行者 ―――――――― 幕内和博

編集 ―――――――― 古里 学

発行所 ―――――――― 株式会社アース・スター エンターテイメント
〒141-0021　東京都品川区上大崎 3-1-1
目黒セントラルスクエア　7F
TEL：03-5561-7630
FAX：03-5561-7632

印刷・製本 ―――――― 中央精版印刷株式会社

ISBN 978-4-8030-1551-5